El vuelo del hombre

«Una investigación literaria sorprendente sobre el poder de la ficción para transformar la realidad, que despliega historias dentro de historias, escrita por un gran fabulador en la mejor tradición de narradores como Auster o Bolaño.»

Jurado del Premio Biblioteca Breve 2025

ALMUDENA AMADOR

JESÚS CARRASCO

PERE GIMFERRER

MIGUEL ÁNGEL HERNÁNDEZ

ELENA RAMÍREZ

Seix Barral Premio Biblioteca Breve 2025

Benjamín G. Rosado

El vuelo del hombre

Seix Barral, un sello editorial de Editorial Planeta, S. A.
Avda. Diagonal, 662-664, 08034 Barcelona (España)
www.seix-barral.es
www.planetadelibros.com

Primera edición: marzo de 2025
ISBN: 978-84-322-4454-4
Depósito legal: B. 3.526-2025
Composición: Realización Planeta
Impresión y encuadernación: CPI Black Print
Impreso en España

A mi padre

1

Hacía algunos años que el profesor Castro había perdido todo contacto con el mundo. Nadie sabía los motivos que lo habían llevado a donar los libros de su biblioteca y a desaparecer sin dejar rastro. Cuando me decidí a escribirle, ni siquiera estaba seguro de que siguiera con vida. Comencé enviando correos electrónicos a todas las editoriales en las que había publicado, lo intenté también por carta e incluso llamé a la universidad donde había dado clases. «Pierde usted el tiempo», me previno una voz al otro lado del aparato. Al final se me ocurrió mandar un fax a un número que encontré en la página legal de uno de sus ensayos y, por alguna razón, aquello dio resultado. El viejo profesor accedería a recibir a un desconocido estudiante de doctorado dispuesto a cruzar el Atlántico para lanzarle unas cuantas preguntas. Media hora sería suficiente, rogué en mi misiva. Al cabo de varios días, el eminente lingüista y catedrático de Literatura me citaba en su casa de Valparaíso por medio de una nota redactada de su puño y letra. Encontré su respuesta en la bandeja del fax del despacho que compartía en la segunda planta de la Facultad de Filología. Fue una simple casualidad, o acaso una advertencia, que se imprimiera durante la madrugada del dos de noviembre de 2001, Día de Difuntos.

No había tiempo que perder. Dos meses antes, varias revistas científicas se habían hecho eco de un asombroso descubrimiento llamado a cambiar el curso de la lingüística moderna, un nuevo paradigma que nos permitiría volver a enfrentarnos, tal y como había vaticinado Wittgenstein, al embrujo del entendimiento del lenguaje. El hallazgo, sin embargo, apenas tuvo repercusión en la prensa, que en aquellos días empleaba todos sus recursos en esclarecer las causas y previsibles consecuencias de los trágicos atentados de Nueva York. Es probable que, de haberse producido un poco antes, el primer gran hito científico del nuevo milenio hubiera recibido un generoso despliegue. En España solo un periódico recogió la noticia en su edición del diecinueve de septiembre. En el faldón de una página par apareció una nota de agencia que daba cuenta, en cuatro sucintos párrafos, del experimento llevado a cabo por un grupo de científicos de la Universidad de Oxford, quienes habían conseguido aislar un gen, al que bautizaron como FoxP2, y demostrar su implicación en la capacidad de los vertebrados para comunicarse.

Ahí estaba, nada más y nada menos, el señor Origen del Lenguaje, una misteriosa criatura prehistórica de la que no se habían encontrado restos fósiles, un inquietante yeti que daría respuesta a infinidad de interrogantes, empezando por los de mi incierto porvenir como doctorando de la Universidad Complutense de Madrid. ¿Era el lenguaje una facultad innata o un conocimiento adquirido en un largo proceso de aprendizaje? La pregunta había enfrentado durante décadas a pensadores de todos los campos de conocimiento. Yo mismo había estudiado a fondo la gramática universal de Noam Chomsky para mis trabajos de posgrado. En 1957 el lingüista y filósofo estadounidense había formulado una revolucionaria teoría, según la cual todos nacemos con unas estructuras cerebrales anteriores a la adquisición del lenguaje. Su hipótesis se basaba en la facilidad con que los niños aprenden a hablar al tiempo que van reinventando la gramática, creando enunciados de acuerdo a patrones que no han escuchado ni imitado de sus cuidadores. Volver al origen, esa era la palabra, la clave de todo este asunto.

Cuando escribí al profesor Castro, varios especialistas ya se habían pronunciado acerca de las prometedoras implicaciones del FoxP2 en el desarrollo neuronal. Muy pronto, prometía un catedrático de Harvard, tendríamos acceso a los arcanos de nuestra propia inteligencia. De ahí que los organizadores del XXIX Foro Internacional de Lingüística que tendría lugar a finales de año en la Universidad Católica de Valparaíso se hubieran tomado la molestia de convocar en tiempo récord a las grandes estrellas de la disciplina. A todo el mundo le extrañó que Néstor Castro, que había dado clases durante más de treinta años en el aula magna donde se celebrarían las conferencias, declinara la invitación.

El profesor vivía en una casa retirada en el cerro más elevado de Valparaíso. Fueron necesarios dos funiculares para alcanzar el último tramo de cuesta que conducía a una desvencijada construcción de madera. Allí arriba, solo el hormigón de los escalones resistía la embestida del viento, que agitaba con fuerza la techumbre metálica, confundiéndola con una vela. En la entrada, junto al buzón, una campana que hacía las veces de timbre emitió un sonido remoto y grave, parecido al de una embarcación llegando a puerto. Entonces me di cuenta de que la casa tenía la apariencia de un barco, un barco suspendido en el aire.

Abrió la puerta un hombre de rostro afilado y nariz aguileña. Desde el umbral, tres peldaños por encima de mí, Castro me examinó con la mirada amusgada por el sol antes de estrecharme la mano e invitarme a pasar. Mientras lo seguía por un largo pasillo, me fijé en la delgada corpulencia de mi anfitrión de ochenta y dos años. Quizá en sus mejores tiempos hubiera alcanzado el metro noventa. Sobre su esqueleto de alambre, la chaqueta de lino gris y los pantalones a juego le conferían un aire de irrealidad, como un actor que espera entre bastidores el momento de salir a escena. Era sin duda un conjunto reservado para ocasiones especiales, y cuando empezaba a preguntarme si habría llegado en mal momento, el profesor me ofreció una taza de café y desapareció en dirección a la cocina. Mientras esperaba, dejé mi grabadora y una libreta sobre una de las sillas del comedor.

El profesor regresó con una bandeja y sirvió dos tazas de un puchero de latón. Sin decir nada, tomó asiento en un desgastado butacón de terciopelo junto a un escritorio atestado de libros, montañas de papel, un viejo ordenador y un fax. Acto seguido se encendió una pipa sin apartar la mirada del intenso azul que colmaba los ventanales del salón. Antes de que su rostro se perdiera en una nube de humo, empecé a enumerar los motivos que me habían traído a Valparaíso unos días atrás. Le hablé de mi desesperada búsqueda de una primicia académica que me permitiera aspirar a una de las becas del departamento y también de las conferencias a las que estaba asistiendo en el Instituto de Literatura y Ciencias del Lenguaje. Durante varios minutos me dediqué a recitar nombres y datos como un ridículo papagayo con la esperanza de que alguien o algo sirviera para iniciar una conversación. Pero el profesor permaneció imperturbable, cual humeante esfinge inmune al efecto de mis palabras.

—Estará de acuerdo conmigo —me aventuré— en que el FoxP2 revalida las viejas teorías innatistas sobre el origen del lenguaje que con tanto empeño usted defendió en sus libros y en sus clases. Aunque el reconocimiento llegue tarde, tiene la oportunidad de limpiar su nombre. ¿Qué le impide acudir a las jornadas?

En lugar de reaccionar de inmediato, el profesor cerró los ojos, cruzó los dedos sobre el regazo y vaciló varios segundos en silencio, calibrando el alcance de su respuesta. Después se puso en pie, se acercó a una de las ventanas y, señalando en dirección a unos tejados cercanos, dijo al fin:

—¿Sabe qué ave es esa?

La pregunta me descolocó. Rápidamente me acerqué a la ventana para localizar la criatura que seguía apuntando con la misma mano con la que sostenía la pipa. En la distancia distinguí un pájaro blanco, aproximadamente del tamaño de una paloma. Podía haberlo visto mil veces y no haber reparado en las delicadas formas de aquella diminuta belleza alada. La ornitología no era, desde luego, una de mis especialidades.

—¿Una cría de gaviota? —resolví sin la menor convicción.

El profesor profirió una risa cáustica de decepción.

—No diga tonterías y preste atención, muchacho —reconvino, y comenzó a limpiar la cazoleta.

Acobardado por su insistencia, fingí aguzar la mirada apoyando las dos manos sobre el cristal. Pero la verdad era que no tenía ni la más remota idea de lo que me estaba hablando.

—Me parece ver un pájaro muy pequeño, con un pico fino y alargado —añadí con la voz pinzada de timidez—. Pero no sabría decirle qué especie en concreto. Para serle sincero, profesor, no sé mucho de pájaros...

—Vaya, hombre. Se rinde usted demasiado pronto —terció con arrogancia—. Lo que ve ahí es un *Calidris alba*, un ave caradriforme de la familia *Scolopacidae*. Se alimenta de pulgas de mar que captura sobre la arena de la playa y viene aquí arriba a disfrutar de su banquete. El ejemplar en cuestión es una hembra joven. ¿Se hace una idea de la distancia que ha recorrido esa criatura para que nosotros podamos contemplarla?

—Ni la más remota —admití sin el menor empacho—. Pero algo me dice que una barbari...

—Catorce mil kilómetros —me interrumpió—. Catorce mil kilómetros en unos pocos días, y sin apenas descanso. Estas aves se desplazan cada año desde el Ártico mientras ejecutan en el aire una compleja y misteriosa danza. ¿Y qué cree que las trae hasta estas tierras cada año?

—¿El clima?, ¿la comida? —tanteé con un nudo de impaciencia—. ¿El instinto reproductor?

—Eso cree todo el mundo. Pero usted también ha recorrido una distancia considerable para venir aquí con la intención, sospecho, de hacer preguntas inteligentes. Cuestiones como las que me planteaba en el mensaje que, obedeciendo una corazonada, se atrevió a enviarme por fax sin imaginar que yo acabaría mordiendo el anzuelo. —Y apuntó al escritorio con un ademán de barbilla—. Si está decidido a ser alguien en la vida, pongamos un eminente doctor en Filología, sus respuestas deben estar a la altura de sus preguntas. Se lo plantearé de otro modo. ¿Qué es lo que hace que cada año este pájaro venido de la tundra ártica anuncie la llegada del verano austral a los habitantes de Tierra de Fuego? Tómese el tiempo que crea conveniente antes de contestar.

La batalla parecía perdida.

—Lamento el inconveniente, profesor, pero de verdad que no lo sé —me excusé.

Castro se dio la vuelta, recorrió a cámara lenta un par de metros hasta la mesa baja y asió una de las tazas de la bandeja.

—Está bien, está bien, lo entiendo. No se preocupe... —dijo, y sorbió un primer trago de café—. Pero me temo que no podremos hablar de lo que sea que le ha traído hasta aquí hasta que no tenga una respuesta a mi pregunta.

—Pero, profesor, yo...

—Vuelva cuando lo sepa, muchacho —arremetió taxativo, y se puso en pie—. Vuelva cuando lo sepa. Ya sabe dónde encontrarme.

No hubo despedida y ni siquiera me acompañó a la puerta. Camino de la salida, mientras me batía en retirada arrastrando los pesados pasos de la vergüenza, reparé en un detalle: casi todas las paredes de la casa estaban cubiertas de estanterías, pero en ellas no había un solo libro.

2

Resultó que el pájaro y yo teníamos más cosas en común de lo que imaginaba. Para empezar, nadie parecía saber qué lo traía hasta estas tierras desde tan lejos. Al día siguiente, después de las conferencias de la mañana, me dejé caer por la biblioteca del Museo de Historia Natural de Valparaíso, que contaba con una bien abastecida sección de ornitología. Aparte de un interesante análisis taxonómico de las aves caradriformes de la familia *Scolopacidae* y un exhaustivo itinerario de sus viajes desde las costas de Groenlandia, no hallé nada que me llamara demasiado la atención. Según los libros que pude consultar, el *Calidris alba* visitaba a principios de septiembre las costas de la Quinta Región buscando el calor de las playas y un buen suministro de crustáceos, insectos y lombrices. Lo que la ciencia moderna no estaba en condiciones de explicar era por qué el pájaro elegía un destino tan alejado, de clima muy similar al de otras regiones de Sudamérica menos apartadas. Para el playero blanco, como se le conocía popularmente, no existía el término medio: a lo largo del año habitaba los dos extremos del mundo sin que nadie hubiera sido capaz de resolver el enigma, la razón que justificaba el agotador y temerario viaje de varios días sin apenas descanso que se veía obligado a realizar dos veces al año. A partir de marzo, una inmensa bandada de *Calidris alba* emprendía nuevamente la retirada hacia el hemisferio norte para iniciar la etapa de apareamiento. La solución al enigma era tan sencilla como la propia supervivencia, pero estaba seguro de que ninguna respuesta planteada en esos términos satisfaría al profesor. Tenía que haber algo más, me dije, así que seguí examinando los archivos.

Aunque no era lo que andaba buscando, tampoco me extrañó encontrar en la balda de la letra «c», junto a los estudios y ensayos de Frank Chapman, Volcher Coiter y Elliott Coues, un libro descatalogado del profesor. Se trataba de una edición antigua, si bien impolutamente etiquetada, que Castro debía de haber donado recientemente. No tendría más de doscientas páginas y, a falta de una identificación que me autorizara a llevarme el ejemplar, dediqué el resto de la tarde a leerlo en una de las mesas vacías de la segunda planta. Era un texto sensacional, una soberbia erudición sobre el origen del lenguaje como resultado de mutaciones entre diferentes especies de animales. Que *El vuelo del hombre* se hubiera publicado en 1973 quería decir que Néstor Castro se había adelantado veintiocho años al descubrimiento del FoxP2. Sin embargo, en el ensayo no se hacía una sola mención al *Calidris alba*. A cinco minutos para que dieran las ocho, un bedel me invitó amablemente a abandonar la sala.

Durante mis primeros días en Valparaíso no había hecho otra cosa que estudiar. Al salir de las charlas me recluía en el hotel Brighton, que coronaba el cerro histórico de Concepción. En mi habitación con vistas a la bahía repasaba los apuntes y preparaba las lecturas del día siguiente. Exceptuando mi visita a Castro, apenas había tenido tiempo de sumergirme en el decadente encanto de sus casas de colores encaramadas a los acantilados. Se podría decir que aquel viernes en que salí medio sonámbulo de la biblioteca fue la ciudad la que acudió a mi encuentro. En el aire flotaba un intenso olor a café procedente de la fábrica Monterrey, cuyas chimeneas esparcían por el cielo estimulantes aromas que inducían a la gente a una especie de exaltación colectiva proclive a la utopía. En un país obsesionado con las clases sociales, las bulliciosas terrazas de las cafeterías imponían su ley sobre las aceras como paraísos de igualdad. Frente a la dictadura de lo posible, la democracia de lo improbable concedía rango de viabilidad a cualquier idea que pudiera ser formulada.

A pocos metros de mí, una multitud rodeaba a un grupo de músicos que tocaba en la Plaza de la Victoria. Una luz crepuscular hacía llamear los rostros de aquella hermandad de gente desconocida que cantaba y bailaba sin dejar de avanzar por las calles como pájaros en bandada, con una mezcla de instinto caótico y perfecta sincronía. Enseguida me ofrecieron algo de beber y, tan pronto se percataron de mi acento, me convertí en rehén de la más descarada curiosidad. Cuando me quise dar cuenta, estaba en el Playa, una clásica taberna guarnecida de espejos y decorada con espumillones navideños que serpenteaban entre las fotos de personajes ilustres que habían frecuentado el local en otro tiempo.

Fue allí donde, en una temeraria escalada a la embriaguez, acabé intimando con un grupo de universitarios que me habían invitado a tomar asiento en una de las mesas del fondo. No debían de tener más de veinte años, pero irradiaban el anticuado encanto de los aventureros más experimentados. Quizá fuera el alcohol, pero tuve la sensación de que hablaban del mundo con una sabiduría fascinante y desmesurada. Entre tragos de pisco, me confesaron su afán por conquistar la última frontera, por penetrar la superficie de lo que vemos y tocamos, y que no es más que la antesala de una nueva dimensión, donde las cosas dejan de sentirse para tener sentido, un sentido profundo solo al alcance de unos pocos. Quedé impresionado con aquellas palabras que salían de sus bocas con asombrosa naturalidad, sin el menor atisbo de afectación ni pedantería.

No han quedado registrados en mi memoria los nombres de los integrantes de aquella divertida camarilla de estudiantes, pero sí algunas partes de su cautivador discurso sobre la necesidad de alcanzar esa otra realidad, lo que llamaban el Masafuera, en honor a una pequeña isla de Chile que forma parte del archipiélago Juan Fernández. En un país acostumbrado a sufrir los más duros embates de la naturaleza, donde cada seis minutos se registra un temblor, aquellos chicos experimentaban repentinos ataques de lucidez como resultado de fuertes colisiones y erupciones internas. No tardaron en convencerme, con su elocuente verborrea, de que debía liberar mi espíritu de la tiranía de los sentidos y empezar a caminar por la delgada frontera que separa todo lo antagónico de este mundo. Para lo cual, me instruyó amablemente uno de ellos, debía avanzar como un funambulista aferrado a su pértiga: en un extremo del palo, lo grotesco; y en el otro, lo sublime.

Puede que algunas de las opiniones de estos jóvenes inconformistas resultaran un tanto descabelladas, pero al menos eran genuinas. Nada de doctrinas ni reflexiones prefabricadas. No perdían el tiempo recabando citas de otros pensadores para su corpus teórico, que por supuesto no era teórico ni se atenía a ninguna corriente filosófica. Simplemente se entregaban con absoluta convicción a sus ideas y actuaban en consecuencia. O más bien: actuaban primero y reflexionaban después sobre lo que acababa de pasar. Para aproximarse al Masafuera utilizaban un método que habían bautizado como *línea recta.* De pronto, empezaban a caminar sin desviarse en ningún momento de esa línea imaginaria que los unía mentalmente a un punto invisible del horizonte. El tráfico no era un problema comparado con los coches estacionados, que tenían que franquear por el capó ante la mirada atónita de los viandantes. Lo mismo pasaba con el mobiliario urbano y con los árboles, que debían trepar. Si se topaban con una casa, llamaban al timbre y se adentraban en ella con cualquier excusa para luego salir por alguna de las ventanas antes de que avisaran a los carabineros. Podían caminar en línea recta durante horas hasta que se tropezaban con alguna barrera infranqueable. Entonces pegaban la cara a ese muro y lo palpaban como si fueran las mismísimas puertas del Masafuera. En cierta ocasión, escuché decir entre una bruma de risas, a uno de ellos le sorprendió el mar al final de su trayecto, así que, sin despojarse de la ropa, con la documentación y el dinero en uno de los bolsillos y la mochila llena de libros, empezó a nadar mar adentro. No dejó de dar brazadas hasta que, al cabo de una hora, notó que le fallaban las fuerzas. Volvió a casa agotado, al borde del desmayo, pero con la satisfacción de haberse acercado, más que nunca, a ese lugar inalcanzable.

No recuerdo cuándo, dónde ni cómo nos despedimos,

y esa incertidumbre me ha hecho cuestionarme muchas veces si realmente llegué a conocer a los exploradores del Masafuera o fue todo obra de una ilusión. Solo dispongo de una certeza y es que Valparaíso avivó algo muy profundo en mí que hasta entonces desconocía.

En algún momento reconocí entre el espesor del mareo y la negrura de la noche un rostro inusualmente familiar. Era la cara del profesor Castro. No entendía cómo había llegado tan lejos, ni recordaba tampoco haber tocado la campana de su casa.

—Pero ¿se puede saber qué hace usted aquí? —me reprochó—. ¿Se da cuenta de la hora que es?

—No era mi intención molestarle... —clamé etílico—, pero creo que tengo la respuesta a su pregunta.

—¿Y bien?

—La respuesta es... —hipé, herido por el martillazo del cansancio—. La respuesta es...

—Dígame, muchacho.

—Mierda... He olvidado la respuesta.

3

Me desperté a la mañana siguiente con un cálido golpe de luz en la cara. Por la ventana sin cortinas se podía ver el mar esplendoroso. El catre donde había pasado la noche era solo un poco más blando que el suelo, pero había dormido bien. Hasta mi habitación llegaba el olor a tostadas recién hechas, lo que significaba que Castro me estaría esperando. Me atusé el pelo y limpié mis gafas con un vaho de mal aliento antes de aparecer en el salón envuelto en un guiñapo de ropas arrugadas. El profesor había preparado un generoso desayuno. Cuando le di los buenos días, servía zumo en dos copas azules. No sé dónde había leído que a Neruda todo le sabía mejor en vasos de colores.

—¿Qué le ha pasado en el brazo, muchacho? —me saludó el profesor, e inmediatamente comprobé que tenía una costra de sangre seca a la altura del codo.

—Qué extraño. No recuerdo haberme golpeado.

—De eso estoy seguro. Agarró usted una *mala caña*. Ahora, siéntese. Debe de estar hambriento. Hay mermelada y palta. Café y durazno recién exprimido. Le recomiendo que empiece por el mate si quiere resucitar de entre los muertos.

Antes de abalanzarme sobre la comida, emití un espasmo de gratitud. Algo desconcertado por la dispendiosa hospitalidad de quien, un par de días antes, me había expulsado de su casa sin la menor contemplación, fui recobrando poco a poco el sentido. Con la boca llena, me atreví a retomar el hilo de nuestra última conversación.

—Todavía no me ha explicado lo del pájaro. Ni creo haber resuelto el acertijo. Y, sin embargo, aquí estoy, beneficiándome de sus cuidados. ¿Qué se me ha escapado?

—En realidad, se acercó usted mucho más de lo que piensa.

—Así que *mierda* era la contraseña secreta. ¿O acaso *he olvidado la respuesta*?

—Más bien fue su imprudente *aleteo* —y remarcó la palabra con fina condescendencia— hasta mi puerta. Verá, recientemente un grupo de científicos de la Universidad de Toronto llevó a cabo un experimento de lo más interesante. Colocaron electrodos en el cerebro de varios miembros representativos de una población de más de quinientos mil *Calidris alba* para medir la actividad de sus neuronas y analizar su comportamiento. Sucedió algo asombroso: el ordenador registró exactamente la misma frecuencia eléctrica procedente de una zona muy concreta del cerebro en los playeros en época de migración y en los ejemplares más ineptos durante las pruebas de adiestramiento. Los científicos concluyeron que las migraciones están relacionadas con alguna forma de olvido. O, dicho de otra manera: el *Calidris alba* recorre cada año más de catorce mil kilómetros porque recuerda haber olvidado algo. Lo que nadie sabe es el qué.

—¿Y de verdad esperaba que apareciera en su casa con los datos del experimento de Toronto?

—De ninguna manera. —Y esbozó una sonrisa de

complicidad—. Me habría bastado con que hubiera vuelto a hacer sonar la campana, aunque debo reconocer que a esas horas ya no esperaba a nadie.

—Para serle completamente sincero, también yo tenía la seguridad de que volveríamos a vernos.

—Muy astuto —dijo, y apuntó con el dedo a una de las sillas del salón, donde permanecían mi grabadora y mi libreta.

—Le aseguro que... —me afané en justificarme.

—Ya sé, ya sé —zanjó—. No se me revuelva. ¿Quiere hacer el favor de conectarla? No tengo todo el día.

Me incorporé en mi asiento, me sacudí las migas de la camisa y obedecí sus indicaciones. Cuando pulsé el botón rojo, el profesor ya había empezado a hablar.

—¿Dónde lo habíamos dejado? Ah, sí. El FoxP2. Como sabe, mi querido amigo, la explicación evolutiva del lenguaje ha sido motivo de fuertes enfrentamientos desde los tiempos de Darwin, para quien la comunicación verbal de los humanos era una manifestación más del instinto. Con los pertinentes ajustes, esta forma de conocimiento innata nos permitió situarnos en lo más alto del escalafón animal de acuerdo a las leyes de la selección natural. Fue, sin duda, la más poderosa ventaja evolutiva de la que podía dotarnos la naturaleza. Casi tres siglos antes de que se publicara *El origen de las especies*, un humanista español, Francisco Sánchez de las Brozas, ya había planteado en su obra *Minerva* unas reglas generales comunes a todas las lenguas que acaban convergiendo en una sola.

—La lengua de Adán —añadí para que viera que seguía con atención sus explicaciones.

—Ni más ni menos. El propósito de Sánchez de las Brozas no era otro que intentar explicar cómo un hablante de cualquier parte del mundo puede construir oraciones correctas que nunca antes ha escuchado. Un misterio del que la vida nos hace partícipes sin necesidad de ser eruditos en la materia. Basta con haber escuchado a un niño pequeño cometer errores en la conjugación de los verbos irregulares. No son meras equivocaciones sino...

—Fallos lúcidos —volví a intervenir.

—Justamente. Esa misma sospecha de que el lenguaje no es un cúmulo de datos aprendidos sino un generador de ideas llevó a los cartesianos a intentar describir una gramática universal que sirviera de principio generativo a todas las lenguas y también a rastrear cualquier expresión de su estructura dentro de nuestro cerebro. A mediados del siglo XIX, el médico francés Paul Pierre Broca usó como conejillo de Indias a un humilde curtidor de zapatos que había sufrido un ataque de epilepsia que lo dejó mudo. De la noche a la mañana, Louis Victor Leborgne se olvidó de hablar. En el hospital de Bicêtre de París, donde lo ingresaron, todo el mundo lo llamaba cariñosamente monsieur Tan, que era la única palabra que podía articular. Tan esto, tan lo otro, tan por aquí, tan por allá, y en realidad no decía gran cosa. Cuando murió, su cerebro, que aún se conserva, llevaba marcada la zona del lóbulo frontal involucrada en el procesamiento del lenguaje, lo que más tarde se conocería como el área de Broca.

—Paul Pierre Broca y su infalible taladro.

El profesor celebró mi ocurrencia con una carcajada.

—Claro que los agujeros que unos abrían, otros se apresuraban en taparlos. Fue una batalla encarnizada entre innatistas y empiristas. En su *Ensayo sobre el entendimiento humano*, Locke se opuso firmemente a la universalidad del lenguaje. Para él la mente humana era una *tabula rasa*, una página en blanco que se iba manchando de ideas y símbolos a través de la experiencia. No le faltaba razón en muchos de sus postulados, pero se equivocó al fiarlo todo a los sentidos. Pocos, en cualquier caso, se atrevieron a rebatirle, temiendo ver atacadas sus teorías sobre la esencialidad del alma con la furia empírica de la matemática. Solo Leibniz, fervoroso racionalista y conocedor del trabajo de Locke, se arriesgó a llevarle la contraria en sus *Nuevos ensayos sobre el entendimiento humano*, en cuyo segundo volumen podemos leer: «Nada hay en el entendimiento que no haya estado en los sentidos, a excepción del propio entendimiento».

—Página en blanco. Pero página al fin y al cabo.

—Lo que más llama la atención del texto de Leibniz es su estructura dialogada a través de dos personajes que charlan amigablemente sobre la libertad, la paz, la igualdad y el progreso. A nadie se le escapó que Filaletes y Teófilo eran, en realidad, la representación novelada de Leibniz y Locke, una dualidad simbólica a lo don Quijote y Sancho conjugada en una misma entidad de pensamiento. Sus visiones del mundo no pueden estar más alejadas, pero su respeto por los principios de la razón y la verdad los obliga a dejar de lado sus diferencias en pro de la concordia.

—¿Consiguió Leibniz lo que buscaba?

—Mucho me temo que no. Al enterarse de la repentina muerte de Locke, renunció a ver publicado su tratado. La obra vio la luz póstumamente en 1765, más de sesenta años después de que la acabara.

—No lo entiendo. ¿Por qué?

—Para Leibniz, el mundo estaba de alguna forma escrito desde el principio de los tiempos. Un volumen más en la biblioteca no iba a cambiar gran cosa, pues el camino a la verdad no consistía tanto en formular nuevos conceptos como en recordar lo que ya sabemos sin necesidad de aprender. ¿Quiénes somos antes de nacer? Esa era la pregunta que inquietó a Leibniz durante toda su vida y la cuestión que sigue preocupando hoy a los lingüistas.

—Y supongo que ahí es donde entra la genética evolutiva y el FoxP2, la piedra de Rosetta que podría descifrar el más antiguo y complejo jeroglífico, el origen de todo.

—En efecto, el famoso gen está asociado a diversas funciones del habla como resultado de una respuesta adaptativa al medio a través de diversas mutaciones. Todo el mundo sabe que un mismo gen está involucrado en multitud de procesos y que se expresa de manera diferente según el órgano del cuerpo. Este mecanismo biológico no actúa de manera aislada, sino que sirve de puente entre especies, lo que se conoce como convergencia. El hallazgo, por lo tanto, abre la puerta a infinitas posibilidades.

—¿Incluida la posibilidad de que los primeros humanos aprendieran a hablar imitando el canto de los pájaros?

—Me alegra saber que se ha tomado la molestia de documentarse al respecto —añadió con sarcasmo.

—Tampoco he tenido que investigar demasiado. Lo cuenta usted todo en *El vuelo del hombre*. Un ensayo apasionante, si bien algo adelantado a su tiempo y, si se me permite, un tanto radical en algunas de sus formulaciones.

—Cuando lo publiqué, hace casi treinta años, la gente no estaba preparada para entenderlo. Tiene usted demasiados pájaros en la cabeza, me sermonearon. ¡Y ni siquiera podían pasar del primer capítulo!

—Oí que un grupo de exaltados le arrojó un cubo de agua antes de una de sus ponencias.

—Me gané enemigos en todos los frentes. Mientras unos me tachaban de determinista, otros me acusaban de haber fundado poco menos que una secta satánica. Ahí está, me decían, el profesor maligno. No fue un simple malentendido. Alguien puso precio a mi cabeza, ¿oye lo que le digo? Cualquiera con dos dedos de frente sabía que mi libro no negaba el libre albedrío ni mucho menos la posibilidad de un alma, de un espíritu, de un Dios. Todo cuanto me limité a decir fue que en el principio de los tiempos no fue la palabra, sino la música, el canto.

—¿Por eso ha decidido no asistir a las jornadas? ¿Porque está enfadado con el mundo por no aceptar sus teorías?

—Yo ya no soy más que un anciano que apenas sale de casa. —Hizo por consolarse—. La única cara que me permito ver de vez en cuando es la de mi queridísima Agustina, que me visita cada semana para llenarme la despensa y asegurarse de que no me falte café.

—Pero eso no tendría por qué ser así.

—El tiempo, muchacho, me ha dado la razón, pero ajustará cuentas conmigo si persevero. Hay tanto, tanto por descubrir... Y yo ya no tengo fuerzas para eso —dijo súbitamente entristecido, y fatigó la mirada por los estantes vacíos del salón—. Por eso me deshice de casi todos mis libros. Para evitar cualquier tentación. Ya no soy más que un viejo gruñón que no quiere ver a nadie, ni mucho menos convertirse en centro de atención.

—¿Reconoce al menos que tiene material para una segunda parte de *El vuelo del hombre*? —Y señalé a las pilas de papel de su escritorio.

—Es usted muy pertinaz, pero no le negaré cierta

intuición —se avino con un pliegue de angustia en la voz—. Hay material para una segunda e incluso para una tercera parte, ya lo creo que sí, pero lo que tengo sobre todo son demasiados años encima para volver a pasar por todo aquello. No estoy preparado para tanto sufrimiento. Simplemente mi cuerpo no lo aguantaría.

—Pero ¿qué hay de la verdad?, ¿dónde queda el valor de las ideas? —arremetí con vehemencia—. ¿Tiene algún buen motivo, como Leibniz, para no publicar sus descubrimientos?

—En realidad son solo hipótesis, simples teorías, pero de ser ciertas supondrían un cambio radical en nuestra manera de entender las cosas. El mundo sería distinto, demasiado distinto... ¿Sigue usted grabando?

—Sí.

—Desconecte el aparato, se lo ruego.

—De acuerdo —mentí.

4

El profesor Castro no se dejó ver por las conferencias, pero eso no quería decir que no estuviera presente en todas ellas. Durante los coloquios, su nombre salía a relucir con frecuencia a propósito de tal o cual aspecto relacionado con el FoxP2 y su relación con el canto de las aves. Me sentía como un periodista en posesión de una importante exclusiva que pronto vería la luz, y por alguna razón no podía evitar alegrarme de ser el único con acceso a las disparatadas teorías en torno al famoso gen que el inveterado catedrático defendía en privado. Aún conservo en mi memoria una rara imagen de mí mismo, con el pelo alborotado y la cabeza funcionando a mil revoluciones, mientras experimentaba, por primera vez en mi vida, los estragos del insomnio creativo. Las palabras de Castro habían calado tan profundamente en mí que surtieron su mágico efecto más allá de las obligaciones académicas que me habían llevado a Valparaíso. En algún momento empecé a escribir la que acabaría siendo mi primera novela. No sé cómo ocurrió, pero sí recuerdo que una cosa llevó a la otra y, cuando me quise dar cuenta, me había comprado una vieja máquina de escribir, prorrogado provisionalmente mi estancia en la ciudad, abandonado el hotel y alquilado una habitación en Cerro Yungay, muy cerca de la casa donde pasó sus últimos días Neruda. Fue como si los misterios sobre el origen del lenguaje hubieran hecho brotar en mí una repentina destreza narrativa.

La antigua casona de madera donde me hospedé crujía por todas partes. A doña Gabriela, la dueña, le costaba creer que unas simples conferencias dieran tanto de sí y consideraba poco menos que un logro sin precedentes mi careo con el «viejo cansón» de Castro. Me escuchaba trabajar día y noche en mi habitación, de la que escapaba el incesante repique metálico de mi Olivetti. No entendía que no utilizara mi ordenador, «un atajo para escritores mediocres», me oyó decir durante un breve descanso para la cena de Nochevieja, que celebramos los dos solos frente al televisor. Un par de días antes, cuando se enteró de cómo había pasado las fiestas de Nochebuena y Navidad, canceló la invitación de su único hijo, que vivía en la capital, para hacerme compañía el último día del año y cerciorarse de que me fuera a la cama con algo caliente en el estómago. Como una madre atenta y esmerada, Gabriela se ocupaba de todo para que mi vida pudiera girar en torno a la escritura, y nada más que la escritura. A fin de no interrumpir mis largas jornadas de trabajo, dejaba la comida en una bandeja en el suelo frente a la puerta. Cuando el silencio certificaba mi desfallecimiento sobre el colchón de la habitación aprovechaba para entrar sigilosamente y poner orden al caos: vaciaba el cenicero, recogía la ropa sucia y retiraba los platos amontonados sobre el escritorio.

He olvidado cuánto pagué por sus atenciones, pero sí sé que siempre estaré en deuda con ella. Si no se lo agradecí lo suficiente fue simplemente porque en aquellos días viví en una especie de ensoñación febril. Por primera vez en mi vida la escritura había dejado de ser un ejercicio frustrante y estéril. Ahora podía oír una voz que emanaba espontáneamente dentro de mí. Lo único que tenía que hacer era transcribir cada palabra hasta que dejara de sonar la música en mi cabeza. Estaba tan inmerso en mi mundo de fantasía que ni siquiera claudiqué al angustioso recuerdo de mi última visita a Néstor Castro.

Unos días antes, la tarde del veintitrés de diciembre, al acabar la última conferencia del Foro Internacional de Lingüística, emprendí una nueva ascensión hasta la casa del profesor para ponerle al corriente de mis avances con el FoxP2. Al llegar al cruce de la Avenida Alemania, comprobé con fatigosa decepción que el funicular estaba estropeado, así que tuve que completar el resto de la caminata a pie. Hacía un calor húmedo y un ligero olor a basura en descomposición impregnaba el aire espeso de la colina. De vez en cuando paraba para recuperar el aliento y me giraba para contemplar las vistas. La violenta perspectiva distorsionaba las formas y alteraba las proporciones. Me dio la impresión de que una mujer inmensa iba a ser atropellada por un autobús que le llegaba por la cintura. Me sequé el sudor de la frente y miré el reloj, que marcaba las seis y media. Sonreí al comprobar la situación exacta de las manecillas. Era una tontería, una coincidencia sin importancia, pero el tiempo me señalaba a mí. Y no solo eso, apuntaba también en la dirección que debía seguir. Tardé veinte minutos más en alcanzar la casa del profesor, que me pareció distinta a la primera vez que la vi, más reducida, como sacada de un cuento. Llegué a pensar que me había equivocado de puerta después de llamar varias veces a la campana sin que nadie saliera a recibirme. Comprobé el número del buzón y recordé también las palabras del profesor sobre sus escasísimas salidas. Esperé un buen rato sentado en los escalones de la entrada hasta que las sombras de los perros arracimados en ese tramo de calle se volvieron alargadas y siniestras. Se me ocurrió que quizá Castro estuviera durmiendo y aporreé la puerta con decisión. En uno de esos empujones, la desquiciada estructura cedió y la boca de la cueva se abrió como por ensalmo. Asomé la cabeza y grité el nombre del profesor, que resonó con sequedad dentro de la casa. La segunda vez que lo llamé ya había recorrido la mitad del pasillo que llevaba al salón. Al tercer intento, ya frente a él, las palabras se ahogaron en mi garganta.

Castro permanecía sentado en su rincón, en la misma postura que en nuestro primer encuentro. Enseguida supe que estaba muerto. Tenía una expresión plácida grabada en el rostro, como si le hubieran suministrado una indolora inyección. Llevaba puesta la misma ropa, el traje que aún conservaba el destello rígido de las ocasiones especiales. Apenas llegué a conocer al profesor, pero algo me decía que no era el tipo de hombre que se quita de en medio sin más. Se sabría enfermo o lo suficientemente mayor para que la muerte le sorprendiera en cualquier momento. Y lo preparó todo con esmero. Había donado sus libros, cancelado sus compromisos académicos y esperado el desenlace de su propia vida con las maletas preparadas. Mi presencia pudo resultar inoportuna al principio, de ahí que me mandara a indagar sobre un pájaro, pero me resistía a creer que nuestra conversación no albergaba una última voluntad, una especie de confesión y puesta en limpio de sus teorías.

Los objetos y muebles de la casa parecían congregados alrededor de algo, como criaturas agazapadas que contemplaban desde su escondite el último acto de una función. Y, sin embargo, la escena estaba desprovista de dramatismo y resultaba extrañamente inmune al tenebrismo de los espectros. La muerte se exhibía con apacible insolencia, como el eco promiscuo de una casa vacía que husmea en los cajones. Todo parecería igual que antes, un antes primitivo, casi bautismal. Un día un hombre se sienta a pensar en el mismo rincón donde, durante décadas, ha tratado de descifrar el sentido de la vida y allí, de pronto, en el lenguaje inapelable de su propia respiración, antes del último latido, se entrega al ritual de su propia extinción.

Debí de pasar un rato absorto en mis pensamientos porque cuando salí a la calle ya era de noche. Corrí todo el trayecto de vuelta. Podría haber llamado al número de emergencias o, al menos, haber avisado a algún vecino de la presencia de un cadáver que pronto empezaría a descomponerse. Pero no me detuve a pensar. Avancé a toda velocidad cuesta abajo como si el estruendo de una avalancha acechara mis pasos. El tiempo se encargaría de aclarar por qué hice o dejé de hacer lo que todo el mundo habría hecho o dejado de hacer en esa situación. Al llegar a mi destino, las manos me temblaban de tal modo que no pude introducir la llave en la cerradura y llamé al timbre con insistencia. A mi llamada acudió Gabriela con el delantal y las manos rociadas de harina. La había pillado trajinando en la cocina y con el fuego encendido, pero las prisas no le impidieron percibir el miedo emboscado en mis retinas, pues nada más verme exclamó:

—¡Ay, pobre *mijito*! Parece que ha visto usted un fantasma.

Pude aliviar mi mala conciencia cuando, una semana después, apareció en *El Mercurio* un obituario dedicado al «más ilustre lingüista de la historia de Chile, gran defensor de las teorías innatistas y posiblemente el más incomprendido de los intelectuales latinoamericanos de su generación». Debió de ser la tal Agustina quien descubriera el cuerpo y avisara a las autoridades. Según la laudatio necrológica, Néstor Castro había encontrado en Valparaíso un inagotable manantial de inspiración bajo el efecto estimulante de las chimeneas de Monterrey: «Fue en una humilde y ruinosa casona del cerro más inaccesible de la ciudad donde levantó un sólido bastión de sabiduría que se elevaba sobre las más altas cotas del pensamiento universal de acuerdo al mito vertical de los zigurats babilónicos y las agujas góticas que, todavía hoy, nos permiten observar el mundo desde las alturas. —Y concluía—: ¡*Semper altius*, profesor!».

Cuando leí el texto no pude evitar reconocer mi propio reflejo en el cautivador ambiente de Valparaíso, pues fue allí, poco después de conocer a Castro, donde comencé a escribir mi primer libro.

5

Me cuesta imaginar a mis padres en su habitación, tramando a la luz de los flexos un plan para convertir a su hijo pequeño en escritor. De haber sido así, creo que habría podido resistirme. Lo cierto es que no hubo declaración de intenciones ni recuerdo que llegáramos a hablar nunca de ello. Todo se debió a una suma de sentimientos no revelados, a un flujo continuo de señales y deseos no formulados que dieron lugar a un incontrolable cúmulo de información no verbal. Mucho antes de ganarse la vida como traductora, mi madre había probado suerte como escritora e incluso había llegado a publicar un bellísimo poemario titulado *Camino de ayer*. Puede que en algún momento tratara de proyectar en mí sus propias aspiraciones. Cada semana, desde el día que cumplí diez años, me obsequiaba con un libro diferente. No decía nada, simplemente lo dejaba sobre el escritorio de mi habitación, justo debajo del último ejemplar. Llegué a acumular tres o cuatro volúmenes en la mesilla de noche y, salvo muy puntuales conatos de resistencia, terminé por crear un hábito nocturno de lecturas y cumpliendo con el ritmo de las entregas. El día de mi decimoquinto cumpleaños, mi madre me regaló el libro más complicado al que me había enfrentado hasta entonces: una cuidadísima encuadernación en cuero de hojas en blanco. Por aquel entonces la literatura ya se había convertido en un refugio para mí, y constituía un elemento indisociable de mi personalidad, pero las primeras acometidas al papel resultaron de lo más decepcionantes. No era lo que se dice un talento nato, pero pensaba que vivir rodeado de libros garantizaría mi propia redención y confiaba en que tarde o temprano aparecería el primer destello de genialidad. Nada de eso sucedió. Sentado en el escritorio de mi habitación, el ovillo de las horas fue tejiendo mis días, las semanas se enredaron en meses y, antes de que pudiera darme cuenta, estos habían zurcido los primeros años de mi derrota. No fueron muchos, no más de cuatro o cinco, pero los suficientes como para dejar de considerarme precoz en el temerario ejercicio de la escritura.

A mis padres no les inquietaba lo más mínimo la falta de calidad de mis primeros relatos ni tampoco que estuviera lejos de acuñar lo que los críticos llaman «estilo propio». Confiaban en mí y se cuidaban mucho de no someter mi evolución a la presión de las expectativas, y yo no conseguí reunir el coraje necesario para hacerles renunciar a su sueño. A pesar de lo cual, no podía evitar sentirme satisfecho y extrañamente orgulloso de mi condición de escritor en ciernes, de promesa en tránsito que coleccionaba matrículas de honor como estudiante de Filología Inglesa. En muy contadas ocasiones compartía mis textos fuera del círculo más íntimo, razón por la cual mi madre no desaprovechaba la ocasión de hacerme encargos con motivo de alguna reunión familiar. Pronuncié discursos en el bautizo de los mellizos de una de mis primas, en el velatorio de mi abuelo Carmelo y también en la boda de mi hermana Rebeca. Creo que por eso a mucha gente le extrañó que no quisiera leer en el funeral de Marga Aguilera. Aquella tarde de diciembre, importunamente soleada, fue mi hermana quien recitó con la voz rota el poema favorito de nuestra madre.

El cáncer se la llevó tan rápido que a menudo me sorprendía diciéndole a la gente que había muerto de un infarto. Era una forma de ahorrarme los detalles: el cuerpo consumido e irreconocible, el diminuto hilo de voz que sostuvo sus últimas palabras, el indescriptible color de las manchas del colchón que hubo que tirar y la imagen imborrable, atroz, de los camilleros contorsionándose por el hueco de la escalera. Mi madre quiso morir en su habitación y creo que una parte de la casa se fue con ella. Nada volvió a ser igual después de aquel día. Tras la boda de mi hermana, en el verano del año 2000, y el fallecimiento de mi madre, pocos meses después, el apartamento familiar se encogió de repente, como una estrella que, antes de explotar, se debate entre desaparecer o albergar en sus entrañas un agujero negro. El desenlace cósmico, en todo caso, no dependía de nosotros.

Que no viera a mi padre llorar no quería decir que no sufriera. Apenas hablábamos cuando coincidíamos el uno frente al otro, pero siempre estábamos ahí, como un reflejo del otro, las dos versiones de una misma historia. En torno a nosotros se fue cerrando poco a poco el perímetro de una zona exclusiva de protección y cuidados mutuos. No era tanto que evitáramos la soledad como que nos incomodaba cada minuto que pasábamos encerrados en nuestras habitaciones sin saber del otro. Pronto el salón asumió las funciones del resto de la casa y llegó un momento en que nos acostumbramos a los ruidos y ronquidos que proferíamos por la noche desde nuestros respectivos sofás.

En las semanas sucesivas al entierro, la vida se redujo a aquellos treinta metros cuadrados en los que dormíamos, comíamos, escuchábamos música, leíamos y veíamos películas. Pero sobre todo luchábamos, pues la muerte de mi madre se reveló como el primer capítulo de una serie de dolorosas adversidades, el *round one* de un largo combate con la vida. En ese sentido, el salón se parecía, sin llegar a ser perfectamente cuadrado, a un ring de boxeo. No se trataba de abatir al contrincante, sino de permanecer en pie hasta el final. Y siendo nuestro enemigo común el impredecible y ciego destino no había puntos débiles que atacar ni tampoco la posibilidad de proferir un golpe certero por la vía rápida del KO. Nuestra única esperanza era llegar al final del último asalto sin haber caído a la lona.

Poco podía hacer yo por proteger a mi padre de los golpes que le propinó la vida en aquella época. Recuperado del impacto inicial (la pérdida) y asumidas las nuevas reglas del juego (la soledad), se declararon los primeros síntomas de remordimiento (la culpa). En la Facultad de Medicina le habían enseñado a salvar vidas, a lidiar con los temores y padecimientos del enfermo, e incluso a aplicar determinados protocolos en situaciones límite, cuando la muerte ya no es el fin sino el medio. Nadie le había preparado, sin embargo, para perder a alguien sin darse cuenta. La muerte de mi madre representaba un fracaso vital, un insulto a su inteligencia, un atentado al amor. Si tanto la quería, se reprochaba, ¿cómo no se dio cuenta de que algo la estaba comiendo por dentro? ¿Cuándo empezó a compartir cama con la enfermedad sin distinguir las señales de advertencia? ¿En qué otro paciente habría estado pensando para que ese ligero amarilleamiento de la piel, tan característico en las fases avanzadas, se le pasara por alto en mi madre? Enseguida estas cuestiones derivaron en otra serie de cavilaciones en torno al cómputo de aciertos y errores que configuran la conciencia de cualquier médico con experiencia. La pregunta que terminó haciéndose mi padre fue: ¿de qué sirven tantas vidas salvadas si no he logrado salvar la más importante?

La respuesta no se hizo esperar: cien miligramos más de propofol y mi padre habría perdido su licencia. Durante una operación rutinaria, el monitor de frecuencia cardiaca registró una repentina caída de las pulsaciones en una paciente de cuarenta y siete años. Al menos dos de los internos que participaron en la artroplastia de cadera izquierda aseguraron que el anestesista se excedió negligentemente en la dosis suministrada. Y a una de las enfermeras le pareció identificar restos de alcohol en el aliento de mi padre. Afortunadamente, el informe se archivó y no hubo mención alguna en el apartado de complicaciones intraoperatorias. El doctor Pereira, antiguo compañero de carrera, se ocupó de todo el papeleo, incluida la solicitud de la baja. Por los viejos tiempos, le dijo durante una breve conversación telefónica.

Fue entonces cuando mi padre volvió a fumar. Me contó todo el incidente del propofol a lo largo de dos horas y una cajetilla de Winston. No le había visto recurrir al tabaco desde la época en que me llevaba al colegio en coche. Ahora, con un cigarro entre los dedos, llenaba los pulmones con profundas bocanadas y, después de retener el humo varios segundos, lo expulsaba en dos espesas columnas por la nariz. Quién sabe por qué motivo, hacía más de veinte años, le había hecho una promesa a mi madre y después de eso no volvió a dar una calada. Si me alegré al ver el cenicero rebosante de colillas fue porque conocía lo suficiente a mi padre como para descifrar aquella señal de humo, que solo podía significar algo bueno: si para fumar había de traicionar la memoria de mi madre quizá estuviera avanzando en su dolor. Tal vez hubiera empezado a culparla de su propia muerte, que era una forma de dejar de culparse a sí mismo.

Terminó la confesión pellizcando con los labios un último cigarro de la cajetilla.

—He pensado en marcharme una temporada, pero no quiero que se lo digas a tu hermana —me informó con severidad.

Luego se llevó el mechero a la cara y una llamarada iluminó sus enormes ojeras.

—No hasta que me haya ido —concluyó con la voz bronca de humo.

6

Mi hermana Rebeca era imprevisible. Lo mismo habría podido reaccionar bien que mal, y creo que esa falta de coherencia desquiciaba secretamente a mi padre. Cuando los médicos decidieron compartir con nosotros el espantoso pronóstico —tres meses—, no sabíamos por dónde saldría, si querría hacerse cargo de los infortunados trámites de la funeraria o si necesitaría de un especialista para seguir adelante con su vida. De cualquier forma, no creo que un único psicólogo hubiera podido ocuparse de su caso, pues Rebeca albergaba multitud de personalidades y gastaba temperamentos diferentes para cada ocasión. Cuando le conté que nuestro padre llevaba una semana fuera de casa se quedó en silencio un rato, ensimismada, buceando con la mirada en las profundidades de su té. Supuse que en algún lugar de su cabeza se estaría celebrando un referendo y que el escrutinio llevaría un rato. Luego le enseñé la nota que nuestro padre había dejado junto al teléfono antes de marcharse. No decía nada, salvo que daría señales de vida y que no nos preocupáramos por él.

—¿Y qué vamos a hacer? —resolvió contrariada.

Me gustaría haber contestado que nada, que lo mejor era dejarlo en paz una temporada, pero temía que mi hermana se presentara en el hospital haciendo preguntas a diestro y siniestro, así que le seguí la corriente unos días, en los que se dedicó a colapsar el contestador del móvil de mi padre, a probar al azar contraseñas para acceder a su correo electrónico y a presionar a los empleados del banco para que nos permitieran rastrear sus tarjetas. Por mi parte, me comprometí a pasarme por el hospital para tratar de averiguar algo. Afortunadamente, mi hermana mayor se cansó de jugar a los detectives mucho antes de que recibiéramos la primera postal. Para entonces ya tenía preparado un discurso nuevo, una apología del viaje terapéutico que había memorizado de algún libro barato de autoayuda. Nada más ver la imagen de los Gigantes de Tenerife, Rebeca concluyó que mi padre se encontraba en la tercera de las cinco fases del duelo tras la muerte de un ser querido. La postal contenía unas cuantas frases de forzada normalidad, si bien cariñosamente escritas, sobre el tiempo y la comida, que sin embargo no ofrecían ninguna aclaración sobre los pormenores de su marcha. De no ser por el inconfundible sesgo de la letra de mi padre, habría dudado de su autoría. Me quedé un rato hipnotizado con las vistas del acantilado que habíamos visitado juntos durante una escapada familiar a las islas algunos años atrás y, no sé por qué, me acordé de cuando, en *El cartero siempre llama dos veces*, Frank Chambers asesta un golpe mortal al viejo Papadakis en lo alto de un precipicio. Segundos después, la montaña le devuelve el eco de lo que cantaba el griego justo antes de morir. Me pregunté entonces si mi padre estaría en peligro.

La ausencia de mi padre hizo más presente a mi madre. Empezaron a aflorar los recuerdos a mi alrededor, como si yo solo no fuera capaz de llenar tanto espacio. Entendí que formaba parte del proceso de adaptación que sigue a cualquier pérdida y decidí no reprimir mis sentimientos. Una madrugada me introduje en la oscuridad del cuarto de mis padres y rescaté del armario un jersey de mi madre, uno de los que mejor conservaban su olor. Luego repasé con las yemas de los dedos sus facciones en las fotos de los marcos que iba encontrando por las paredes y los muebles de la casa, y también en los retratos de los álbumes familiares, como si dibujándola la recordara mejor. Creo que hasta ese momento no había reparado en su belleza, pero era verdaderamente una mujer hermosa. Luego leí y releí hasta embriagarme de cada palabra el poema que el propio Ángel González le había dedicado durante un coloquio en la Residencia de Estudiantes. Mi madre se negó siempre a contarme la historia de aquellos versos. Se limitaba a decir que, de no ser por el efecto que habían tenido al comienzo de su noviazgo con mi padre, ni mi hermana ni yo habríamos nacido.

A partir de ahí los recuerdos dieron paso a otro tipo de manifestaciones de mi dolor, bombillas que temblaban en momentos muy puntuales de mi estado de ánimo y objetos que iluminaban súbitamente los pasadizos más recónditos de mi memoria. Una tarde, al volver de la universidad, encontré entre los libros de una estantería del salón el VHS de *Rebeca* de Hitchcock. La cinta no debía estar ahí y algo en mí quiso creer que había un motivo especial en todo ello. Mientras desempolvaba el viejo reproductor me acordé de cuando, siendo muy pequeño, tenía por costumbre presenciar las conversaciones de los mayores. Mi madre lo consentía a condición de que permaneciera en silencio estatuario, simulando una ausencia en ocasiones tan intensa que no sentía dolor si alguien me pisaba o me quemaba por descuido con su cigarrillo mientras hablaba. Durante las dos o tres horas que duraba la charla, pertenecía a otra dimensión, al plano desenfocado de la realidad, y acudía como figurante al sensacional espectáculo de la vida adulta. Sabía que si intervenía o preguntaba algo me mandarían de inmediato a mi habitación, así que el día en que casualmente se habló de Hitchcock y de su valiosa contribución a la técnica del cameo no pude más que transferir aquel extraño término al campo semántico más cercano: deduje, sin ayuda de nadie, que el distinguido director se dedicaba a grabar a gente en la cama. Jamás olvidaré el ataque de risa que le provoqué a mi madre cuando, al domingo siguiente, me presenté temprano en su cama y traté de despertarla diciendo que era «Giscoch» y que había venido a grabar un «cameo» con mi diminuta e invisible cámara ahuecada entre mis manos. No he vuelto a sentir la urgente y viva felicidad de aquellas mañanas soleadas de domingo que compartía con mi hermana bajo las sábanas, acurrucados los dos entre los cuerpos tiernos y cálidos de nuestros padres. Nunca el café ha olido tan bien ni he disfrutado tanto de la música como en aquellos primeros años de infancia en que mi padre nos despertaba con arias de ópera.

La imagen en el televisor de los alrededores de Manderley me devolvió al presente. De todas las películas de Hitchcock de la estantería, mi madre había elegido *Rebeca* y supuse que desde su más allá me estaba pidiendo que cuidara de mi hermana. Así que descolgué el teléfono y organicé una comida en su casa para la semana siguiente.

7

Rebeca y Bernardo tenían muy poco en común, pero se las habían ingeniado para hacer de sus diferencias una fuerza de atracción. Saltaba a la vista el abismo que los separaba, pero no era menos evidente que entre ellos fluía una corriente de energía, el hilo invisible que conecta los polos opuestos de un imán. No deja de tener sentido que dos personas tan distintas se pasen la vida sorprendiéndose y admirándose de sus inagotables peculiaridades mientras otros caen en el aburrimiento y la abominación de la rutina. Podría haberles salido mal, pero fueron pacientes y no se dejaron engañar por la aparente incompatibilidad de sus personalidades. Hasta el mismo día de su boda se observaban con asombro, como si no terminaran de conocerse del todo y fuera el misterio de su relación lo que se dispusieran a formalizar en el registro. Mi hermana trabajaba como controladora aérea en Barajas. Bernardo reparaba bicicletas. Ella se pasaba el día con la nariz pegada a la pantalla de un radar, siguiendo la trayectoria que dibujan los aviones en la forma simplificada de un parpadeo, concentrando toda su atención en un único objetivo: que ninguno de esos puntos de luz llegara nunca a coincidir. A primera vista, mi hermana era la persona menos apta para este tipo de trabajo, pero solo a primera vista. Cuando la toma de decisiones no requería una implicación emocional, cuando la responsabilidad sobre el destino de las personas no tenía rostro, Rebeca podía resultar implacablemente fría. A Bernardo, en cambio, se le escapaban las horas de cada jornada en la apacible soledad de un taller de bicicletas. En su pequeño habitáculo cambiaba cadenas, arreglaba pinchazos y ponía los frenos a punto. No conocía el estrés y cualquier mal pensamiento era rápidamente sofocado con un casete recopilatorio de viejas glorias del jazz. Mientras que Rebeca era tempestuosa y charlatana, Bernardo vivía en una especie de ensoñación con el mundo y nunca decía una palabra de más. Cualquiera podría pensar que estaban condenados a fingir su felicidad si no fuera porque en la extrañeza con que se miraban persistía, diminuto y vívido, el brillo del deseo.

Desde el principio de su relación, todo lo que ganaban lo gastaban en viajes. Parecía como si en la distancia se sintieran menos extranjeros el uno respecto del otro. Juntos se habían adentrado en la impenetrable selva panameña de Darién, visitado las últimas colonias de esquimales en Groenlandia, contemplado los atardeceres lánguidos de la estepa africana y paseado sobre las ruinas de ciudades devastadas durante la guerra de los Balcanes. Exhibían con orgullo su libro de vacunaciones y su largo historial de diarreas. Habían probado la carne dulce y tóxica del pez globo, sesos de mono servidos en su propio cráneo, brochetas de insectos y hasta lonjas de caimán crudo. Tras las nupcias se mudaron a un luminoso apartamento de las afueras que decoraron con los trofeos de sus ocho años de aventuras por el mundo: una máscara ceremonial de los pigmeos del Congo, una reproducción en latón de un Chevrolet Bel Air cubano, un didyeridú de los aborígenes de Australia y hasta un diente de tiburón perfectamente triangular que, según contaban, habían encontrado por casualidad en la cima de una inmensa duna en Paracas. En una de las paredes de su habitación habían colgado un antiguo biciclo inglés. Más que un práctico medio de transporte, aquella reliquia de la locomoción parecía un prototipo irrealizable, un monumento al equilibrismo y la desproporción. Del otro lado, sobre una antigua cómoda que mi hermana se había llevado de la casa de mis padres durante la mudanza, colgaba un pequeño fragmento enmarcado del fuselaje de un Concorde, una pieza de coleccionismo en cuya adquisición habían participado todos sus compañeros de la torre de control como regalo de boda.

Ese tipo de encargos pasaban por Rafi, jefe de personal de pista de Barajas, más conocido por su habilidad para saquear maletas y traficar con la chatarra abandonada en los hangares. Corría el rumor de que, una vez al mes, un empleado de una empresa china aparcaba su camión frente a la salida de evacuación de una de las pistas, donde un par de operarios volcaban un contenedor cargado de tijeras, navajas, cuchillos, cortaúñas, hojas de afeitar, abrelatas, agujas, sacacorchos, destornilladores y otros objetos punzantes procedentes de las basuras del control de aduanas. Nadie sabía exactamente el destino de toda aquella quincalla, pero no había duda de que a cambio Rafi recibía un suculento porcentaje. Se decía también que vendía en los bazares de internet artefactos sueltos e instrumentos de vuelo de aparatos siniestrados. Quizá a Rebeca, siempre crítica con las actividades de Rafi, le atormentara la idea de que el trozo blanco de ala que velaba sus noches procediera en realidad del desguace del único Concorde accidentado. En tal caso, dejaría de ser una pieza exclusiva de coleccionismo para convertirse en un tótem grotesco, un trofeo a la infamia, un miembro amputado a las víctimas del progreso para su deleite doméstico.

El veinticinco de julio del año 2000, tres semanas antes de que mi hermana vistiera de novia, un mecánico de Continental Airlines al que el destino le tenía reservada una jubilación a base de antidepresivos ensambló mal una banda de titanio de un avión comercial que se soltó en el momento del despegue sobre una de las pistas del aeropuerto Charles de Gaulle de París. Fue esta pieza la que, unos minutos después, provocó el pinchazo de uno de los neumáticos del vuelo 4590 de Air France y una reacción en cadena que hizo estallar el depósito de combustible y causó la muerte a ciento trece personas. Las fotografías del accidente dieron la vuelta al mundo, pero no todos sintieron consternación al verlas. Entre la clientela de Rafi se encontraban los fetichistas del horror ajeno, gente dispuesta a desembolsar una suma considerable de dinero por el cinturón semicalcinado de un Airbus o uno de los mandos de un desdichado Boeing 747. Una vez sofocadas las llamas, un equipo de peritos se encargaba de identificar y etiquetar cada uno de los fragmentos recuperados de los escombros del siniestro como arqueólogos frente a los restos recién excavados de una criatura prehistórica. A través de su red de contactos, Rafi abastecía las demandas de los milicianos de la superstición, pobres diablos que se enteraban a través de la prensa, o haciéndose pasar por un apesadumbrado familiar en las líneas de atención a las víctimas, de la distribución de los pasajeros dentro de la nave y trataban de hacerse con las placas de asiento de los supervivientes, quién sabe para qué clase de macabros rituales.

Aquel domingo en que acudí a la casa de mi hermana en misión de rescate, Bernardo había preparado lasaña siguiendo la receta de mi madre. Mientras Rebeca me ponía al corriente de los preparativos de su próxima aventura (habían dado una señal para embarcarse en un rompehielos a la Antártida) no noté nada raro en ella. Estaba acostumbrado a los repentinos cambios de humor que durante una misma conversación la llevaban de la risa explosiva al enfado más clamoroso. Formaban parte de su personalidad y de su encanto. A su manera, se veía dichosa y plena en su pequeña casa museo de los cinco continentes. Puede que, en el lenguaje indescifrable de una cinta de vídeo fuera de su sitio, mi madre quisiera que me asomara a aquel paisaje interior y contemplara la vida en la plácida cautividad de un apartamento de recién casados. Tras los postres, me excusé un momento para ir al baño. Mientras me lavaba las manos, me costó reconocerme en el espejo con forma de ojo de buey que habían traído de uno de sus últimos viajes a la India. Contemplé un rato mis rasgos acentuados por la estrechez del agujero y por primera vez en mucho tiempo dejé que las lágrimas abrasaran mis mejillas.

8

Mi padre siguió mandando postales durante algún tiempo y yo terminé acostumbrándome a recibir, cada diez o quince días, sus breves certificados de existencia. Llegué a acumular una pila considerable de tarjetas de una veintena larga de ciudades, todas europeas. Se me escapaba el motivo por el que para mi padre el mundo quedaba reducido al Viejo Continente. Parecía como si, más allá de esa frontera imaginaria, no hubiera más que tierras inhóspitas habitadas por bárbaros e inmensos océanos que desembocaban en una colosal y mortífera cascada. Mi padre parecía moverse en un tablero plano, en las dos dimensiones de aquellas postales, y por alguna razón siempre escogía las más antiguas, cartones con las esquinas desgastadas que mantenían intacto el grueso grano fotográfico y los encuadres anteriores a la era digital. Casi podía verlo husmeando en las baldas más bajas de los carritos expositores hasta encontrar por fin lo que andaba buscando. Traté de imaginarme su nueva rutina, sus largos días con la soledad a cuestas, pero también los detalles más prosaicamente cotidianos. Mi padre carecía del espíritu aventurero que hace posible que ciertas personas se adapten rápidamente al entorno. Más bien al contrario, se tenía a sí mismo por un hombre ceremonioso en los más intrascendentes quehaceres de la vida diaria. Verle vestirse por la mañana era un espectáculo en sí mismo y se consideraba discípulo de Kant en lo concerniente a los trayectos del trabajo a casa, pues nunca se desviaba de la ruta. No era maniaco ni supersticioso, sino simplemente una persona que imprimía a los hábitos un carácter casi litúrgico. En más de una ocasión le había oído decir que nunca, jamás y bajo ningún concepto, se había sentado en un retrete que no fuera el de su propia casa. ¿Cómo se las apañaría ahora? ¿Qué haría para sobrevivir al ritmo vertiginoso de los cambios de habitación? Me vino a la cabeza *Los viajes de Gulliver*, cuyo protagonista fue «al principio cirujano, luego capitán de barco». Mi padre no era cirujano, pero había pasado buena parte de su vida profesional en los quirófanos. Recuerdo que poco después de leer el libro de Swift me contó durante una cena la historia de Adam Rainer, un caso insólito de la medicina que había entrado, a su pesar, en el *Libro Guinness de los récords*. Adam padecía enanismo y llegó a la edad adulta con un metro y dieciocho centímetros de estatura. Sin embargo, a los veintiún años, un tumor en la hipófisis hizo que pegara un estirón sin precedentes. En apenas diez años creció más de un metro y quedó postrado para siempre en una cama. El día de su muerte, con cincuenta y un años, Adam medía dos metros y treinta y cuatro centímetros.

A su manera, mi padre también escapaba al examen de los sentidos. Y creo que por eso tardé algún tiempo en comprender la verdadera naturaleza de las postales. Durante los primeros meses deambulé por la superficie de aquellas imágenes, plegándome a la evocación de los paisajes y monumentos. Supongo que el hecho de que mi padre no contara nada, o que contara cosas sin demasiada importancia con un lenguaje delicadamente impostado, contribuyó a que no les prestara la suficiente atención. Pensaba que las postales no eran más que eso, un intento por recuperar el tiempo perdido, una tentativa, tal vez frustrada de antemano, de viaje al pasado a través de fotografías que habían sido tomadas mucho tiempo atrás, en la época en que mis padres vivieron sus años más felices. En todo caso, me reconfortaba saber que seguía bien.

Una tarde encontré en el buzón una carta del banco a nombre de mi padre. Se trataba de un recibo normal y corriente, uno de los muchos que llegaban con cierta regularidad y que permitían, en su ausencia, que la casa siguiera disponiendo de luz y teléfono. No había nada en la carta que la diferenciara del resto y, sin embargo, la abrí. Hasta ese día no me había percatado de la existencia de una correspondencia paralela a las postales y que no era otra que la de las facturas que hacían posibles los viajes. Había sido muy ingenuo al considerar a mi padre preparado para comprar un pasaje o hacer una reserva en un hotel a través de internet. Ahora tenía frente a mí la prueba de mi error: un despliegue detallado de gastos para su última estancia en Viena, cuya postal había llegado unos días antes, gestionada por una agencia extranjera. Creo que de no haberme parecido excesiva la cantidad resultante no habría perdido tiempo tratando de dar sentido a aquel despilfarro. Fue una suerte que, en la abreviatura del billete de avión, a diferencia de otros conceptos ininteligibles, la compañía no hubiera eliminado aquella letra y aquel número. Hasta ese momento ni siquiera me había planteado un escenario en el que mi padre no viajara solo. Constatada la triste y dolorosa evidencia, «x2», quedaba averiguar quién era su acompañante.

Las opciones eran infinitas, aunque todas mis sospechas se concentraban en la evidencia de otra mujer. Ocho meses después de la muerte de mi madre, mi padre recorría Europa con una amante. Sentí rabia y a punto estuve de convocar a Rebeca para un aquelarre de injurias telefónicas, pero de alguna manera logré contener el impulso. Puede que mi padre se hubiera precipitado, que hubiera avanzado en su duelo más rápido de lo que resultaba aceptable y conveniente para sus hijos, pero cabía la posibilidad también de que la vida le hubiera brindado una última oportunidad de ser feliz y que, sencillamente, hubiera decidido subirse a ese tren. Había que barajar todas las opciones. Yo mismo me había sorprendido de la firmeza y discreción con que había ejecutado su plan de huida, desapareciendo sin más de la noche a la mañana, y perseverado en la incertidumbre de unas postales que planteaban más interrogantes que certezas. Tal vez mi padre, al que yo creía conocer bien, hubiera llevado hasta entonces una vida en paralelo, una rutina a dos bandas con un reloj en cada muñeca: el de las horas mansas con que transcurría la apacible monotonía familiar y el que marcaba, al ritmo del segundero, los latidos acelerados del corazón durante fugaces encuentros en habitaciones de hotel bajo el pretexto de una reunión o una guardia en el hospital. La eventualidad de una amistad, la existencia de un hombre o una mujer que simplemente lo acompañaran para hacerle más llevadero el luto, era poco probable, pero no por ello descartable. Así pues, mi padre podía ser un doctor Jekyll que experimentaba en el laboratorio de la distancia con su propio dolor o un míster Hyde entregado al delirio emocional de un amor naciente.

A partir de ese día dejé de interesarme por las postales que siguieron llegando y centré toda mi atención en las facturas. Confirmé la presencia de una segunda persona en más billetes y en habitaciones dobles de hotel, pero desistí en mi primer intento de elaborar un mapa de los destinos y las fechas de sus últimos movimientos al comprobar la abundancia de zonas tan inaccesibles como inmunes a los registros de los cajeros y datáfonos.

No pude evitar odiarlo. Cada vez adquiría más relieve la imagen de la otra mujer y, sin darme cuenta, fui trazando sus rasgos, sus proporciones, su manera de andar y hasta la forma en que ella lo seducía. En una de las evocaciones, mi padre fumaba en el balcón de una habitación de hotel. Entonces ella se acercaba por detrás y lo arropaba con delicadeza, respetando las infranqueables barreras del estado de ánimo del viudo. Sabía que debía ser él quien iniciara el cortejo, quien pusiera en marcha la maquinaria de la excitación y el deseo. En mi recreación mental la mujer no tenía rostro, pero podía identificar en ella un aura maléfica. La escena se repetía en diferentes lugares, pero el resultado siempre era el mismo, como también mi veredicto: mi padre no solo estaba dilapidando sus ahorros, sino que ni siquiera mostraba el más mínimo escrúpulo en traicionar la memoria de nuestra madre.

A mediados de octubre de 2001 llegó un recibo con varias estancias en ciudades italianas. El tour empezaba en Venecia (hotel Gritti Palace, uno de los más caros de la ciudad), seguía por Milán (con parada obligada en La Scala para una función de *Sansón y Dalila*) y descendía por la Toscana (Florencia, Siena) hasta llegar a

Roma (Palazzo Manfredi, frente al Coliseo). En el desglose aparecía también el alquiler de un coche, que probablemente usaron para llegar a Nápoles y de ahí en ferry hasta Capri. La isla tenía un valor simbólico en la historia de mi familia y su presencia en la factura me sobrecogió con el peso de una nueva certeza. Recordé que fue allí donde mis padres celebraron su luna de miel y, de pronto, lo comprendí todo.

Mi padre siguió viajando algún tiempo más y nunca dejó de mandar imágenes de sus nuevos destinos e informarnos de sus impresiones con una grafía tierna y luminosa, parecida a la letra de mi madre. Cuando al cabo de varios meses de periplo por el mundo regresó a Madrid, yo ya no estaba en casa para recibirlo. Me había marchado a Valparaíso obedeciendo un pálpito con la esperanza de que algo o alguien allí me permitiera sacar adelante mi tesis doctoral. Para que no se asustara al encontrar la casa deshabitada, le había dejado una nota en la entrada donde le ponía al corriente de todo el asunto del FoxP2. Por teléfono me contó que el viaje le había ayudado a conjurar su dolor y que ya estaba preparado para asumir las condiciones de su nueva vida. Casi al final de nuestra conversación le dije que había comenzado a escribir una novela.

—¿Qué va a pasar entonces con el señor Origen del Lenguaje? —se inquietó al otro lado de la línea.

—La verdad que no sé dónde me llevará todo esto. Pero, al menos, quiero intentarlo. Si fracaso, siempre podré retomar la tesis donde la había dejado.

—Tu madre estaría orgullosa de oírte hablar así.

No respondí nada. Antes de despedirnos, quiso saber cuánto tiempo tenía pensado quedarme en Chile, y si necesitaba dinero. Le dije que me apañaba bien y, aunque no supe darle una fecha exacta de regreso, me comprometí a llegar a tiempo para su cumpleaños. Después de colgar, recuperé la grabadora de uno de los bolsillos de mi mochila. Habían pasado poco más de dos meses desde mi última conversación con el profesor Castro y, sin embargo, cuando presioné el *play* las voces que emergieron del diminuto altavoz tenían una cadencia extraña, como si quienes hablaban lo hicieran desde una época remota e inaccesible a la memoria.

9

—¿Sigue usted grabando?

—Sí.

—Desconecte el aparato, se lo ruego.

—De acuerdo —mentí.

Castro depositó la pipa sobre la mesa, estiró los brazos y examinó los arrugados contornos de sus manos, como para recordarse a sí mismo quién era y la edad que tenía en ese preciso instante. Luego cerró los puños con fuerza y empezó a hablar.

—Es curioso lo rápido que pasa el tiempo... —dijo, y enseguida se despabiló para añadir en tono más académico—: ¿Me haría el favor de ubicar en el calendario la aparición de las primeras expresiones orales de los primates?

Comparado con el *Calidris alba*, aquella prueba de control era como preguntarle la hora a un relojero.

—Los últimos estudios sugieren que debieron de producirse hace, por lo menos, dos millones de años.

—Correcto —suscribió con magnánima entonación—. Por supuesto, son solo estimaciones, pues no ha quedado ningún registro de aquello. Ahora cierre los ojos y describa esos sonidos ancestrales. ¿Qué es lo que oye?

Empezaba la partida, pero esta vez no estaba dispuesto a dejarme intimidar por sus preguntas, así que me acogí a sus indicaciones y dejé caer los párpados con suavidad.

—Son como balbuceos, gemidos, interjecciones...

—Exacto. Quieren expresar sensaciones intensas. Dolor, placer, sorpresa, miedo. Pero no saben cómo.

—Sus cuerpos se están adaptando —me recreé mientras visualizaba una peluda manada de bípedos—. Al dejar de andar a cuatro patas, con la boca y las manos desocupadas, sus mandíbulas han reducido su tamaño para albergar un aparato fonador —figuré, y volví a abrir los ojos—. Pero aún no están capacitados para dar el salto.

—No va usted muy desencaminado, aunque el problema que aquí nos ocupa no es anatómico. Recordemos que estos homínidos poseían una laringe funcional y unas cuerdas vocales rudimentarias que les permitían producir sonidos básicos. Y, sin embargo, algo les impedía comunicarse con sus semejantes.

—Puede que su cerebro aún no estuviera preparado. Que no fueran conscientes del verdadero potencial del lenguaje.

—O todo lo contrario —se envaneció Castro con la inflexión de su argumento—. A lo mejor no quisieron asumir ese riesgo.

—¿Y por qué harían algo así?

—Para protegerse, por supuesto. De alguna manera estos simios debieron de intuir que esta nueva herramienta resultaba demasiado peligrosa, pues alteraba el orden establecido. A diferencia de los gestos y señales de las comunicaciones no verbales, que configuraban de manera eficaz la jerarquía social, el lenguaje articulado introducía un mayor grado de sofisticación. Complejas trampas, alianzas secretas y toda suerte de conflictos y rivalidades con los que no estaban familiarizados. Y puesto que no es lo mismo mostrar que contar, para no dejarse embaucar por otros de su misma especie, ignoraron las señales a su alrededor.

—¿Quiere decir que boicotearon su propia capacidad para emitir sonidos con significado?

—De la misma manera que aprendieron a trepar a las copas de los árboles para resguardarse de los depredadores, una vez allí arriba se cuidaron muy bien de no caer en las garras de la manipulación.

—Ahora lo recuerdo. En su libro se refiere a las metáforas como la manzana prohibida, el auténtico pecado original.

—El primer recurso del que dispusieron los hablantes primitivos para explicar el mundo fue la creación libre de pensamientos complejos a través de conceptos básicos. Fuego-calor, agua-vida, rugido-peligro, cueva-clan. Pero nunca era suficiente. Había que ir mucho más lejos para seguir expandiendo el universo de significados. El lenguaje requería de un desbordamiento de todos los límites concebibles. Hablar era una forma de invención cuya eficacia no dependía tanto de la fiabilidad del mensaje como de la disposición de sus destinatarios para creer lo que escuchaban.

—De manera que los humanos fuimos la única especie que estuvo dispuesta a pagar el precio del engaño a cambio de un lenguaje propio.

—Nunca volvimos a dormir entre las ramas, pero la naturaleza nos brindó un sucedáneo para seguir observando el mundo desde las alturas. Sin embargo, hubo un momento crítico en el desarrollo del lenguaje, un punto ciego de nuestra propia evolución. De pronto, las representaciones vocales empezaron a ser cada vez más abstractas. En algún momento nuestros ancestros treparon a una versión prehistórica de la Torre de Babel. Desde ahí todo lo que creían saber del mundo se dispersaba. Cuanto más alto escalaban, menos lograban entender. Las palabras dejaron de significar. Durante un tiempo, todo fue silencio, enajenación, demencia, pérdida de razón. El don del lenguaje se convirtió en una maldición. No sabemos cuánto tiempo permanecimos allí arriba, pero quizá el FoxP2 nos ayude a entender por qué emprendimos la ascensión.

—¿Qué hizo cuando se enteró del hallazgo del gen de Oxford?

—En realidad, las alarmas habían saltado mucho antes en los laboratorios, donde hacía años que se seguía el rastro del FoxP2 oculto en una familia de setenta genes presentes en varias especies. Previamente a los resultados de la Universidad de Oxford, Robert Aldridge, del Instituto Tecnológico de Massachusetts, demostró que esa misma sección del cromosoma estaba involucrada en el canto y el sentido de la orientación de algunas aves. Por una de esas raras coincidencias con las que a veces nos sorprende la ciencia, las conclusiones de Aldridge llegaron a manos de un antropólogo australiano aficionado al avistamiento de aves.

—¿Michael Fenner?

—El mismo. ¿Se conocen?

—Digamos que su sombrero no pasó inadvertido entre los conferenciantes...

—Un gran tipo, aunque debo admitir que algo excéntrico para su edad. Durante una excavación en el yacimiento de Koobi Fora, una región rocosa del norte de Kenia, Fenner rescató una gran cantidad de restos fósiles de homínidos que habían sufrido fracturas óseas de distinta consideración. Supuso que un número inusitadamente alto de ejemplares había fallecido al caer accidentalmente de los árboles que una vez cubrieron la sabana africana. Pero al leer el estudio de Aldridge, y analizar las muestras de ADN de los simios, descubrió el mismo tipo de alteraciones.

—¿Mutaciones de qué tipo?

—No se impaciente, muchacho. Antes de que resuelva el acertijo debemos imaginar la cara que debió de poner Fenner al recibir la llamada de otro colega, Dominik Laudage, del Instituto Max Planck de Antropología Evolutiva de Alemania. Laudage le pidió cruzar los datos de los homínidos de Koobi Fora con los de los *Eleumur teydea*, un pequeño primate de Madagascar, conocido como el mono cantor por el enorme catálogo de sibilancias que emplea durante el cortejo y que, por si fuera poco, presenta una diminuta membrana en las axilas. En este caso el análisis cromosómico dio positivo en FoxP2 en los machos más evolucionados.

—Ahora sí que me he perdido, profesor.

—Piénselo bien. Quizá este gen permitiera a nuestros más antiguos parientes ver el mundo a vista de pájaro.

—¿Insinúa que el vuelo de las aves codificado en el genoma humano podría tener que ver con nuestra capacidad de abstracción?

—Sabía que usted lo comprendería —celebró con tenacidad—. ¿No le parece fascinante? De ser así, el FoxP2 explicaría tantas cosas...

—Un momento, espere. ¿Me está diciendo que los homínidos de Koobi Fora se rompieron los huesos tratando de dar sus primeros aleteos? ¿Que la membrana de los *Eleumur teydea* es el brote evolutivo de un ala?

El profesor Castro no escuchó mi pregunta. Se encontraba en estado de trance, como uno de esos locos que hablan solos por la calle.

—De confirmarse los datos de las investigaciones, quizá descubriéramos que el triunfo del primer humano en la evolución fue en realidad un fracaso. Que lo que le hizo superior al resto de las especies no fue que bajara de los árboles para caminar erguido, sino que empezara a cantar creyendo estar en el aire, sintiéndose volar.

Salté de la silla y me llevé las manos a la cabeza.

—¿Cree que fue eso lo que nos hizo ascender los peldaños de la Torre de Babel?

—Estoy convencido de que nuestra especie fue víctima de algún tipo de engaño —satisfizo al fin con voz ultraterrena—. Una suerte de artimaña genética disfrazada de falso anhelo. La arrebatadora fuerza de un instinto que nos invitaba a volar privados de alas y a hablar sin estar preparados para asumir las letales consecuencias de un código desconocido.

—Como una alteración de nuestra verdadera naturaleza... —es todo lo que alcancé a decir.

—Exacto, como una enfermedad —clamó fuera de sí—. Una enfermedad que nos ha salvado la vida durante millones de años.

10

Todo el mundo da por sentado que las primeras novelas han de ser un fracaso y el hecho de que la mía fuera exactamente lo contrario me hizo mantenerme alerta, temiendo convertirme en blanco de no sé qué tipo de ataques. Me veía a mí mismo como un llanero solitario en el peligroso Oeste de los escritores, un don nadie sin obra previa publicada ni reconocimientos que justificaran mi repentina irrupción en las estanterías. Había surgido de la nada para competir con la última horda de escritores jóvenes que frecuentaban los ambientes literarios de la mano de sus padrinos y protectores, esperando su turno a las puertas de alguna editorial con una carta de recomendación bajo el brazo. Yo, en cambio, no tenía amigos a los que recurrir, pero tampoco enemigos que pudieran atacarme por la espalda, y creo que a la larga eso jugó en mi favor. Mi condición de intruso y completo desconocido me había permitido saltarme el protocolo, dejar que fueran las cifras de ventas las que hablaran por mí y me bendijeran como el último gran fenómeno literario. Ni siquiera me vi en la obligación de demostrar ante ningún comité de sabios los orígenes de mi libro, las referencias que mi historia sugería o los tres meses de frenesí literario en Valparaíso. Fue la propia editorial la que en su nota de prensa aclaró que *Ciudad Café* era «uno de esos libros que no se escriben, sino que se llevan dentro y que, un buen día, salen del tirón». Supongo que esas cosas pasan.

A mediados de abril de 2003, Nueva York me recibió con una tormenta tan violenta que algunos pasajeros prorrumpieron en aplausos de nerviosa gratitud cuando las ruedas del avión tocaron tierra. Desde mi ventanilla observé a los operarios de pista bajo el aguacero. Parecían marineros faenando en alta mar con cajas de pesca recién sacadas de las redes. Entonces pensé que hacía no demasiado tiempo la única manera de llegar a este continente era en barco y, no sé por qué, me sentí afortunado.

Crucé el Atlántico huyendo de la vorágine en que se había convertido mi vida en Madrid y me instalé provisionalmente en el apartamento de un amigo mientras buscaba piso.

A Nate lo había conocido en el último año de carrera. Nuestro primer encuentro en la Facultad de Filología pareció fortuito, pero lo cierto es que llevaba tiempo siguiéndole la pista y cuando por fin nos presentaron en la cafetería me esforcé en causarle buena impresión. Todo el mundo hablaba del extravagante guiri que había ocupado una de las mesas del pasillo de la última planta, que, a falta de más horas lectivas, había terminado convirtiendo en su despacho. Nate se pasaba el día escribiendo en una vieja Moleskine, consultando una pila de libros que sacaba por la mañana de la biblioteca y devolvía esa misma tarde y entrevistando a todo el que pillaba por banda. En una ocasión fui testigo de cómo una uniformada limpiadora aparcaba el carrito de la fregona para charlar con él, mientras al otro lado de la mesa Nate transcribía lo que la mujer le iba contando. Sostener que se parecía a Hemingway sería alimentar un estereotipo no del todo cierto, al que contribuía sin duda la espesura de su barba y su afición a los habanos, pero nunca me atreví a cuestionar su condición de vividor y amante de todos los excesos. Se decía que había llegado a publicar un cuento en una importante revista americana, lo que causó sincera admiración y júbilo entre la sección femenina del alumnado, que se resistía a creer, a pesar de las más evidentes manifestaciones de afecto a las que acostumbraba en público, que lo que a Nate le gustaba eran los hombres. Todo el mundo daba por hecho que llegaría lejos, que algún día aquel rincón de nuestra vieja facultad sería descrito en las páginas de su biografía como el templo de sus más tempranas incursiones literarias, el *locus amoenus* de un gran escritor.

De vuelta en Estados Unidos, Nate se había graduado con las mejores notas en el Swarthmore College de Filadelfia. Allí concluyó en tiempo récord una tesis sobre Melville, a quien veneraba por encima de cualquier otro escritor. Podría haber optado a una beca, metido cabeza en el departamento de Literatura de alguna prestigiosa universidad o haber probado suerte con editoriales pequeñas hasta que algún crítico terminara reparando en su talento. Pero, tras la presentación de la tesis, Nate no tenía claro qué hacer con su vida, así que regresó a la casa de sus padres en Boston. Fue una experiencia extraña, según me contó, volver a dormir en el cuarto que su madre se había esforzado en mantener intacto los últimos seis años. Sintió que estaba habitando el museo de su propia vida, que ahora tenía ocasión de visitar con los ojos de un adulto. No habiendo en su familia antecedentes de escritores ni nada que se le pareciera (su padre era abogado y su madre prestaba toda clase de servicios voluntarios a la comunidad), se preguntó si sería posible recabar pistas sobre su verdadera vocación a través de los objetos del cuarto. No tardó en comprobar que la literatura estaba por todas partes, no solo en los libros, y que salpicaba hasta el último resquicio, como si en aquella habitación se hubiera cometido un crimen y, años más tarde, la luminiscente curiosidad de su antiguo inquilino revelara las pruebas del delito.

A todo el mundo le sorprendió, empezando por sus padres y siguiendo por quienes esperábamos con impaciencia encontrar pronto su nombre entre la sección de novedades del *Poets & Writers*, que acabara aceptando un puesto en la Borland Corporation, una multinacional tecnológica que se dedica a desarrollar softwares de automatización de escritorios, lo que vulgarmente se conoce como herramientas de ofimática. O, dicho de otro modo: Nate había renunciado a escribir para contribuir a mejorar la escritura de los demás. Cualquiera que lo conociera un poco sabía que aquel trabajo no estaba a la altura de su potencial. Se trataba de un empleo bien remunerado, desde luego, aunque el dinero nunca estuvo entre las prioridades de mi amigo, que en legítima defensa de su libertad enarbolaba una anécdota de sus tiempos de universidad. En Filadelfia Nate había entablado amistad con John Koerner, a quien por entonces se le iban las horas de los días recopilando datos para una investigación sobre Wilbur y Orville Wright, coautores del primer vuelo autopropulsado. En cierta ocasión, John le contó a Nate que los hermanos Wright habrían pasado a la historia como la versión americana de los Grimm o los Goncourt de no ser por su más que probada capacidad para inventar nuevos artilugios en un avance sin tregua hacia la conquista del cielo. Al parecer, antes de montar un pequeño taller de imprenta en Dayton, Ohio, los Wright habían escrito algunos cuentos que no llegaron a publicarse. Para ello habían utilizado una máquina de escribir diseñada por su propio padre, el afable, disciplinado y siempre creativo señor Milton Wright, que en su desaforado estímulo de las habilidades de sus hijos les ayudó a financiar un taller de bicicletas dentro de la Wright Cycle Company. Cuando quisieron darse cuenta, habían conseguido elevar la ingeniería a niveles hasta entonces insospechados. El diecisiete de diciembre de 1903, Orville se puso a los mandos del famoso *Flyer I*. El primer vuelo apenas duró doce segundos, pero aquella diminuta fracción de tiempo cambiaría para siempre el rumbo de la civilización. En cuestión de una década, los ejércitos de las grandes potencias del mundo contarían entre sus filas con una legión de máquinas aladas desarrolladas a partir de aquel prototipo maniobrable. Sin embargo, lo que más llamó la atención de mi amigo fue un detalle que apenas merece un par de páginas en las numerosas biografías que se han publicado sobre los Wright. Tal y como le reveló John, tras haber acumulado una gran fortuna con su biplano, los hermanos vendieron una serie de patentes que acabarían utilizándose para mejorar el rendimiento de las máquinas de escribir de la época. ¿Una manera de resarcirse de su temprana afición a contar historias? No había que descartarlo, aunque las sospechas de Nate iban mucho más lejos: ¿sería posible que la misma tecnología que les había permitido surcar los cielos hubiera sido aprovechada más tarde para optimizar las condiciones de trabajo de los talentos literarios surgidos en los albores del siglo xx? ¿Tan descabellado era pensar que el *Flyer I* había dado también alas a la imaginación y que, de alguna manera, los hermanos Wright no habían dejado nunca de escribir?

Nate recurría a un juego fonético (los «hermanos Write», los llamaba) para referirse a una hazaña que, en su opinión, desdibujaba los límites de la autoría en un mundo cada vez más interconectado. Para mi compañero de apartamento, el autor de un libro no era más que una pequeña pieza en la cadena de ensamblaje de las editoriales. Si, como sostenía, los libros constituían el mejor ejemplo de colaboración entre personas, no había razones para dudar de su palabra, sobre todo si tenemos en cuenta que mi amigo no parecía en absoluto infeliz ni frustrado. Tuve ocasión de comprobarlo en los casi tres meses que invadí el salón de su apartamento. Puede que fuera cierto que Nate quisiera poner su talento al servicio de las más sofisticadas máquinas de escribir en que se habían convertido los ordenadores, pero albergaba la sospecha de que su decisión de no volver a poner negro sobre blanco tenía más que ver con Melville que con cualquier otra cosa. Sobre todo después de que mi amigo me propusiera pasar una tarde de domingo en el cementerio Woodlawn, donde estaban enterrados los huesos de su admirado escritor. Volvimos en metro desde el Bronx hasta su apartamento y en algún momento del trayecto me vino a la memoria el título de la tesis por la que Nate había recibido tantos elogios en la universidad: *Bartleby y el silencioso grito.*

11

Faltaban tres semanas para el lanzamiento de la edición en inglés de *Ciudad Café* cuando recibí un correo con copia a varios departamentos de la editorial en el que se me invitaba a aclarar si la ciudad que daba título a mi novela «existía realmente». Con tal motivo, se organizó una reunión en la sede madrileña de Kratta Books, a la que asistí en remoto desde el apartamento de Nate. Por alguna razón, nadie tuvo en cuenta las seis horas de diferencia y me citaron a las cinco de la madrugada. La tarde anterior, Nate y yo nos habíamos acercado al RadioShack de Greenwich Village para comprar uno de esos auriculares con micrófono que utilizan los empleados de los restaurantes de comida rápida. Cuando sonó el teléfono en el apartamento de Nate, no me había dado tiempo a vestirme del todo, así que respondí a la llamada con la camisa recién abrochada, pero de cintura para abajo no llevaba más que los calzoncillos que usaba para dormir. Tras una breve y protocolaria introducción del presidente, Ernesto Vallvey, se procedió a la lectura de los puntos a tratar, el primero de los cuales afectaba a las competencias de los responsables de marketing y el personal de ventas en su misión por satisfacer las siempre impredecibles expectativas de los lectores norteamericanos: ¿era Ciudad Café una invención total o, por el contrario, una sofisticada y ágil recreación de uno o varios lugares ya existentes?

Con cierta frecuencia me había visto en la necesidad de responder a esa pregunta ante los medios. Muchos periodistas daban por hecho que la ciudad que describía en mi libro guardaba un indiscutible parecido con Valparaíso, pero a los lectores les desconcertaba el hecho de que sus playas estuvieran bañadas por el mar Caribe cuando no la presencia de una prodigiosa cordillera circular que, en más de una ocasión, pone en riesgo la integridad de Lucho Ortega, el piloto y protagonista de mi historia. Esta vez era la plana mayor de la editorial la que requería una explicación precisa y bien argumentada.

A pesar de que había tenido un par de días para preparar mi intervención, me quedé reflexionando un rato. Desde que, en los últimos meses, mi novela se había encaramado a lo más alto de las listas de ventas en España, el éxito me había impedido tomar perspectiva de las cosas. En Nueva York, sin embargo, todo aquel ruido lejano apenas producía un ligero zumbido en mis oídos. Ahora podía pensar con claridad.

—Le he estado dando algunas vueltas... —comencé mi declaración con evidentes síntomas de cansancio.

—Marín, Marín, espera un momento. —Vallvey tenía por costumbre llamar a sus autores por el apellido y a sus subalternos por el nombre—. Te voy a pedir que eleves un poco la voz porque aquí no te oímos bien. ¿Alguien puede darle más sonido a la araña?

Supuse que era así como llamaba al terminal de conferencias ubicado en el centro de la mesa de reuniones. Antes de volver a hablar, pegué la esponja del micrófono a mi boca:

—Digo que le he estado dando algunas vueltas a ese asunto de la ciudad. —Fingí cierto desconcierto antes de volver a titubear—. Y creo que... En fin, creo que no puedo responder a esa pregunta.

Vallvey refunfuñó para sus adentros.

—Y, si no es mucha intromisión —se contuvo, irónico—, ¿me permitirías preguntarte por qué?

—No lo sé... —Tragué saliva con esfuerzo—. Es solo que preferiría no hacerlo.

—¡Ja! —explotó, y me pareció distinguir el sonido seco y entrecortado de unos papeles lanzados al aire—. Vas a tener que explicarte un poco porque, mientras tú te pegas la gran vida en Nueva York, tengo a todo mi equipo movilizado para el desembarco del año —me recriminó, ya completamente fuera de sí—. No sé si eres consciente, Marín, de lo mucho que nos jugamos con esta operación.

En mi cabeza, un becario recogía los documentos del suelo y se los entregaba a su jefe, que rechazaba el fajo con insolencia, a la espera de una reacción por mi parte.

—Al igual que los personajes del libro, Ciudad Café existe y no existe al mismo tiempo —añadí con asustada circunspección—. Todo depende, supongo, de quién lo lea...

Hubo unos segundos de tensión, en los que nadie se atrevió a decir nada. Quizá Vallvey se hubiera levantado de su silla para pasearse pensativo alrededor de la mesa mientras mordisqueaba la patilla de sus gafas como le había visto hacer en cierta ocasión. Luego se dirigió a una de sus subalternas.

—Susana, querida, convénceme de que todo esto del premio no ha sido una cagada. Tengo a los patrocinadores pisándome los talones y no sé cómo quitármelos de encima. Necesito escuchar algo que me alegre la semana...

La repentina interpelación no la pilló por sorpresa. Parecía adiestrada para este tipo de lances. Es posible que Vallvey acostumbrara a pedirle opinión, y no tardó en acatar sus órdenes. Susana proyectó la voz con la categórica seguridad de quien ha ensayado un discurso con esmero:

—Para mí Ciudad Café apunta directamente a los orígenes —deliberó en un tono sereno y calmo—. De alguna forma sus coordenadas coinciden con el lugar de donde somos, pero sin importar nuestra procedencia —añadió y, ahora sí, hizo una pausa antes de concluir—: Supongo que lo que hace que sus páginas hayan sido habitadas por tantos y tantos lectores es que, como apuntó cierto crítico, proyecta su luz desde el amanecer de los recuerdos compartidos.

—Como un incendio en el horizonte de la noche —recitó Vallvey la elogiosa reseña, sin duda cautivado por la explicación de Susana—. No está mal, tiene fuerza. Gracias, querida.

El experimento, sin embargo, no había terminado.

—Y para ti, Jota, ¿qué es Ciudad Café? —solicitó Vallvey.

La pregunta iba dirigida a uno de los editores más veteranos de la casa. Jota Luque, un atractivo cincuentón de larga melena blanca al que me presentaron en el transcurso de mi primera visita a la editorial, se había labrado cierta fama dentro del gremio con su infalible olfato a la hora de identificar el potencial oculto de manuscritos que, en circunstancias normales, acababan en el cubo de basura.

—Para mí tiene más que ver con una ciudad de papel —contestó como si también lo tuviera preparado de antemano—, una suerte de paraíso sensorial, un lugar que solo puede ser habitado a través de la lectura.

Las mujeres de la sala debieron de caer rendidas a su erudición.

—Vale, vale. ¿Puedes desarrollar un poco eso? —exigió Vallvey para acallar el rumor adulador.

—Pensemos en el famoso pasaje de la persecución de Jean Valjean en *Los miserables*. Victor Hugo va citando los nombres de las calles a medida que el protagonista logra avanzar en su huida. Al principio todas son reales hasta que —dijo esto y chasqueó los dedos—, Valjean toma una calle ficticia, una que no aparece en ningún callejero. Todos sabemos que está en París, pero jamás podremos poner nuestros pies en ella.

Había que reconocer que la explicación de Jota hacía honor a su buena reputación como asesor en la sombra.

—De modo que una ciudad de papel... —meditó Vallvey no del todo convencido.

—Así llaman los cartógrafos a los lugares ficticios que incluyen en sus mapas para detectar posibles plagios —redobló Jota su apuesta—. Es una marca de *copyright*, una trampa del autor, una firma oculta. No puede ser real y, al mismo tiempo, su presencia confirma que todo lo que hay a su alrededor es rigurosamente cierto.

—¡Maravilloso, maravilloso! —clamó al fin el presidente—. Creo que lo tenemos. Ciudad Café es el origen y el fin... y también el camino entre esos dos puntos. A partir de ahora, quien quiera saber hasta qué punto este lugar existió o no, no tiene más que comprar el libro.

Antes de dar por finalizada la reunión, Vallvey tocó la cabeza de la araña. Sé que fue así porque sus dedos retumbaron en mis auriculares.

—Este chico ha trabajado muy duro para obrar un milagro literario que nos va a hacer ganar mucho dinero. Dejémosle descansar un rato y cumplamos con nuestra parte del trato para que *Ciudad Café* llegue a todos los lectores del mundo.

12

Mi libro marcó un hito en España. Si es cierto eso de que nadie lee, resulta innegable que los libros terminan vendiéndose. Quizá habría que preguntarse dónde va a parar tanto papel, en qué lugar secreto se almacenan los volúmenes de los que todo el mundo habla pero que nadie ha llegado a hojear. En lo que a mí respecta, mi debut literario se vio favorecido por una oportuna coyuntura. Tras la aparición de los primeros libros electrónicos y la consiguiente ola de pánico que se propagó por el sector, Kratta Books se había fusionado con varias compañías del sector de ambos lados del Atlántico para impulsar el mercado editorial latinoamericano por medio de un concurso dirigido a autores de habla hispana que no hubieran publicado nada con anterioridad. La peculiaridad del Global Quill radicaba en que su generosa dotación, cien mil dólares americanos, no iba a parar directamente al bolsillo del autor agraciado, sino que se destinaba al lanzamiento y la promoción en varios idiomas de la ópera prima ganadora. Fue una apuesta arriesgada, que bien podría haber quedado en simples fuegos artificiales si no fuera porque alguien se encargó de cargar bien la pólvora para que la detonación se oyera en todas partes.

Llegué a Madrid a mediados de marzo de 2002 con mi manuscrito en la mochila y no me llevó mucho tiempo dar con las bases del concurso, que aparecieron ante mí como una revelación en la primera búsqueda que realicé en internet. En septiembre, seis meses después de enviar el original a un apartado de correos de Barcelona, recibí la llamada que me convirtió, de la noche a la mañana, en afamado escritor. Así de simple y sencillo.

Ciudad Café se anunció en las marquesinas de las paradas de autobús y en las enormes mallas que cubren los edificios en obras, territorio hasta entonces exclusivo de modelos, fragancias y coches de alta gama. Además de las preceptivas páginas de publicidad en revistas, se hicieron cuñas de radio y aparecieron faldones con la portada del libro en los suplementos culturales de las principales cabeceras de la prensa nacional, mientras una cuadrilla de traductores preparaba la versión en inglés, francés, alemán y portugués de mi novela. Antes de que se publicaran las primeras críticas, de empezar a llenar de galones la pechera de mi recién estrenado uniforme de escritor, me había paseado por los principales ruedos televisivos y radiofónicos en horario de máxima audiencia. Mentiría si dijera que la admiración que despertaba a mi paso obedecía a mis méritos literarios. La verdadera razón por la que tanta gente quería entrevistarme y conocer mi caso de cerca era de naturaleza circense y tenía que ver con el morbo que a todos suscitaba la grotesca exhibición de esa anomalía monstruosa llamada suerte. Independientemente de lo que hubiera escrito, mi libro representaba una forma de esperanza, acaso la certeza de que todo el mundo merece una vida mejor.

No estaba acostumbrado a tanta atención mediática, pero tampoco tuve que hacer demasiados esfuerzos para aclimatarme al calor de los focos. La gente parecía satisfecha con todo lo que hacía, y simplemente me limité a ocupar una silla vacía en el olimpo de las letras. Se dijo de mí que era un escritor para todos los públicos: me daba un aire intelectual, pero sin ser demasiado pretencioso, tenía sentido del humor, decía lo que pensaba y, como pude comprobar más adelante, resultaba agradable a las mujeres, que a fin de cuentas eran las que sostenían el mercado editorial.

Superado el umbral de las seis cifras de lectores en España y Latinoamérica, desplegaron la artillería pesada. Se vendieron camisetas, gorras y tazas serigrafiadas en mi página web, un tipo con la cara taladrada de piercings y los brazos cubiertos de tatuajes acampó a la puerta de mi casa hasta lograr que mi padre lo acreditara con su firma como el fundador de mi club de fans oficial, y una agencia de viajes empezó a organizar escapadas a Manabí, provincia de Ecuador, donde casualmente había una comuna no reconocida oficialmente llamada Ciudad Café. Para mi más absoluto asombro, el paquete incluía visitas guiadas a los lugares ficticios de la novela (las antiguas casas patrimoniales de Portoviejo, la cascada Bajo Grande del Anegado, el pueblo pesquero de Canoa y el Cerro Montecristi), previamente cartografiados por varios especialistas en mi libro. Aquello revitalizó el turismo de San Lorenzo de Jipijapa, antigua Sultana del Café, que me condecoró con el título de ciudadano ilustre y hasta puso mi nombre a una calle, a la que hasta entonces todo el mundo llamaba la Avenida Doce. Pero el disparate no acabó ahí. Una importante multinacional del café lanzó una colección de grano que prometía estimular el apetito por la lectura, de acuerdo a un extracto de mi novela, que aparecía reproducido en cada envase. No terminé de creérmelo hasta que, algunos meses después, entré por casualidad en el Starbucks de la intersección de la Cuarenta y Siete con Broadway y descubrí en el expositor de la caja, junto a los chicles y discos de bossa nova, un paquete de cien gramos de Café Ciudad. Aquel paquete de café no costaba más de ocho dólares, pero era la señal inequívoca de que mi novela había triunfado.

Ciudad Café me habría convertido en un hombre rico, o al menos con los recursos suficientes como para no tener que escribir una sola línea más en toda mi vida, si Vallvey no se hubiera tomado la molestia de incluir en el contrato una serie de cláusulas, para mí ininteligibles, relativas a la recuperación de todo lo invertido en publicidad por parte de la editorial antes de que yo empezara a percibir un céntimo. Al estampar en él mi firma estaba tan orgulloso de haber despertado el interés del jurado de Kratta Books que ni siquiera intuí que algún día podría arrepentirme de aquella transacción. Pensé que, tras la trompetería mediática, mi libro pasaría sin pena ni gloria y que el reconocimiento que se me prometía con cargo a la difusión de la obra estaba muy por encima de lo que jamás había soñado. Así y todo, los beneficios por publicidad y merchandising, las charlas y conferencias a las que me invitaban y una colaboración mensual en un periódico me garantizaban, al menos durante algún tiempo, un flujo constante de ingresos que me permitían vivir en Manhattan sin tener que recurrir a un empleo. Bien mirado, la letra pequeña del concurso diseñado por Vallvey contenía, en su confusa maraña de requisitos y condiciones, la simiente de mi segunda novela.

No olvidaré la cara de satisfacción de mi padre cuando el Instituto Cervantes de Nueva York se ofreció a organizar la presentación de mi libro dos días después de la publicación en inglés. A pesar de sus reticencias a viajar fuera de Europa, no quiso perderse mi desembarco en tierras americanas. Desde las cortinas del escenario, lo vi sentado en la penúltima fila del abarrotado salón de actos. A cada rato hablaba con alguien que se le acercaba para preguntarle si podía ocupar la butaca contigua a la suya. Él respondía que no y señalaba con la mano nerviosa a un lugar indeterminado, como si su acompañante estuviera al caer o se hubiera ausentado un momento para ir al baño. Solo yo sabía que aquel sitio estaba reservado a mi madre, a ella donde fuera que estuviera. Al final de mi intervención, un periodista me preguntó por el significado de la dedicatoria de mi libro, que decía «A la sombra de una flor», tras haberse tomado la molestia de comprobar que no aparecía en la edición en español. De no haber estado mi padre presente, ni aquel asiento vacío a su lado, me habría inventado algo sobre la marcha. Pero dije la verdad. Les conté que al volver de Valparaíso había empezado a olvidar el rostro de mi madre, pero que aquella angustia se vio sofocada de repente por un recuerdo breve y persistente que apareció como congelado en mi memoria: la imagen feliz de mi madre escuchando «Ombra mai fu» de *Jerjes* de Händel en la terraza de nuestra casa de verano. No sabía por qué la recordaba tan nítida y sonriente bajo los efectos de esa música. Antes de que se empezaran a imprimir las primeras páginas en inglés, tuve tiempo de descubrir que lo que el rey de Persia canta en esa aria es: «Nunca hubo sombra / de planta alguna / tan querida y amable / ni tan dulce». Y comprendí que mi madre, Marga, era esa planta: la delicada flor que me protege.

Después de que el *New Yorker* me anunciara como la revelación literaria del mes y de que la *New York Review of Books* me dedicara una breve aunque muy halagadora reseña, mi nombre empezó a circular por los más selectos foros de la subcultura literaria americana. Por si fuera poco, Vallvey me envió un cheque en concepto de adelanto por lo que todo el mundo esperaba con gran expectación. Acepté el trato con el firme propósito de ponerme a trabajar cuanto antes en la siguiente novela. Para entonces ya había dejado la casa de Nate y me había instalado en una mole de cristal en el corazón de Tribeca. Los dos mil setecientos dólares mensuales que pagaba por aquella planta treinta y uno satisfacían una vana pretensión, pero sobre todo me reafirmaban en el convencimiento de mis méritos, como si hubiera una relación de proporcionalidad entre mi vida y los más de seiscientos escalones que me separaban de suelo. Tuve ocasión de contarlos una noche, tras uno de aquellos rituales de etílica iniciación a la vida social neoyorquina en que, a mayor gloria de mis compromisos editoriales, me veía forzado a agradar a todo el mundo, como un ridículo bufón en la tumultuosa corte del Village. Debían de ser las seis o las siete de la mañana cuando me apeé de un taxi lo suficientemente borracho para pergeñar la imprudente idea de emprender una ascensión a pie hasta mi apartamento. Fueron en vano los esfuerzos del conserje por hacerme entrar en razón y guiarme hasta el interior del ascensor.

—Son veintiún peldaños por planta. ¿Sabe lo que eso significa?

—¿Acaso no se ha enterado de que soy un *sherpa*? —farfullé con la lengua hinchada por el alcohol, y él lanzó una educada risotada antes de obsequiarme con una botella de agua que sacó de un cajón del mostrador.

—Llévese esto, señor Marín, lo va a necesitar.

Subí las diez primeras plantas con un brío sorprendente que me permitió incluso atacar algunos tramos en zancadas de dos escalones. Mantuve el ritmo unos cuantos pisos más y, cuando por fin distinguí un catorce inscrito en una de las paredes, empecé a darme impulso con los pasamanos y a notar el paulatino desalojo de los cócteles en mi cabeza. Hasta ese momento no me había dado cuenta de que ascendía por una jaula de cristal ni reparado en la inquietante presencia de edificios a mi alrededor. Las siguientes diez plantas las conquisté entre jadeos y asmáticas murmuraciones, con la camisa empapada de sudor. A partir de la contemplación del número veintiséis, empecé a sentir los primeros mareos y decidí recurrir al contenido de la botella. Bebí varios sorbos mientras seguía avanzando a cámara lenta, cada vez más persuadido de que no era yo el que se movía, sino el pulimentado suelo bajo mis pies. Nada más doblar la esquina del apartamento 28B sentí un repentino entumecimiento de las piernas que me impidió continuar. Mi cuerpo quedó petrificado, como la representación escultórica de un espasmo, y acto seguido caí rendido sobre uno de los peldaños. Debí de quedarme un buen rato recuperando las pulsaciones. Contemplé la ciudad que comenzaba a desperezarse de neones, justo antes de que los primeros rayos de sol empezaran a incendiar las calles. Nunca había visto amanecer en Nueva York y, conmovido por la perfecta ejecución de un espectáculo tan minuciosamente ensayado, fui emergiendo lentamente del sopor de la borrachera. Entonces me asaltó un pensamiento. Me di cuenta de que tenía veintiocho años y de que estaba en la planta 28. El hecho de que no hubiera podido avanzar más, de que el escalón en el que me encontraba marcara el límite exacto de mis fuerzas, me sumió en un lúcido estado de conciencia. Como un niño al que se le revela el artificio de un truco de magia, me pareció entender el tiempo y el espacio en su compleja sincronía, experimenté en mi propia piel la perfecta conjunción armónica del ser y el estar, y me invadió una extraña sensación de placidez. Por primera vez en toda mi vida tenía la certeza de estar en el lugar que me correspondía. Allí y en ningún otro sitio.

13

En las semanas sucesivas a la publicación en inglés de *Ciudad Café*, recibí varias peticiones de entrevistas que habían pasado previamente el control de la editorial. En una de las ocasiones me citaron a las once y media de la mañana de un lunes de principios de junio en el Cafe Luxembourg, un clásico bistró del Upper West Side. La periodista me esperaba sentada en una de las mesas junto a la ventana y supe que era ella porque agitó un brazo cuando me vio aparecer por la puerta. Nada más estrecharle la mano noté un repentino asedio de rubor en mis mejillas seguido de una agitación en el pecho que duró todo el encuentro. No fue solo su físico, ese tipo de belleza que conspira secretamente contra la más inexpugnable timidez, sino que había algo decididamente provocador en la manera en que Sara Ketcham había preparado la entrevista. Decir que había leído *Ciudad Café* era quedarse corto. La precisión y la ocurrencia de sus preguntas, pertinentemente documentadas, delataban un interés fuera de lo corriente. Sobre la mesa, junto a la grabadora, un desgastado ejemplar del libro exhibía las esquinas ablandadas, y de sus páginas asomaban marcadores de los que se sirvió varias veces a lo largo de nuestra conversación. Le interesaba, sobre todo, el simbolismo de la historia, la manera en que Lucho Ortega, el protagonista de la novela, iba tejiendo con sus viajes en avioneta una malla invisible hasta conectar todas las culturas latinoamericanas en una sola, representada por una ciudad costera afectada por el mal de altura, rodeada por un caribe de icebergs y empinados riscos, transitada de razas y dialectos, imposible de ubicar en un mapa porque, sencillamente, pertenece a todas partes. Para Sara, *Ciudad Café* era deudora de un nuevo realismo mágico que, liberado de su cruel costumbrismo, conspiraba a favor de una gran revolución hispanoamericana. No era la primera vez que escuchaba una comparación del estilo, pero por la forma en que lo expresó me dio la sensación de que el libro le había causado cierta impresión, y cuando mencionó de pasada el accidente de avioneta que acaba con la vida de Lucho y pone fin a la historia noté que se le estremecía ligeramente la voz.

Aclarados los pormenores del argumento, Sara me preguntó por mis comienzos literarios. Cediendo a un impulso primario de impresionarla, me sorprendí a mí mismo enumerando vaguedades sobre una supuesta precocidad e incurriendo en imperdonables exageraciones. No llegué a mentir, pero a la luz de mis declaraciones todo cuanto había hecho, dicho y escrito parecía destinado a aquella cita en el Cafe Luxembourg, lo que, por otro lado, era una forma de conceder un significado especial a nuestra cita. También yo deseaba ser incauto a mi manera y corresponder sus horas de afanosa lectura. Seguí hablando un rato hasta que las palabras empezaron a fluir solas y entonces pude centrar mi atención en ella, en la extraña simetría de sus rasgos pálidos, en la profundidad de sus ojos claros y en esa esplendente melena ondulada que la hermanaba con las musas prerrafaelitas.

No sé de dónde saqué el valor para invitarla a la ópera aquella misma tarde, pero sí recuerdo que no opuso resistencia. La idea surgió sobre la marcha, mientras prorrogábamos el momento de la despedida caminando despacio por Amsterdam Avenue hacia la boca de metro de la Setenta y Dos. Ella tenía que volver a la redacción para transcribir la entrevista y yo pensaba dedicar el resto del día a contestar correos atrasados, pero entonces una marquesina publicitaria de *La ciudad muerta* de Korngold hizo que nuestras agendas volvieran a sincronizarse. Identifiqué un halo premonitorio en el cartel (donde se anunciaba la función de los lunes, a las tres de la tarde) y sugerí obedecerlo como prevención de alguna fatalidad. Le propuse que ejerciera de anfitriona en la que habría de ser mi primera incursión en el Met y aceptó sin reservas. Me explicó que quedaba una semana para el cierre del número de la revista y que había acumulado suficientes horas extra como para que nadie le pidiera explicaciones si esa tarde no pasaba por la redacción. Así que enfilamos por Broadway hasta el Lincoln Center y compramos las dos últimas entradas de palco que quedaban a una simpática taquillera que dio por hecho que éramos pareja. Aún faltaba más de una hora para que empezara la representación, por lo que decidimos hacer tiempo en la barra del Bar Boulud, al otro lado de la calle. Allí me contó que no había estudiado Periodismo sino Historia del Arte y no precisamente cerca, sino en California. También que se había incorporado recientemente a la redacción de *eMu*, una revista cultural de tirada mensual, por una sucesión de carambolas mientras trabajaba en una editorial de catálogos de arte, y que llevaba dos años viviendo en Queens.

A las puertas del Met, me llamaron la atención los torniquetes de la entrada como preámbulo al enmoquetado viaje a las catacumbas de la civilización occidental. Ya en nuestros asientos, Sara me preguntó cuánto tiempo tenía pensado quedarme en Nueva York y yo contesté que indefinidamente.

El efecto del vino combinado con el sonido aletargante de los instrumentos afinándose en el foso nos distrajo momentáneamente del argumento de la ópera. En el primer acto de *La ciudad muerta* un joven viudo recibe la visita de una bailarina cuyo increíble parecido con su difunta esposa le induce al delirio y le provoca aterradoras visiones. El protagonista se pasa las horas encerrado en una habitación a la que llama el Templo de la Memoria. Allí venera los recuerdos de la que fue su esposa: un retrato, una colección de figuritas, fotografías de su vida juntos y una trenza de cabello rubio depositada en una urna de cristal.

En el descanso bebimos champán y Sara me agarró del brazo mientras descendíamos por las escaleras hacia la colección de fotografías de personajes ilustres de la planta baja. Nos quedamos medio embobados frente a aquella galería de viejas glorias de la lírica sin poder reconocer casi ningún rostro. En el programa de mano leímos que el compositor, Erich Wolfgang Korngold, era hijo de un famoso crítico musical austriaco, lo que sin duda ayudó a que su ópera se estrenara en dos teatros de Colonia y Hamburgo simultáneamente. Todo el mundo daba por hecho que, tras el pseudónimo del libretista, Paul Schott, se escondía su padre, pero nunca se llegó a revelar su identidad. Cuando *La ciudad muerta* se presentó al público en 1920, Korngold tenía veintitrés años. Era normal que, en caso de haberse encargado él mismo de la adaptación de la famosa novela de Georges Rodenbach, quisiera cubrirse las espaldas ante un eventual fracaso. Eso siempre les había funcionado a los compositores. Sin embargo, en sus diarios, que salieron a la luz en 1975, Korngold describe airadas discusiones con el misterioso libretista. El tono es demasiado elevado y bronco para tratarse de un intercambio de opiniones entre un padre y un hijo a propósito del desenlace de la ópera. Schott se niega a incluir la escena en la que el viudo estrangula a la seductora bailarina con la trenza y Korngold termina cediendo.

Al final del tercer acto pude ver a Sara tratando de contener las lágrimas mientras el atormentado protagonista avanzaba hacia el proscenio con el cadáver de la mujer en brazos: «¡Ahora sí que sois idénticas!». Pero entonces, cuando todo parece perdido, un bellísimo pasaje orquestal anuncia el amanecer de un nuevo día tras la noche homicida. Todo ha sido una horrible pesadilla, no hay pérdida que lamentar. Quien fuera que se ocultara tras el nombre de Paul Schott, padre, hijo o cualquier otro colaborador, lo había hecho para salvar a una mujer inocente.

A la salida de la ópera insistí en ir a cenar a mi restaurante favorito en el Midtown, cerca del MoMA.

—Pero ¿tienes idea de lo caro que es Le Bernardin? —objetó cínicamente, tratando de disimular su entusiasmo.

—Por el precio no te preocupes, la factura corre por mi cuenta —me esforcé en convencerla.

—Además, queda como a media hora andando, por lo menos.

—¿Cuál es el problema? —respondí con fingido desconcierto—. ¿Es que tus padres no te dejan compartir taxis con desconocidos? ¿O es por mi marcado acento extranjero?

—Estás completamente chiflado... —añadió entre risas—. ¿Se puede saber qué hay en ese restaurante que no podamos encontrar por aquí?

—Confía en mí. Aunque tengo por costumbre decepcionar, esta noche haré una excepción. Le Bernardin cuenta con la mejor selección de pescados y mariscos —imité la voz de un maître— y el tiramisú más premiado de todo Manhattan. Pero, si he de hablar con total franqueza, lo que más me gusta de allí son las servilletas...

—¿Las servilletas? —me escarmentó creyendo tal vez que se trataba de algún error de pronunciación.

—Sé bien de lo que hablo.

—¿Te estás quedando conmigo?

—Tienen unas servilletas que parecen pañuelos de seda —dije mientras paraba un taxi con el brazo en alto—. Hoy en día cuesta mucho encontrar un restaurante en el que las servilletas no estén afiladas como lijas —añadí mientras subíamos al coche.

—Si es así, creo que no tengo elección.

—A la Cincuenta y Uno se ha dicho —le indiqué pletórico al conductor.

Entonces mi voz se perdió en la espesura del tráfico de una Novena Avenida inusitadamente bella. De pronto tuve la extraña sensación de que, por primera vez en mucho tiempo, todos los semáforos estaban en verde.

14

Media hora después ya habíamos acordado compartir el tartar de lubina, las láminas de salmón con foie gras y el sashimi de almeja que se anunciaba en la carta como recomendación del chef. Ella sugirió un sauvignon blanc californiano y a mí me pareció una excelente elección. Bajo la discreta luz del restaurante, antes de que el sumiller apareciera para servirnos las copas, advertí a mi acompañante de que el asombroso ingenio de tela que acababa de acomodarse sobre las piernas era obra de uno de los espíritus más ardientes y lúcidos del Renacimiento. Sara era toda una experta en la materia, nada menos que licenciada en Arte por la Universidad de San Francisco, pero ignoraba que Leonardo da Vinci hubiera trabajado durante años como maestro de banquetes de la corte de Ludovico Sforza en Milán. Tanto le molestaban al maestro italiano los modales de los invitados del duque, comencé mi relato, que una noche, mientras observaba a los comensales atacar los platos como perros hambrientos, empezó a dibujar en su libreta un primer boceto de servilleta. El concepto en sí mismo no requería más de unos cuantos trazos, pero aun así debía calibrar su potencial, someter la idea al veredicto de los sentidos. No hay que olvidar, le advertí, que en aquella época hasta el noble de modales más exquisitos se limpiaba los morros con las mangas de la camisa o haciendo uso de los faldones del mantel. Cuando Da Vinci presentó el primer modelo de su paño plegable para que los convidados pudieran limpiarse cómodamente mientras comían de una fuente rebosante de carne, ninguno supo cómo utilizarlo. Algunos se sentaron sobre él, otros se lo ataron al cuello a modo de pañuelo y hubo hasta quien lo utilizó para envolver viandas y metérselas en las faltriqueras. El primer intento resultó un fiasco. Sin embargo, a pesar de las reiteradas negativas de su mecenas, que prefería seguir restregando sus grasientos dedos sobre rebanadas de pan, Da Vinci insistió en las posibilidades del invento. Diseñó otra versión, algo más alargada que la anterior, que podía introducirse en el cuello de la camisa a modo de babero. La dibujó en uno de los diarios que siempre llevaba consigo y en el que iba anotando sus ideas en forma de escritura especular.

Da Vinci llegó a completar varias decenas de esos cuadernos, de los que se conservan veinte, y otros tantos códices de temáticas tan diferentes como la botánica o la ingeniería. Su curiosidad era tan insaciable y caótica que a menudo dejaba sus obras sin acabar inmerso ya en el siguiente proyecto. Entre las más de trece mil páginas de apuntes, uno puede encontrar una lista de la compra al lado de un análisis de las expresiones faciales o un tratado de pintura bordeando el boceto de una máquina para mecanizar tornillos. Cualquier cosa le interesaba porque, en su cabeza, todo tenía relación. Las proporciones de la arquitectura y la anatomía humana, los estudios de bebés y las disecciones de cadáveres, las investigaciones sobre medicina y sus máquinas de guerra, sus retratos de modelos esbeltas y las prostitutas desdentadas de su colección de cabezas grotescas. No había una idea que no le llevara a la siguiente, de manera que cada invento contenía en sí mismo otro más.

Lo pude comprobar con mis propios ojos, le dije a Sara, cuando el Museo del Prado reunió un centenar de sus dibujos traídos de bibliotecas y colecciones privadas de todo el mundo. Alguien se había tomado la molestia de radiografiar varias páginas del *Codex*, que estaban expuestas en un mural. Y allí, frente a esas imágenes invertidas como negativos, me di cuenta de hasta qué punto el papel había sido decisivo en la concepción de sus obras. No era solo el espacio donde iba acumulando ideas, sino más bien el lugar donde estas entraban en acción. Digamos que más que un telón de fondo a los apuntes y dibujos, sus diarios configuran el escenario sobre el que se desarrollan sus inventos. En una de las vitrinas de la exposición pude ver uno de sus diarios abierto precisamente por la página en la que Leonardo había bocetado el diseño de la servilleta. El paño aparece primero extendido, después plegado al lado de unos cubiertos rudimentarios que sirven de escala y finalmente lo somete a la gravedad, con la tela abombada por el efecto del aire. Estas secuencias son frecuentes en sus cuadernos y funcionan como fotogramas consecutivos de sus propias observaciones. Lo más asombroso es lo que pasa en la página de al lado, donde aparece repetido el mismo dibujo de la servilleta deformada por el viento, pero esta vez de cada punta cuelgan unos hilos o más bien unas cuerdas que se unen en lo que parece una mochila con amarres.

—Acabamos de asistir a la invención del primer paracaídas de la historia, ¿no es así? —observó Sara con agudeza—. La pesadilla de la grasa y el sueño de volar unidos para siempre por obra y gracia del papel.

—Nadie se atrevió a probarlo hasta cuatro siglos más tarde. Una mañana gélida de 1912, el empresario textil austriaco Franz Reichelt, en adelante conocido como el Sastre Volador, se lanzó desde lo alto de la Torre Eiffel con un prototipo inspirado en los planos de Da Vinci. Dos cámaras del noticiero Pathé grabaron el salto.

—Dime que sobrevivió.

—Ni uno solo de sus huesos. Su cuerpo cavó un cráter en el Campo de Marte. Pero de alguna forma consiguió su objetivo de pasar a la historia. En los días sucesivos le dedicaron multitud de artículos y reportajes. En uno de ellos se insinuaba que, de haber saltado desde un poco más arriba, lo habría conseguido.

—De modo que para volar ni siquiera hace falta tener alas —concluyó Sara—. Basta con dibujar algún artilugio, al estilo de Da Vinci, o que escriban sobre ti después de lanzarte al vacío. ¿No va de eso tu libro?

A la salida del restaurante empezamos a callejear sin rumbo. Esta vez era Sara la que llevaba la voz cantante. La historia de cómo había llegado a la redacción de la revista estaba llena de sorpresas y repentinos giros de guion que nos hacían pararnos en mitad de la calle, completamente absortos en la conversación, para luego reanudar la marcha en sentido contrario o doblar la primera esquina en el convencimiento de que era el otro quien marcaba el paso. Tan pronto estábamos en Bryant Park como aparecíamos en la catedral de San Patricio o en mitad de una aglomeración de turistas en los aledaños de Times Square. Puede que en algún momento orbitáramos alrededor de una misma manzana, pero si fue así no nos dimos cuenta.

Sara me habló del barrio residencial de las afueras de Pittsburgh donde creció y del campus californiano que la llevó a familiarizarse con todos los movimientos de vanguardia y corrientes artísticas hasta aquella madrugada previa al último examen en que había llegado a identificar, según sus propias palabras, rasgos fauvistas en los ingredientes de una pizza recalentada. Nada de aquello, sin embargo, la había preparado para el contacto directo con los artistas de carne y hueso. Por lo general, lamentaba Sara, la ciudad sacaba lo peor de todos ellos. No bastaba con que produjeran obras de cierto interés, sino que debían actuar y vestir llamativamente de acuerdo a ciertos cánones de excentricidad. Si no eres un bicho raro, enfatizó, te comes los mocos. En apenas dos años había visto de todo: desde un tipo que fingía tics nerviosos en presencia de comisarios y marchantes para resultar lo suficientemente atormentado hasta una vieja gloria del movimiento lésbico que llevaba una doble vida como madre de familia heteronormativa. El artificio no terminaba en la obra, sostenía Sara, sino que el artista debía permanecer dentro del escaparate. Pero si él también es un producto, se preguntaba, a quién le corresponde el título de autor.

Cuando, gracias a un contacto de la universidad, Sara empezó a trabajar como editora de catálogos en la Brooklyn Alliance of Artists, todas las miradas estaban puestas en la estrella de esta asociación de exploradores de la vanguardia en régimen de cooperativa. Henry Strauss había alcanzado cotas inimaginables de éxito y reconocimiento social con cargo a un único instante de lucidez en su último año de carrera. Su monográfico *Wanted*, editado por la BAA, lo había convertido en uno de los artistas más respetados del momento, además de en un referente a imitar para el ilustre círculo de coleccionistas y museos de Nueva York. En cuestión de unos pocos años, Brooklyn había reverdecido y los barrios antes deprimidos de Greenpoint, Williamsburg y Bushwick se habían llenado de gentrificantes galerías que trataban de reproducir el modelo straussiano, seguir los pasos de un artista colosal y único, un genio del que Sara afirmaba haber aprendido más que de todos los tomos juntos de una enciclopedia.

Solo cuando Sara acabó de ponerme al corriente de los pormenores de la vida, obra y milagros de Henry nos percatamos de dónde estábamos. Nadie en su sano juicio se atrevería a deambular por Central Park a las once y media de la noche, pero tampoco fue algo que nos hubiéramos propuesto. Debimos de acceder al parque por la entrada de la Quinta Avenida y pusimos rumbo al lago, que refulgía bajo la luz caudalosa de una luna imponente. Una fuerza misteriosa, ajena a los peligros que podía depararnos aquella experiencia, nos había empujado a cruzar el Bow Bridge para adentrarnos después en los senderos boscosos que desembocan en el Castillo de Belvedere. Fue al empezar a ascender las escalinatas cuando reparamos en la hora que era.

Una vez alcanzamos el punto más elevado de la pequeña fortificación, Sara se sacudió el frío primaveral de los pies zapateando contra el suelo e hizo un gesto casi imperceptible con la boca para humedecerse los labios. Yo le cogí la mano y tiré de ella hacia mí. Con las cabezas a punto de tocarse, le retiré un mechón de pelo de la frente y me la quedé mirando unos segundos.

—¿Qué te está pareciendo la entrevista, señor escritor? —proclamó Sara sin el menor signo de nerviosismo.

Me habría gustado decir la verdad, que aunque llevaba toda la tarde esperando ese momento, me encontraba paralizado por el miedo. Sin embargo, un impulso más persistente que mi propia timidez me arrastró hacia ella. Le sostuve la cara con ambas manos y pude por fin experimentar la furtiva sensualidad de sus labios. Cuando acabamos de besarnos, Sara me rodeó la cintura con el brazo y comenzamos a desfilar por la escalinata en dirección al lago.

—Sin que sirva de precedente —dijo entonces— debo reconocer que este beso merece un buen titular.

15

Aunque la jet cultural de Nueva York acabó bailando al son de su nombre, los orígenes de Henry Strauss no eran precisamente aristocráticos. El pequeño de siete hermanos de una familia humilde de agricultores de Oklahoma se las había ingeniado para dejar atrás el Medio Oeste y las cien hectáreas de maizales donde parecía estar escrito su crujiente porvenir. Consiguió una beca para estudiar Matemáticas y Economía en la Universidad de Massachusetts, y fue allí donde tuvo su primera experiencia lisérgica. A Henry le costaba creer que aquel sello diminuto, con una sonriente carita impregnada en ácido, pudiera alterar la percepción de las cosas, lo que le planteaba una contradicción netamente científica: experimentar en primera persona los procesos químicos que provocan los trastornos cognitivos sin dejar de confiar en los sentidos como única prueba de certeza. Aquella tarde Henry ubicó escépticamente la porción de cartulina debajo de la lengua y contempló, un poco abochornado, cómo sus colegas empezaban a palpar figuras en el aire, a mantener conversaciones con seres invisibles y a retozar por el suelo mientras describían ridículas coreografías. Él no notaba efecto alguno, salvo un desagradable mareo cuando trataba de enfocar objetos lejanos. Se concentró pues en la esfera de su reloj haciendo un esfuerzo somático por que se derritiera en su muñeca, pero solo consiguió que el segundero avanzara algo más lento de lo habitual, o así quiso creerlo. Henry se había mantenido virgen en el consumo de sustancias hasta el último año de carrera, y quizá por eso, porque se trataba del primer intento, su cuerpo se resistía frígidamente a la psicodelia. Tumbado bocarriba bajo las gradas del campo de fútbol mientras los demás se divertían en la línea de *touch*, se entretuvo inspeccionando el contenido de su cartera. Aún conservaba el documento falsificado que le proporcionó inmunidad durante los primeros años de borrachera en el campus y notó un reflujo de ansiedad en la garganta al reencontrarse con la rejuvenecida versión de sí mismo en la foto del carné de la biblioteca. Pero fue la lectura en braille del bajorrelieve numérico de la American Express lo que le proporcionaría los primeros hormigueos y la sensación de ligereza en las extremidades. Ahora sí era posible que los receptores de serotonina y glutamato estuvieran cumpliendo su función transmisora. Sin embargo, la catálisis inicial de alegría derivó en una inhibidora reprimenda: sabía que si quería llegar lejos y terminar de sacudirse los últimos vestigios de polvo de sus botas tendría que mantenerse alejado de las drogas. Corroboró su argumento contemplando el único dólar que atesoraba en su triste y prelicenciada billetera. Y, una vez más, se dijo a sí mismo que el más mínimo error podría salirle caro. Fue en ese estado, con las pupilas dilatadas como platos, cuando escuchó el susurro interior de una voz eurekiana.

Henry no llegaría a titularse en la universidad, pero

tampoco habría de arrepentirse de la decisión que tomó. A los pocos días, recuperado de la resaca, pidió el reembolso de la parte deducible de la beca de la matrícula del segundo cuatrimestre, unos seis mil dólares, y cobró el cheque en una sucursal de Bank of America, donde le hicieron esperar una hora para poder retirar un tercio de la cantidad en billetes de uno. Durante las semanas que no acudió a clase, se dedicó a recortar con un cúter cada uno de los dos mil billetes en cuadrados, círculos, triángulos, tiras y otras formas. En los compartimentos de un estuche de plástico fue guardando las bocas, narices, ojos y cejas de George Washington; las garras, picos y alas del águila de cabeza blanca; los escalones y triángulos oculares de la pirámide truncada; las ramas de olivo y las hojas de laurel; las tramas y las grecas; las bordaduras y filamentos; las volutas y orlas. No desaprovechó nada, ni siquiera el búho que se asoma en actitud masónica desde una esquina heráldica, como una diminuta gárgola. Cada número y letra impresa en el billete tenía su apartado correspondiente en las cajas. Según llegaría a saber Sara, los cincuenta microgramos de dietilamida de ácido lisérgico le habían inducido a un episodio psicótico tan breve como revelador. Con las neuronas en trance excitotóxico, Henry había resuelto un sencillo silogismo: si todo tiene un precio en este mundo, el dólar bien podía equivaler a cualquier cosa, acuñado como la unidad mínima de materia. No se avergonzaba en reconocer que las largas horas dedicadas a trocear papel moneda lo habían hermanado de alguna manera con los primeros alquimistas y se sentía igualmente heredero de las generaciones de científicos que habían contribuido a las diferentes teorías atómicas. Las otras dos terceras partes de su botín académico las invirtió en la fianza y el alquiler de un minúsculo y destartalado estudio en Brooklyn, donde empezó a elaborar con los recortes de los billetes sus primeros collages: mosaicos sobre escenas bucólicas del sueño americano y alegorías del capitalismo más cruel y salvaje.

Hubo unanimidad entre los críticos, que no escatimaron en adjetivos para celebrar su aparición en los medios y hasta se sumaron a los elogios, ya de por sí exagerados, de la prensa no especializada. El mérito de su propuesta no radicaba solo en el sobresalto estético que proporcionaba a las retinas el dispendio de filigrana, sino en el hecho, nada despreciable en un campo estrictamente teórico, de que Henry hubiera logrado resolver astutamente el dilema analógico-digital que tanto preocupaba en las altas esferas del arte. Para ello había recurrido a unos diminutos fragmentos de papel que evocaban y a la vez competían con el pujante pixel. Frente a la inestabilidad de los precios del mercado del arte, los collages de Henry tenían un valor en sí mismos, una cifra cuantificable y desde luego mucho menos permeable a la especulación, por la sencilla razón de que estaban hechos de dinero. De dinero troceado, de dinero destruido, de dinero aniquilado, pero de dinero al fin y al cabo. Tal era la fuerza de su mensaje y la razón que justificaba su rápida aparición en las paredes del New Museum, del Centro Walker Art y hasta del Whitney. Todo esto fue, me dijo Sara, antes del ataque al World Trade Center. Era de esperar que el cambio de milenio se pronunciara a favor de nuevas formas de expresión, pero comoquiera que los atentados del once de septiembre establecieron una temática concreta, cada artista se encargó de traducir aquel sentimiento de rabia colectiva como buenamente pudo. En Brooklyn la nube tóxica vista desde la otra orilla del East River sirvió de modelo para glosar el horror. La bandera y la Estatua de la Libertad fueron reinterpretadas de mil maneras diferentes. Y hasta las ruinas a que se vieron reducidas las torres inspiraron varias muestras en torno a los objetos perdidos de las víctimas.

No tuvo que pasar mucho tiempo para que algunos artistas empezaran a buscar explicaciones a lo sucedido en los alrededores de la Zona Cero y en los edificios gubernamentales de Washington D. C. La indignación del sector más convencionalmente patriota de la opinión pública ante cualquier conato de autocrítica era directamente proporcional a la cobertura mediática en torno a estos herejes, por lo que algunos comisarios y marchantes de arte soportaron la presión y protegieron a sus artistas, bien por principios o porque al final de cada jornada las obras en cuestión ya habían despertado el interés de algún comprador. Al igual que quienes se lanzaron a la calle en señal de protesta, Henry estaba convencido de que el objetivo de la guerra era rigurosamente económico, lo que en ajedrez se conoce como sacrificio: dos torres a cambio de una ganancia táctica. Y puesto que el país parecía conformarse con la cabeza de un único hombre, mientras llegaba esa bandeja optó por llevar a cabo sus propias indagaciones. No necesitó asesoramiento político ni acceso a documentos clasificados. Le bastó con leer los periódicos e ir conectando los nombres como en uno de esos pasatiempos de unir puntos hasta dar con la silueta de los aulladores de la guerra.

Henry había visto en las series de televisión cómo los policías desmantelan mafias enteras por la vía organigráfica del corcho, las chinchetas y el *cui prodest*. Y eso mismo hizo él. Mientras América lloraba la muerte de sus víctimas, él se dedicó a cribar en la soledad de su taller los nombres de los más favorecidos por la caída de las torres y la intervención de las tropas en Oriente Próximo. Su red de conexiones iba del Pentágono a Wall Street, de la Casa Blanca a las perforadoras de petróleo de Texas, del Congreso a la Reserva Federal. El presidente Bush y su camarilla de halcones de la Administración eran sin duda los primeros sospechosos, pero su responsabilidad se antojaba demasiado evidente y algún día sus maquinaciones se estudiarían en los libros de historia, así que prefirió centrarse en once hombres y una mujer a los que nadie identificaría por la calle.

Una vez más, Henry acudió al banco, pero esta vez retiró una gran suma en billetes de cinco, de diez, de veinte, de cincuenta y de cien dólares, que recortó siguiendo el mismo procedimiento, y elaboró después un retrato de cada uno de los doce seleccionados, incluyendo en la parte inferior de cada imagen un collage de letras con su correspondiente nombre y apellido, además de algunas referencias a la altura, la complexión física, el color de piel o la edad, para que la gente pudiera reconocerlos. La inauguración de la serie *Wanted* en la galería de la BAA causó un gran alboroto mediático. A muchos de los visitantes, lectores, oyentes y telespectadores les costó encajar el golpe, pero terminaron rindiéndose a la evidencia y, una vez más, el pequeño de los Strauss fue laureado por su ameno y oneroso activismo.

La cosa, por supuesto, no quedó ahí. Como en tantas otras ocasiones, lamentó Sara, en cuestión de unas semanas Henry dejó de ser un héroe de la contracultura americana para convertirse en un forajido. Yo recordaba haber leído algo al respecto, pero pensé que era obra de un colectivo o grupo antisistema. Al parecer, no fue idea de Henry empapelar las calles, primero de Brooklyn y más tarde de Manhattan, con reproducciones a color de los retratos de los empresarios y congresistas de más dudosa reputación, pero fue él quien pagó las consecuencias. A partir de ese día, Henry recibió correos intimidatorios, llamadas a altas horas de la madrugada y hasta forzaron la cerradura de su apartamento. Por si aún no había captado el mensaje, alguien se tomó la molestia de enviar a la galería un paquete a su nombre que contenía una cinta de vídeo, en la que se le veía caminando por la calle de noche. Aquello, apuntó Sara, le obligó a desaparecer. Hizo las maletas y se fue sin más. Ni sus más allegados colaboradores en la galería supieron dónde se había metido, por lo que acabó difundiéndose el rumor de que podía estar muerto. No fueron pocos los periodistas que trataron en vano de localizar a Henry, y, cada día que pasaba, su nombre se cotizaba más alto en las redacciones de las principales cabeceras y televisiones del país. Todo el mundo quería a Henry. O lo que quedara de él.

16

Durante el tiempo en que Henry estuvo desaparecido, Sara no daba abasto en la galería. El catálogo de *Wanted* se había convertido en superventas y la pequeña sala de exposiciones se había llenado de curiosos que esperaban poder reconocer a Henry camuflado entre la multitud. Incluso cuando retiraron los retratos para presentar el trabajo de otros artistas seguía habiendo mucha más gente de lo habitual. Una de las personas que con más asiduidad se dejaba ver por allí era Samantha Gale, periodista y cofundadora de la revista *eMu*. El día en que por fin se atrevió a invitar a Sara a comer le explicó que vivía en Franklin Street y que la galería le pillaba de paso andando desde la redacción. Fueron juntas al Paulie Gee's y allí le contó lo que Sara ya imaginaba. Tras varias semanas siguiendo la pista de Henry, no había conseguido más que paja, le dijo, relleno para un inexpresivo espantapájaros. A Sara le hizo gracia el comentario y enseguida la obsequió con una breve semblanza del personaje, con el que había coincidido solo un par de veces en un terreno estrictamente profesional, pero sus palabras despertaron un interés exagerado en su interlocutora, que no dudaba en apuntar en su libreta cualquier comentario o gesto que Henry hubiera dicho o hecho en su presencia, por insustancial que pudiera parecer.

Al principio Sara no le dio demasiada importancia a la inquietud de Samantha, no más en cualquier caso que al resto de llamativos rasgos de su personalidad. Hablaba casi a gritos, se mordía ansiosamente las uñas mientras mantenía una conversación y se tropezaba con las cosas al andar. Resultaba difícil no fijarse en ella: le sobraban veinte kilos, llevaba el pelo teñido de rojo y vestía de riguroso luto, lo que realzaba la palidez de su orondo rostro. Era una de esas personas que llevan la palabra *especial* grabada en la frente, y quizá por eso Sara y ella no tardaron en hacerse buenas amigas. No había semana que no comieran juntas en alguno de los restaurantes de la zona, y en más de una ocasión Samantha fue a recogerla a la galería para tomar algo a la salida o simplemente para acompañarla andando hasta la boca del metro. Su amistad quedó oficializada al poco tiempo con unas clases de yoga a las que acudían regularmente en un moderno centro de perfeccionamiento espiritual de Greenpoint Avenue. Que no hubiera novedades al respecto de Henry no significaba que no siguiera estando presente entre las dos. Incluso en el imperturbable silencio de las sesiones de relajación, este fluía como el prana a través de los canales energéticos.

Por alguna razón las dos confiaban en que Henry seguía con vida y recrearon una y otra vez el escenario de su huida para llegar a alguna conclusión razonable. Trataron sin éxito de contactar con algún miembro de su familia e incluso se presentaron en su apartamento para recabar información de los vecinos, lo que no hizo sino aportar nuevos interrogantes a su investigación. Samantha se encargó de escribirle periódicamente a su correo electrónico y también a otras cuentas, combinando su nombre y apellido en otros servidores que devolvían los mensajes. Una vez agotados los datos periciales, se centraron en su obra. El olfato periodístico de Samantha sugería que los collages contenían información clave que las llevaría a su autor y Sara recogió el guante esforzándose por resolver el acertijo con los métodos de análisis aprendidos en la universidad. A Samantha le interesaba todo lo que tuviera que ver con el quién, el dónde y el cuándo, mientras que Sara se decantaba más por el cómo y el porqué. Una buscaba al hombre, fantaseaba con averiguar su paradero y conseguir la entrevista más codiciada del momento, mientras la otra seguía la pista del artista, profundizando en su *modus operandi*, cada vez más convencida de que no volvería a verlo. Demasiado meticuloso y organizado, pensaba Sara, para dejarse atrapar tan fácilmente. Aun así, descubrieron algunas cosas interesantes. Por ejemplo, que, dependiendo del grado de implicación de los retratados en la operación Justicia Infinita, Henry invertía más o menos dinero en su elaboración. El mismo patrón era aplicable a los rasgos, de manera que un ceño fruncido con trozos de billetes de cien dólares imprimía mayor vileza que una arruga hecha con las ruinas del Lincoln Memorial que aparece en el reverso de los billetes de cinco.

Una noche se entretuvieron más de la cuenta tomando unas cervezas a dos manzanas de la BAA. Por lo general era Sara la que se quejaba de su trabajo y amenazaba con dejarlo todo para reinventarse en otro sitio. Pero aquella tarde lluviosa de miércoles fue Samantha quien comenzó a despotricar contra el mundo en la barra semivacía del Black Rabbit. El alcohol le había aflojado la lengua y se desahogó en el transcurso de una furibunda invectiva contra el periodismo. La recesión económica, le explicó, había recrudecido la batalla informativa y convertido internet en un termitero. Ya no había tiempo para la reflexión y el análisis, lo único que importaba era cruzar la meta antes que nadie con un gran titular. Fue ese estado de permanente indefensión frente al vertiginoso ritmo con que se sucedían los cambios a su alrededor la que acabó empujándola a fundar *eMu* con un grupo de conocidos en la misma situación. Querían empezar de cero y reformular todo el proceso de elaboración de noticias. No fue fácil, pero de alguna manera lograron convencer a un par de inversores que confiaron en el rendimiento publicitario de un extravagante y sensacional proyecto cultural, una publicación diferente a todas las demás.

El nombre de la revista era el resultado de la fusión de varios conceptos. Por un lado estaba la «e» electrónica, erigida desde el primer e-mail lanzado al ciberespacio en prefijo de modernidad. Luego Mu, la misteriosa tierra de la mitología, continente perdido en las aguas del Pacífico, en oportuna referencia a los viejos valores que querían recuperar, siempre al acecho de su particular Atlántida editorial. Y finalmente la combinación de ambas ideas, emú, que resultó ser una especie rara de ave en cuyas plumas se inspiraron para elaborar el logotipo que terminaría siendo la seña de identidad de la cabecera. Sin embargo, *eMu* contenía un mensaje oculto, una consigna que guiaba los pasos de Samantha y su equipo en aquellos días. En un guiño a los orígenes del periodismo, las tres letras obedecían en realidad a las siglas de la primera revista de la historia. La *Erbauliche Monaths Unterredungen* se imprimió por primera vez en Alemania en 1663 y durante algún tiempo se dedicó a recopilar una serie de Discusiones Mensuales Edificantes, tal era la traducción literal. Más tarde Samantha averiguaría que los emúes no pueden volar, pero compensan esta limitación con una gran estatura y una insaciable y algo temerosa curiosidad por todo lo que les rodea. Y eso era, precisamente, lo que se habían propuesto: altura de miras y pies en la tierra en unos tiempos convulsos en que las informaciones vuelan sobre nuestras cabezas a toda velocidad. Por lo demás, el método de trabajo de *eMu* no era otro que la emulación, pero no en el sentido de imitación, sino en su acepción más original: como aprendizaje a través de la observación. La redacción de *eMu* era, por encima de cualquier otra consideración, un experimento en cuyo banco de pruebas quedaba registrado cada resultado dentro de una gráfica cuyas magnitudes iban progresando a base de ensayo y error.

En ese ambiente de exhaustivo análisis de las constantes y variables del entorno periodístico, hubo un detalle que no se le pasó por alto a Samantha. Hacía tiempo que corrían rumores sobre lo que en el gremio se conocía como corresponsales de la mentira, periodistas sin escrúpulos que se sacaban de la chistera entrevistas con artistas, escritores y políticos. Solo cuando alguno de los afectados daba la voz de alarma salían a la luz otros casos anteriores, publicados con la misma firma, en los que los entrevistados no habían denunciado el fraude, bien por dejadez, vergüenza o por puro deleite personal, lo que ponía de manifiesto cierto grado de conformidad. En otras palabras, ¿era posible que algunas de las personas que habían visto su foto junto a unas declaraciones que nunca habían pronunciado en un periódico de gran tirada no tomaran cartas en el asunto porque habían quedado de alguna forma satisfechas con lo que habían leído? Samantha se dio cuenta de que fuera cual fuese la respuesta a la pregunta esta ya no le provocaba indignación o rabia, como habría cabido esperar, sino que activaba en ella los viejos resortes de la solidaridad. En otros tiempos, menos convulsos o más académicos, habría denunciado aquellas acciones deplorables, tan bien tipificadas en los libros de estilo. Pero había visto desertar a demasiados compañeros de redacción sin que el respeto a las fuentes ni el enaltecimiento de la objetividad hubieran servido de mucho. Había algo radical y reivindicativo en las entrevistas inventadas a lo que Samantha no pudo sustraerse: una pureza destructiva, una luz de cegadora intensidad.

Aquella noche en que acabó emborrachándose en el Black Rabbit, Samantha no llegó a reconocer abiertamente su intención de inventar una entrevista sobre Henry, pero estaba claro que fantaseaba con la idea. Puede que hablara más de la cuenta, pero también que cada palabra que pronunció hubiera sido previamente guionizada. Todo quedaría dicho de una sola vez, entre brindis y rondas de cerveza, y ante el más mínimo gesto de reprobación por parte de su confidente, Samantha siempre podría recurrir al atenuante de embriaguez.

Sara estaba convencida de que su amiga no pertenecía todavía al selecto club de los corresponsales de la mentira y de que Henry era el primero de su lista, lo que no significaba que no hubiera ensayado con otros sujetos para lo que habría de ser el gran número final. No hay que olvidar que Samantha se tomaba su trabajo muy en serio. Para ella la entrevista inventada debía rozar la perfección, tenía que ser algo tan rigurosamente escrito que el entrevistado, al leerlo, no pudiera sino celebrar secretamente el resultado, pues estaría ante una descripción de sí mismo mucho más elocuente y precisa de lo que habría sido capaz en condiciones normales. Un texto de esas características requiere de un largo proceso de documentación. No basta con adivinar lo que habría querido decir el sujeto, sino que es preciso recabar los hechos que lo demuestren. Y para eso hay que aprender a pensar como la otra persona. De ahí que Samantha anotara cada detalle que Sara le proporcionaba sobre Henry. No hay información descartable cuando se trata de dar vida a alguien que ya existe: su forma de vestir, los gestos, sus rasgos de expresión, incluida su manera de rascarse la barbilla. Todo aquello que apuntaba en su cuaderno era importante, aunque nunca suficiente.

Una tarde de finales de octubre Samantha llamó a Sara para informarle de que había recibido en su bandeja de correo una respuesta de Henry. Para entonces Sara ya sabía lo que eso significaba, pero entendió que no era el momento de desmotivar a su amiga y la felicitó efusivamente. Entendía que su intervención en la historia ayudaría a revestir la mentira de cierta verosimilitud. En todo caso, no se sintió utilizada. Tal y como lo describió Sara, fue un acuerdo tácito entre dos personas adultas. No llegó a verbalizar su conformidad, pero tampoco se negó a interpretar un papel secundario en el teatrillo. Simplemente se dejó llevar, consciente de que cualquier pregunta explícita por su parte habría puesto en peligro la operación.

En su correo electrónico Henry aceptaba ser entrevistado el martes de la semana siguiente en la cafetería de la esquina de Bleecker Street y Bowery. En cuanto Sara se percató de que toda aquella recreación adquiría tintes de realidad, procedió a calibrar las posibles consecuencias que podría acarrear. Si la portada de la *eMu* llegaba a las manos de Henry la carrera de Samantha habría llegado a su fin. Sin embargo, ya era demasiado tarde para disuadirla, así que optó por actuar en la retaguardia. Durante los días previos al encuentro, quedó con ella para repasar el cuestionario e intercambiar impresiones sobre las últimas noticias publicadas sobre los doce de *Wanted*. Las dos convinieron que, para no levantar sospechas, Samantha debía informar al director y a sus compañeros de la revista de su encuentro con el artista más buscado del momento, pero actuó con cautela y no dio detalles sobre la hora y el lugar. El lunes por la tarde, Sara la esperó a la salida de la redacción para desearle suerte. Aunque tenía plena confianza en su amiga, de vuelta a casa caviló sobre los posibles desenlaces de la arriesgada maniobra para hacerse con el titular más preciado de los últimos tiempos. Lo que Sara nunca habría imaginado es que Henry terminaría acudiendo a la cita. No fue algo que Samantha le contara. Lo vio con sus propios ojos.

Si Sara infringió el código de confianza impuesto por Samantha fue solo porque temía que algo malo pudiera llegar a pasarle. En vez de acudir a la galería, dedicó el martes a interpretar el papel de detective con su kit de gabardina y gafas de sol. Se presentó con suficiente antelación en el lugar de la cita y, desde el otro lado de la calle, vio entrar a Samantha en la cafetería cuando faltaban cinco minutos para las once. Luego fue acercándose al ventanal hasta que pudo distinguir su ubicación dentro del local. Estaba sentada en una de las mesas del fondo y mataba el tiempo dando sorbos a una taza de café. Desde la distancia, parecía serena y tranquila, no se mordía las uñas ni tamborileaba la mesa con los dedos, aunque puede que estuviera conteniéndose. Diez minutos más tarde de la hora acordada, cuando pensó que Samantha empezaría a hablar sola frente a la grabadora, apareció Henry por la puerta. Llevaba una gorra de béisbol y se había dejado una barba espesa, pero no cabía la menor duda de que era él. A diferencia de Sara, que tuvo que pellizcarse para creer lo que estaba viendo, Samantha no pareció muy sorprendida. Se saludaron como si tal cosa y comenzaron a conversar amigablemente. Su encuentro duró casi dos horas, en las que Sara no los perdió de vista en ningún momento. Y solo cuando le pareció que hacían el gesto de levantarse, se dirigió con paso apresurado hacia la boca del metro y regresó a casa con el corazón a mil revoluciones. Aquella fue la última vez que Sara vio a Samantha.

A las dos semanas, Will Berkson, cofundador y director en funciones de *eMu*, se presentó en la galería para contarle a Sara que Samantha les había dejado colgados con la portada de Henry. Pero que esa misma mañana, a dos días del cierre del número, había llegado a la redacción un sobre a su nombre.

—¿A mi nombre? —repuso Sara sin dar crédito.

—Espero que sepas lo que significa porque tenemos una portada y diez páginas en el aire.

El sobre contenía una llave atada con un cordel rojo a una especie de letra sánscrita, que Sara no tardó en identificar, aunque prefirió no precipitarse y le pidió a Berkson que le diera unas horas para hacer algunas averiguaciones. Aquella misma tarde se presentó en el centro de yoga y confirmó que, tal y como suponía, la llave abría una de las taquillas. Dentro encontró la grabadora con la entrevista de Henry. No había ninguna nota explicativa, pero si algo había aprendido de Samantha era a leer entre líneas. Estaba claro que quería que fuera ella quien la publicara y la firmara. Y así lo hizo. Al fin y al cabo, las dos habían preparado el cuestionario y organizado el encuentro.

Todos los detalles de la historia que me contó Sara sobre Henry, desde su primera experiencia con las drogas hasta la preparación de la serie *Wanted*, procedían de la grabación de Samantha.

A los pocos días de enviar el texto, Berkson llamó a Sara para ofrecerle el puesto de su amiga en calidad de redactora.

—Algo provisional —le prometió sin demasiado entusiasmo—. Hasta que Samantha decida regresar.

17

Después de nuestro primer encuentro, Sara y yo nos las ingeniamos para pasar cada minuto de nuestro tiempo juntos. No hubo conversaciones ni preparativos que nos llevaran a una convivencia pactada. Sucedió sin más, con la imperceptible determinación con que una nube cambia de forma, y para cuando quisimos darnos cuenta nuestras llaves ya abrían las mismas puertas. Nos unió la distancia, los doce kilómetros que separaban mi apartamento en Manhattan de su piso en Queens. Vivíamos en la misma ciudad, pero lo suficientemente lejos el uno del otro como para que cada trayecto en tren bajo las aguas del East River incorporara la carga romántica de una despedida trasatlántica. Ni siquiera fue necesario empaquetar nuestras cosas. A los tres meses de conocernos, yo había empezado a instalarme en su casa sin darme cuenta mediante rápidas infiltraciones de mis pertenencias. En algún momento dejé mi apartamento, pero más que una mudanza fue una sigilosa invasión al más puro estilo guerrilla. El cepillo de dientes, cual estandarte higiénico en el habitáculo de los pudores, fue la primera conquista, aunque no la más importante ni definitiva. La repentina aparición de mi ropa interior en los cajones de su armario fue otra señal inequívoca de que la cosa funcionaba, así como la paulatina irrupción de posesivos en el reparto de recursos domésticos: tu toalla, mi taza, tu lado del sofá. La casa se iba llenando de mi presencia a través de toda clase de utensilios cotidianos. Un paraguas olvidado, el cargador del teléfono, una ingeniosa nota de despedida en la puerta de la nevera que, a modo de reliquia, ninguno se atrevía a tirar a la basura. Tal es el poder que ejercen los objetos al comienzo de una relación, hasta que al final uno de ellos se erige sobre el resto como un talismán que vela por la convivencia. En nuestro caso, fue un mueble astroso que Sara encontró en la calle y que, tras varias reparaciones y tres capas de pintura, había reconvertido en mesilla de noche. Originalmente, la cama de la habitación estaba pegada a la pared por uno de sus costados, dando lugar a una única mesilla donde Sara amontonaba toda clase de material de lectura: el último ejemplar de *eMu*, varios ensayos de arte a medio acabar, un catálogo de Macy's y la edición en inglés de *Ciudad Café*. Por aquella época yo no salía de casa sin un libro bajo el brazo. No concebía la idea de un escritor que pasara los ratos muertos haciendo otra cosa que no fuera leer, y no tardé en desarrollar una asombrosa capacidad para hacerlo en los lugares más insólitos y en intervalos cada vez más reducidos de tiempo. Los habituales retrasos de Sara eran una magnífica ocasión para adelantar unas cuantas páginas, lo mismo que los traslados en metro por las arterias de la ciudad o las largas colas del supermercado. En casa de Sara disponía de un sillón estratégicamente colocado entre la ventana y el final de la estantería, pero en la cama las sesiones de lectura resultaron particularmente incómodas. Fue así hasta aquel día de principios de febrero que volvía de pasar unos días en Madrid con mi familia. Sara había preparado una cena de bienvenida y cuando entré en la habitación y vi mi nuevo rincón iluminado, con la mesilla que aún desprendía un ligero olor a pintura, supe que lo nuestro iba en serio.

A los pocos meses, decidimos dejar nuestro precioso estudio de Queens. Sara se quejaba de que las cañerías producían extraños tañidos nocturnos, aunque la mayoría de las veces yo no me enteraba de nada. Ella sugirió buscar algo más amplio, donde pudiera disponer de mi propio espacio para trabajar, y a mí me entusiasmó la idea. Fue allí, en una quinta planta sin ascensor del viejo Harlem, donde tuvo lugar mi primer intento serio de volver a escribir. El habitáculo destinado a tal efecto era tan estrecho que a duras penas pude encajar una mesa entre sus cuatro paredes. La diminuta ventana del fondo ofrecía una vista del patio interior del edificio tan homogénea en todas sus perspectivas que a veces me parecía estar mirando el mismo cuadro gris. Las condiciones, sin embargo, no podían ser más favorables. Debía evitar a toda costa las distracciones, y mi pequeño búnker literario de la Ciento Cuarenta y Cinco cumplía su cometido a rajatabla. Empecé a acumular libros, recortes de periódico, pósits, notas rescatadas de antiguas libretas y otros sucedáneos de papel que subrayaba, clasificaba por temáticas o simplemente pinchaba en un corcho como el pedido de una mesa en la cocina de un abarrotado restaurante. Incluso me compré la última edición del *Writer's Market* para consultar de cuando en cuando sus detallados análisis sobre tendencias literarias. Pasaba entre seis y ocho horas al día en aquel destartalado quiosco de titulares con gancho y prometedoras sinopsis, diseccionando clásicos de la literatura y consultando entradas de enciclopedia en busca de alguna historia que no hubiera sido contada ya. Vivía en un estado constante de ansiedad y desesperación, como un fumador que, en mitad de un vendaval, trata de encenderse un cigarro. No necesitaba más que una chispa, me decía. El resto vendría solo.

Resultó que habíamos subestimado cada una de las cinco plantas sin ascensor que nos separaban de la calle. No había día que no saliera dos o tres veces de casa para hacer algún recado, y hasta agradecía el pequeño sofocón que seguía a cada ascensión a pie hasta la cima de nuestro apartamento. Pero el trabajo de Sara no era el mío, y comoquiera que las ocho horas en la redacción exprimían hasta el último aliento de sus energías, a los pocos meses logró convencerme para cambiarnos a otro sitio cuatro calles más arriba, en una antigua fábrica de ladrillo visto reconvertida en área residencial. Mi lugar de trabajo era más amplio y la casa en general resultaba mucho más acogedora, pero los vecinos de al lado nos sometían a un tercer grado de peleas y música caribeña a todo volumen con su emisora de radio conectada día y noche. Antes de que se cumpliera el primer año de contrato, ya estábamos instalados en una cuarta planta de Carroll Street. El anuncio prometía una terraza orientada a Prospect Park donde a duras penas cabía una pequeña mesa con dos taburetes, pero aquellos desayunos al sol de principios de mayo valían cada céntimo de lo que pagábamos a la inmobiliaria. Yo seguía sin escribir más de una página al día, pero tenía la sensación de estar haciendo lo correcto y el dinero por entonces no suponía un problema.

En el transcurso de los cinco primeros años de nuestra relación, nos habíamos cambiado siete veces de apartamento. No tardé en comprender que formaba parte de la naturaleza de Sara. Nunca lo achaqué a un estilo de vida ni a una excentricidad neoyorquina derivada de una exposición demasiado prolongada al estrés de la ciudad, sino a una necesidad vital: como un animal que, cada cierto tiempo, ha de mudar de piel. No se podía decir que el trajín constante de cajas y muebles afectara a nuestra relación, y si lo hizo me atrevería a afirmar que fue para bien. Una vez sofocado el desenfreno amoroso que acompañaba a cada inauguración, Sara comenzaba a urdir en secreto un nuevo plan de evacuación que se desarrollaba en tres actos. El primero podía durar varias semanas y consistía en no criticar nada de la casa y esperar a que los defectos saltaran a la vista. Al final siempre era yo quien terminaba señalándolos con el dedo. Cuando por fin llegaba el día en que me quejaba por el ruido de los vecinos, el olor de las tuberías o la mala distribución, ella se esforzaba en quitarle hierro al asunto. No es para tanto, me consolaba, ya verás cómo te acostumbras, decía, eres un maniático. Entonces caía un telón imaginario entre los dos y volvía a elevarse para dar comienzo a un brevísimo segundo acto, en el que de pronto Sara sufría un golpe en la cabeza con la puerta de un armario, un resbalón en la bañera o una quemadura en el dedo con la plancha. No sé hasta qué punto estos pequeños accidentes eran del todo fingidos o simplemente exagerados, pero conseguían aliarnos momentáneamente contra una oscura fuerza doméstica. El tercer acto solía tener lugar en un restaurante a la luz de unas diminutas velas de té. Sara me sacaba a cenar con alguna excusa y, cuando menos me lo esperaba, salía a relucir en la conversación el piso perfecto. Pronunciaba esas dos palabras con un hilo de remordimiento en la voz, apercibida de las implicaciones de su propuesta, pero con la firme voluntad de enmendar los errores anteriores. Lo vendía de tal manera que casi no podía esperar al día siguiente para ir a verlo con ella y comprobar que todo lo que me había contado era cierto.

18

En los manuales de psicología de la pareja tres mudanzas equivalen a un incendio. Y puede que, de no habernos querido lo suficiente, hubiéramos terminado quemándonos. Visto desde fuera, Sara podía parecer una virtuosa en el arte de la manipulación y yo una pobre víctima de sus engaños, pero lo cierto es que los dos éramos conscientes de que se trataba de un juego y asumíamos las reglas del mismo. Si nunca me quejé de ir cargando cajas de un lado a otro de la ciudad fue porque cada nuevo apartamento implicaba un volver a empezar mágico en nuestra relación, una especie de ritual de purificación, así como un estímulo para mi creatividad. Escribir entrañaba un estado mental y la ausencia de un referente hogareño me forzaba a vivir más dentro de mí y en contacto directo con mis pensamientos. No me importaba cómo estuviera guarnecida la casa, siempre que mi cabeza se mantuviera bien amueblada. La reubicación me obligaba a hacer limpieza de papeles y a organizar mis borradores por carpetas, a devolver libros atrasados a la biblioteca de mi zona y a husmear con renovada curiosidad en las librerías de mi nuevo barrio.

Además, empezaba a sospechar que mi segunda novela transcurriría en Nueva York, y nuestro historial de mudanzas nos había permitido conocer la ciudad desde multitud de perspectivas. Cada nuevo amanecer de nuestra vida juntos en sus diferentes coordenadas arrojaba su propia luz sobre un mapa cada vez más íntimo de la ciudad. Aparentemente, nuestro Nueva York era el mismo que el que manejan los taxistas o el que despliegan en mitad de la calle los imperturbables turistas, pero nadie más que nosotros sabía a qué altura de la Ciento Diecisiete se abría un pasadizo secreto que llevaba directamente al recuerdo de aquel beso bajo la lluvia o en qué línea de metro uno podía viajar en el tiempo hasta la noche en que nos quedamos dormidos en una estación y nos despertó la aglomeración de los vagones a primera hora de la mañana.

Una vez dominado el arte de la ubicuidad, podíamos ocupar cualquier lugar en el mundo sin llegar a estar realmente en ninguna parte. Solo así era posible que desde la ventana de todos los salones que ocupamos se viera la bandera del Castillo de Belvedere. Aquella ilusión compartida era un homenaje a nuestro comienzo, la señal que marcaba el kilómetro cero de nuestra historia, y no había distancia o emplazamiento que no mereciera un esfuerzo extra por parte de nuestros sentidos. Incluso desde nuestro último cuchitril de Bergen Street, una segunda planta de Park Slope orientada al sur, lográbamos que los edificios se organizasen a nuestro antojo hasta que entre las calles y avenidas se abría paso la imposible perspectiva de esa visión. Todas las líneas parecían confluir en un mismo punto de nuestra ventana, una mancha diminuta rodeada de vegetación que siempre coincidía con nuestra descripción de la bandera del Castillo de

Belvedere. Mientras yo recurría a las complejas ilusiones ópticas de las escaleras de Escher, una de las cuales conectaba precisamente las dos plantas de una litografía titulada *Belvedere*, Sara comparaba aquella recreación cubista con las líneas quebradas y los puntos de fuga divergentes del *Castillo de La Roche-Guyon* de Braque que había podido contemplar durante una excursión con el colegio al Museo de Arte de Filadelfia.

Cualquiera un poco más cuerdo, o menos enamorado que nosotros, habría sabido que lo que se divisaba, muy a lo lejos, no eran, no podían ser, las copas de los árboles de Central Park. Pero a nosotros no nos inquietaba lo más mínimo que la bandera no estuviera allí. Lo que de verdad importaba era no dejar de verla nunca. Allí había estado antes incluso de que Sara y yo nos conociéramos, como el centelleo de una estrella misteriosa en la constelación de dos infancias hermanadas por la programación matutina que emitían nuestros televisores. En algún momento Sara se acordó de que los creadores de *Barrio Sésamo* habían elegido el Castillo de Belvedere como residencia del Conde Draco, un vampiro atípico al que no le afecta la luz y que sufre de aritmomanía, un trastorno obsesivo que le lleva a contar cosas compulsivamente: murciélagos, vacas, muebles, relámpagos, hasta lleva el cómputo de las veces que le ha pedido matrimonio a la Condesa Natacha. A finales de los años noventa, el empeño del alcalde Giuliani por barrer a los mendigos de la ciudad había convertido Central Park en una estilizada zona de recreación despejada de peligros, pero también de misterios, y la enigmática fortaleza perdió su viejo esplendor tras la rehabilitación del observatorio, donde empezaron a exhibirse como reclamo turístico reproducciones de cartón de las aves del parque y antiguos telescopios. A lo que se añadieron, tras su designación como estación meteorológica de la ciudad, toda clase de aparatos de medición de la temperatura, el viento, la presión y la humedad. Lo que, por supuesto, proporcionaba nuevas coordenadas a nuestra cartografía sentimental.

Sara solía hacer bromas al respecto cuando me volvía irascible o sufría un repentino ataque de mal humor.

—¡En directo desde la estación meteorológica de Belvedere! —imitaba una voz radiofónica con su inigualable vis cómica—. ¡Hemos detectado una repentina confluencia de isobaras en el salón! Se prevén tormentas y vientos huracanados. Permanezcan en sus hogares hasta nuevo aviso.

Creo que alguna vez logré contener la risa después de uno de sus numeritos. Otras veces era yo el hombre del tiempo. Sobre todo cuando Sara se paseaba desnuda por la casa, que solía ser a menudo.

—¡Atención, atención! —anunciaba yo desde mi escritorio, con mucha menos gracia que ella—. ¡Alerta máxima, subida repentina de temperaturas!

Por alguna razón, a Sara le incomodaba el contacto de la toalla mojada y no le importaba que la contemplara en su versión más natural mientras preparaba el desayuno o elegía la ropa que iba a ponerse.Todo a mi favor. Al fin y al cabo, yo no tenía un horario que cumplir y la imagen de su cuerpo desnudo ha sido el mejor despertador del que he dispuesto nunca.

Cuando, a eso de las nueve, Sara salía de casa, yo me dedicaba a recopilar historias con la esperanza de que alguna terminara revelando su potencial. Disfrutaba especialmente de las novelas bajo cuyo relato se extiende una red de conexiones fortuitas y de las biografías en las que la casualidad impone su ley. Estimulaba la imaginación leyendo novelas de todos los géneros y épocas, coleccionaba recortes de prensa y apuntaba cualquier conversación interesante que escuchara por la calle o durante un trayecto en metro. De vez en cuando conseguía completar una docena de folios que solían acabar en la papelera o, en el mejor de los casos, en el cajón de las tramas fallidas, junto a los personajes de cartón.

Sara trataba de animarme reforzando mi confianza en el texto en el que estuviera trabajando cuando no recitando su famosa retahíla de escritores que publicaban una novela cada diez años. Llegué a la conclusión de que en Valparaíso todo había sucedido demasiado deprisa, sin haber llegado a interiorizar un método de trabajo. Lo probé todo: lápices, bolígrafos y plumas de todos los tamaños y colores; en cuadernos, libretas y folios de cualquier grosor y calidad; a ordenador y a máquina de escribir; sobre una silla o tumbado; en el más riguroso silencio o escuchando música clásica; en la tranquilidad de mi escritorio o entre el ajetreo de mesas de una cafetería; practicando el ayuno o bajo los efectos del café, el alcohol o alguna droga, pero el resultado siempre era el mismo. Tuvieron que pasar algunos años para que terminara por rendirme a la evidencia de que sufría lo que dentro del gremio se conoce como el *síndrome de la segunda novela*.

A falta de inspiración literaria, y con mis ahorros al límite, a la vuelta del verano de 2007 me ofrecieron una plaza como profesor de escritura creativa en la Universidad de Nueva York. Eran solo dos clases a la semana, pero no dejaba de resultar sospechoso que un novelista en dique seco se dedicara a ir dando consejos por ahí. No fue el prestigio ni el sueldo, ni siquiera el noble ejercicio de la docencia, lo que me llevó a aceptar el puesto, sino un desvergonzado culto a mis propios intereses. En el fondo albergaba la esperanza de que aquellos jóvenes incautos que soñaban con llegar a ver algún día su imagen en la solapa de un libro pudieran contagiarme su natural entusiasmo por el oficio antes de que a mi editor se le agotaran las últimas reservas de paciencia.

Nada de aquello funcionó. En septiembre de 2009, siete años después de que se anunciara a bombo y platillo el primer ganador del Global Quill, mi nombre había empezado a caer definitivamente en el olvido. Ya no contaban conmigo para las *vernissages* de las galerías ni se me requería en las presentaciones de libros. Me había convertido en un escritor en crisis, apestado e incapaz de sobreponerme al bloqueo de mi gran y único éxito. Sin embargo, justo cuando creía que el mundo me había dado de lado, recibí por correo certificado una invitación de Richard Fulton. Debo reconocer que era la primera vez que veía aquel nombre escrito, pero no se me pasó por alto la expresión de Sara cuando inspeccionó el sobre traspapelado entre la correspondencia sobre la mesa del salón. Inmediatamente se llevó la mano derecha al pecho y abrió la boca en un gesto mudo de absoluta estupefacción, para luego dejarse caer de espaldas en el sofá mientras releía la nota. Según me contó Sara, el hombre sobre el que yo nunca había oído hablar amasaba una de las grandes fortunas del país. A mi ignorancia, en cualquier caso, no le faltaba cierto fundamento, puesto que Fulton estaba considerado, además de uno de los coleccionistas más acaudalados, un virtuoso en el arte de la desaparición, un hombre de fama inmensurable que había conseguido preservar el más absoluto de los anonimatos. Quizá por eso, en lugar de citarnos en una dirección, en el tarjetón se nos instaba a aceptar el traslado en coche.

—Todo el mundo lo conoce, pero nadie sabe quién es —me informó Sara—. Jamás ha concedido una entrevista ni se ha publicado una foto suya en ningún medio.

19

Ya era de noche cuando llegamos a la mansión del señor Fulton. La finca estaba ubicada en algún lugar impreciso del estado de Rhode Island. O eso supuse, pues no llegamos a saberlo con certeza. Un jueves de finales de octubre de 2009, una limusina negra vino a recogernos a la puerta de nuestro edificio a las cinco en punto de la tarde, tal como se especificaba en la invitación, donde también se nos instaba muy amablemente a prescindir de nuestros teléfonos. Por entonces yo no tenía móvil, pero me consta que Sara cumplió con el precepto y dejó el suyo en casa. Por si acaso, un elegante chófer de inmaculado pelo blanco y manos enormes examinó mis bolsillos y ojeó el bolso de Sara. Salvo un «*please*» acompasado al movimiento de la puerta trasera, el conductor no volvió a pronunciar una sola palabra y apenas apartó la mirada de la carretera durante todo el trayecto.

Nadie nos había advertido de que el viaje sería tan largo, aunque lo cierto es que tuvimos la sensación de que el tiempo avanzaba mucho más deprisa de lo normal. Al llegar al Bronx, tomamos la Interestatal 95 en dirección a Providence. Dos horas después, ya en el estado de Connecticut, paramos en un arcén cerca de la salida para North Stonington. El conductor sustrajo de la guantera dos antifaces y se giró para ofrecérnoslos sin mediar explicación. Sara y yo nos miramos extrañados, pero obedecimos como niños que acatan las normas de seguridad de una atracción de feria. Mientras nuestro acompañante ajustaba elocuentemente el retrovisor interior a la espera de que cumpliéramos con sus indicaciones para reanudar la marcha, reparé en lo excitante que resultaba toda aquella parafernalia.

Con los ojos ya tapados pude imaginarme al taciturno conductor echando fugaces vistazos atrás para asegurarse de que no incumplíamos el riguroso protocolo de confidencialidad exigido por el señor Fulton. Debimos de permanecer unos veinte minutos más en la autopista antes de escuchar el intermitente y sentir cómo nos dirigíamos a una de las salidas. Entonces el coche tomó un desvío y una repentina reverberación delató un breve túnel. Lo más seguro es que hubiéramos cruzado la autopista por debajo. Tras un stop, seguimos en línea recta al menos media hora más. Sara y yo permanecimos en silencio, cautivados por el sensacional espectáculo que mantenía ocupados a tres de nuestros sentidos. No se oían otros coches alrededor y tan solo el repentino zumbido de algún vehículo en dirección contraria confirmaba que avanzábamos por una vía de doble sentido que fue haciéndose cada vez más sinuosa: curvas a derecha y a izquierda, terraplenes y baches, inopinados cambios de rasante que, sin una referencia visual, nos provocaban un vuelco en el estómago y, cuando una grieta en el pavimento hizo retumbar violentamente el habitáculo, Sara buscó mi mano palpando mi pierna en la impostada oscuridad que compartíamos. No tenía la menor duda de que todo aquello la divertía, y en un gesto de complicidad que la obligó a contener la carcajada introduje mi mano por debajo de su vestido. De pronto, sentimos un frenazo seguido de una pronunciada curva a la derecha y entonces oímos el crujir de la grava bajo los neumáticos. En mi cabeza visualicé un gran pórtico de piedra con cancelas en forma de lanza, parecido al de alguna película. Una vez dentro de la finca, la vegetación debía de ser frondosa porque algo alrededor nos devolvía el rumor del coche.

Durante la primera parte del viaje, mientras tratábamos de descifrar nuestro destino atendiendo a las señales de la carretera, Sara me contó, sin elevar mucho la voz, que antes de la guerra de Secesión los magnates del ferrocarril habían mandado construir grandes mansiones en la exquisita villa costera de Newport. Querían imitar los códigos arquitectónicos de los palacios de Europa, me dijo, con una mezcla inaudita de refinamiento italiano y grandilocuencia al estilo Luis XIV, lo que en la práctica les permitía adulterar las escalas y las proporciones de acuerdo a los siempre exagerados cánones americanos. No supe muy bien a qué se refería hasta que vi la mansión con mis propios ojos.

Cuando por fin nos detuvimos, el impertérrito chófer nos instó a quitarnos los antifaces. En lo que tardó en apearse y dar toda la vuelta para abrir la puerta del lado de Sara, pude distinguir por mi ventanilla un gran estanque detrás del cual se extendía una vasta explanada de césped que desembocaba en un espeso bosque. El haz de luz que iluminaba el paisaje procedía de la propia mansión, que terminaría revelándose ante nosotros como una enorme y colosal isla, una isla y su faro. Nada más poner los pies en tierra firme, vi erigirse frente a mí un imponente palacio de tres plantas con un tejado de pizarra a dos aguas que se perdía en el cielo oscuro. Sobre la fachada de piedra marrón, una enredadera serpenteaba entre los ventanales, de aspecto y tamaño catedralicios. Me debí de quedar medio embobado cuando el sonido de los tacones de Sara ascendiendo por la escalinata me devolvió a la realidad, si es que aquello podía considerarse de este mundo.

Al otro lado de la puerta nos esperaba un uniformado mayordomo que, con untuosos modales, se hizo cargo de nuestros abrigos. Al fondo del vestíbulo había una escalera que dividía la estancia en dos alas. Siguiendo las indicaciones del personal de servicio, avanzamos por la derecha en dirección al ambiente ruidoso y animado de un gran salón de baile forrado de espejos y de cuyos elevados techos colgaban cuatro grandes lámparas de araña. Una multitud de personas hablaba de pie arracimada en grupos o reunida en los tresillos más alejados del centro. En uno de los laterales, sobre una especie de balcón interior, una pequeña orquesta tocaba ese tipo de música ligera y anodina que invita a la conversación mientras una legión de camareros repartía comida tan selecta como diminuta sin dejar de rellenar las copas. Permanecimos un rato inmóviles en los márgenes de aquel extraño conglomerado social, observando atónitos el comportamiento de la gente, esperando a que algo sucediera. Pero en el transcurso de la primera media hora nadie tañó una copa con la cuchara para anunciar un discurso ni se dio paso a ningún acto. Se podría decir que la expectación inicial que nos había provocado el viaje en limusina derivó progresivamente en sopor.

Mientras yo me entregaba sin reservas a los placeres del selecto cáterin, Sara fue poniendo nombre a algunas caras: el editor de una importante publicación, el dueño de una galería, un par de artistas emergentes, un afamado director de orquesta...

Entre sorbo y sorbo a su copa de champán, me fue informando del avance de sus pesquisas.

—Quizá me equivoque —emitió repentinamente su veredicto— pero creo que todos estamos en la misma situación.

—¿Quieres decir igual de aburridos?

—Fíjate cómo actúa la gente. Es como el primer día de colegio. Todo el mundo trata de aparentar normalidad, pero en realidad están desesperados por encontrar su sitio, por dar sentido al entorno que les rodea. No hay más que ver cómo se mueven. —La miré estupefacto, mientras rebañaba con la cucharita una tarrina de *mousse* de salmón—. Permanecen en un grupo el tiempo suficiente para recabar información y pasar al siguiente. Dan vueltas de un lado a otro parloteando de cualquier cosa, pero está claro que tienen la cabeza en otra parte...

—¿Crees que les habrán puesto algo a nuestras bebidas? —me burlé y vacié mi copa de golpe.

—No digas tonterías. ¿Te has fijado en ese señor del bigote y la pajarita? Desde que hemos llegado ha recorrido la sala hablando a diestro y siniestro. Parece simpático, afable, cercano. Se ríe a la mínima ocasión, se muestra interesado por todo lo que le cuentan, pero está igual de desubicado que nosotros.

—O sea, que no somos los únicos a los que les han obligado a ponerse el antifaz.

—Creo que nadie sabe quién es el señor Fulton, pero todos se resisten a reconocerlo abiertamente, temiendo tal vez ser los únicos que han sido invitados a la fiesta bajo el filtro de confidencialidad. Todo esto no es más que un juego, un enorme tablero lleno de piezas que alguien mueve desde alguna parte. Puede incluso que alguien esté jugando desde dentro de esta misma sala.

—Eso tendría sentido —contribuí—. Puede que Richard esté tan cansado de gastar su dinero en obras de arte que haya encontrado una forma de entretenerse camuflándose entre la muchedumbre. Él se lo pasa en grande mientras nosotros competimos por ser los primeros en desvelar su identidad.

—Piénsalo bien. Podría ser cualquiera. Aquel tipo solitario del sofá, por ejemplo, que disimula acomodándose el cuello de la camisa para que nadie repare en él. ¿Qué edad tendrá?, ¿qué aspecto? Apuesto a que Richard no tiene menos de cincuenta o sesenta años, pero podría ser un anciano, podría incluso estar muerto hace mucho tiempo. Puede que Richard no exista, o que se haya disfrazado para la ocasión. ¿Será uno de los camareros? ¿Te imaginas que fuera el conductor que nos ha traído hasta aquí? Tal vez disfrute paseándose entre sus selectos invitados sin ser reconocido. Como un voyeur enfermizo.

—Con lo bien que estaba cenando —me quejé y escupí el último bocado en el interior de una servilleta.

Mi numerito infantil no disuadió a Sara de seguir dando rienda suelta a sus elucubraciones.

—Cuando era pequeña me encantaba jugar al *Quién es quién*. Se me daba muy bien porque nunca hacía preguntas sobre el aspecto de los personajes. Las gafas, el pelo, la perilla, los pendientes... no sirven de gran cosa. Hacen que el juego quede reducido a una aburrida y previsible repetición. Los maestros del póker juegan sin mirar las cartas, sirviéndose de las debilidades de su adversario. Con el *Quién es quién* pasa algo parecido. Las preguntas no deben apuntar directamente a los rasgos del personaje oculto en la tarjeta, sino que han de comprometer a nuestro contrincante, obligarle a dudar. ¿Es atractivo? ¿Te inspira confianza? ¿Te acostarías con él? ¿Le prestarías dinero? Por lo general, la reacción que provocan estas preguntas contiene más de una respuesta.

—Y bien, Miss Marple, ¿a quién sugieres que dirijamos nuestras incómodas preguntas esta noche?

—Para serte sincera, creo que esta partida está amañada. Nosotros aquí no pintamos nada. No somos más que un par de cartas bajas de la baraja, el decorado barato de una comedia burguesa a la que ni siquiera encontramos la gracia. Quién sabe contra quién estará jugando Richard desde allí arriba. —Y arqueó las cejas hacia una de las lámparas del techo—. Solo sé que volveremos a casa igual que hemos venido. Sin saber quién es nuestro dichoso anfitrión.

Como siempre, tenía razón en casi todo, pero se equivocó en una de sus predicciones.

Enseguida retomamos la ronda de reconocimiento saludando a una pareja con pretendida amabilidad para luego introducirnos en un amplio círculo de gente sofisticada donde se intercambiaban opiniones sobre asuntos diversos: libros, exposiciones, conciertos, incluso política, pero nadie mencionó una sola vez el nombre de Richard. Pude reconocer a un par de escritores norteamericanos bastante famosos en aquellos días. Uno llevaba la voz cantante de la tertulia y se esforzaba por que le riéramos cada una de sus ingeniosas intervenciones, que él mismo se encargaba de remarcar con hercúleas carcajadas. El otro permanecía callado en mitad de la vorágine, con gesto distraído y ausente.

En un momento dado, mientras Sara departía con un bienhumorado personaje embutido en un reluciente esmoquin tres tallas por debajo del umbral mínimo de decoro, una mujer a mi izquierda se dirigió a mí en un perfecto y halagador español:

—Me permitirá decirle que es usted un escritor formidable.

Escuché aquellas palabras con la atención puesta en los botones a punto de estallar de la chaqueta del ridículo interlocutor de Sara, de quien deduje, por su imprudente bronceado, que trabajaba en alguna productora de Hollywood.

—Eso ha sonado muy bien —contesté al instante y, al girar la cabeza, me fijé en que se trataba de ese tipo de belleza que deslumbra por su elegancia. No debía de tener menos de cincuenta años, pero su cuerpo conservaba un halo de juvenil sofisticación y vitalidad—. ¿Es usted chilena?

—Que Dios le conserve el oído. En realidad nací en Nantes, pero mis padres emigraron a Santiago cuando yo aún era una niña. Me llamo Elsa. —Y extendió hacia mí una mano grácil, que estreché con suavidad, como había visto hacer en las películas—. Encantada de conocerle.

—El gusto es mío. Debo decir que echaba de menos su acento. Me resulta tan familiar...

—Leí en una entrevista que vivió algún tiempo en Valparaíso. Una ciudad acogedora y fascinante, ya lo creo que sí, si no fuera, claro, por los perros que andan vagando por las calles. La última vez que la visité temí que se abalanzaran sobre mí.

Remarcó de tal modo la última palabra que no pude reprimir una mirada furtiva a su figura.

—Si no es indiscreción —tuve tiempo de decir antes de ruborizarme—, ¿qué la trae por esta reunión de acólitos anónimos de Richard? No parece usted agitada ni nerviosa.

—En verdad —susurró, e inclinó levemente la cabeza hacia mí—, yo vivo aquí. Soy la señora Fulton. Pero hágame un favor y no se lo cuente a nadie.

—Tiene usted mi palabra —enarqué una ceja sin dejarme impresionar demasiado, dudando de la veracidad de lo que acababa de escuchar—. Parece ser que todo el mundo anda buscando a Richard. Y, qué casualidad, a mí me ha tocado el gordo.

Reímos al unísono. Luego ella añadió:

—Celebro su sentido del humor. Una vieja costumbre que se está perdiendo —ensalzó—. Venga, quiero enseñarle algo.

En ese momento miré a Sara, que había sido engullida por un corrillo colindante y conversaba animadamente con otra serie de ilustres desconocidos. Le hice un gesto con la mano para informarle, con la discreción de quien se dispone a atender una llamada de la naturaleza, de que me ausentaría un instante. Ella me guiñó el ojo en señal de aprobación.

Había una cadencia exhortativa en los movimientos de Elsa que convirtió mi predisposición inicial en obediencia cuando atravesamos una de las puertas de la sala, inaccesible para el resto de los invitados y custodiada por dos hombres de uniforme.

—Parece que es usted realmente quien dice ser —condescendí mientras la seguía a lo largo de la galería.

—¿Es siempre tan desconfiado o solo desde que lo lee todo el mundo? —contrarrestó desafiante.

Mullidas alfombras amortiguaban el sonido de nuestros pasos a través de varios salones interconectados, a cada cual más ostentoso y recargado. En las paredes, una sucesión infinita de cuadros y tapices competían en tamaño con los ventanales cubiertos de pesados cortinajes de terciopelo. Cuando llegamos a la escalera que conectaba con la planta superior, Elsa se paró para señalar uno de los retratos que coronaban la escalinata, un distinguido miembro de la primera familia de huéspedes, según me contó. Debía de medir tres metros de alto y dos de ancho por lo menos, y en él posaba orgulloso un elegante caballero inglés, con su uniforme rojo y su espada a la cintura, pero Elsa no quiso decirme de quién se trataba.

—Qué lástima —me quejé en un exceso de confianza—. Estaba deseando que alguien le pusiera nombre a algo.

—En ese caso, no hay tiempo que perder —remedió, y enfiló el pasillo que llevaba al lado opuesto de la casa.

Avanzamos por el ala izquierda, que por alguna razón estaba desprovista de alfombras y cuadros. En esta zona no había más que estatuas y algunos bustos de emperadores, poetas y filósofos que no estaban dispuestos a modo de decoración, sino que parecían entorpecer la marcha, como si custodiaran la entrada de un lugar prohibido. Por todas partes acechaban figuras mitológicas: un lécito de Heracles combatiendo al león de Nemea, ninfas revoloteando alrededor de un espejo y un globo terráqueo de mármol sobre el caparazón de una tortuga, además de indescifrables restos de excavaciones sin una forma definida. Rodeado de aquel enigmático atrezo, sentí que me movía por el escenario de una obra de teatro. Era como atravesar la delgadísima membrana que separa la realidad de la ficción.

20

Reconozco que llegué a fantasear con la posibilidad de que Elsa me presentara a Richard en persona. De pronto lo veía con absoluta nitidez: un anciano, herido ya de muerte, esperaba postrado en su cama la llegada de un escritor dispuesto a custodiar todos sus secretos. Deseaba con todas mis fuerzas que algo así pudiera suceder. A las antípodas de la mansión apenas llegaba un leve rumor del gran salón de baile donde se celebraba la fiesta. Inmerso en mis elucubraciones, no me dio tiempo a fijarme de dónde sacó Elsa la llave con la que abrió la puerta que daba acceso a un inmenso salón circular sin ventanas, cuya cúpula de cristal se elevaba dos o tres plantas por encima de nosotros. Toda la estancia estaba revestida por una imponente *boiserie* repleta de libros, cuyos lomos apuntaban en dirección al majestuoso piano de cola Steinway ubicado en el centro de la sala. Mientras calculaba el número de volúmenes que podría contener la estantería, con seguridad varios miles, Elsa empezó a tocar los primeros acordes de una obra famosa que no me dio tiempo a reconocer. Puede que se tratara de Ravel, o tal vez fuera Debussy.

—Hace muchos años me ganaba la vida como pianista —oí que decía mientras avanzaba con asombroso virtuosismo sobre una partitura invisible—. Llegué a tocar en el Teatro Colón de Buenos Aires. Luego... —simuló una pausa que no debía de estar escrita en el pentagrama—, luego conocí a Richard y desde entonces no he vuelto a actuar en público.

No fue mi intención ofenderla, pero es posible que no le prestara la atención que ella esperaba, porque cuando se giró para comprobar mi reacción y me sorprendió con uno de los ejemplares abierto entre mis manos, interrumpió el pasaje y con un *staccato* de tacones se acercó hasta mí para arrebatarme el libro. Después de colocarlo de nuevo en su sitio, algo avergonzada por su violenta intervención, me explicó:

—No pierda el tiempo. No hay ningún libro en esta sala que usted ni nadie haya leído.

—¿Y cómo está tan segura de eso? —me defendí.

—Lo sé. Por eso está aquí —agregó a fin de recuperar la cordialidad—. Porque es usted diferente. Único.

Como yo mismo comprobaría unos segundos después, no se trataba de una vana adulación para mitigar la brusquedad de su reacción. *Único* era la palabra mágica que me daría acceso a un mundo desconocido.

—Venga, sígame... —dijo Elsa dirigiéndose hacia el rincón opuesto al lugar donde nos encontrábamos.

Hasta ese momento no me había fijado en que la estructura de madera rompía su simetría en un único punto de la estancia. De haber reparado antes en él habría pensado que se trataba de un armario bajero de fina ebanistería y no de una puerta propiamente dicha. Tras descender unos peldaños de piedra, nos adentramos en una galería excavada en la tierra. Unas vigas de madera envejecida jalonaban un angosto túnel, como los que utilizan los presos en el cine para escapar de las cárceles. Cada tres pasos, el haz de una bombilla aliviaba la oscuridad a nuestro alrededor. Mientras recorríamos el estrecho laberinto que desprendía olor a humedad y se desintegraba sobre nuestras cabezas, Elsa, que avanzaba por delante de mí, se sacudía la suciedad y las telarañas de los brazos y la cara.

Desembocamos en un espacio rectangular de unos cincuenta metros cuadrados apuntalado por seis columnas de madera. Diminutos hilos de finísimo polvo pendían del techo, como estalactitas de piedra arenisca que formaban pequeños montículos en el suelo. En el centro había un flexo dorado y un antiguo Chesterfield con la tapicería impoluta cubierto por una polvorienta funda de plástico transparente. En uno de los extremos, pude distinguir una puerta metálica, el acceso a una bodega o, quizá, a una cámara acorazada en la que Richard custodiaba parte de su fortuna.

Elsa descubrió el sofá y se acomodó en él, estirando las piernas sobre uno de los cojines, lo que interpreté como la triunfal confirmación de que habíamos llegado a nuestro destino. En esa postura, los contornos de su atuendo no dejaban lugar a la imaginación. De pronto, la perfecta y recatada guardiana de Richard se mostraba exultante y súbitamente sensual ante mis ojos.

—No le falta de nada —observé algo desconcertado mientras trataba de calibrar las proporciones del cuerpo de mi esbelta cicerone sin perder la compostura—. En mi vida he visto un Chesterfield mejor conservado que este.

Elsa neutralizó la alusión de mi comentario poniéndose en pie y aproximándose a uno de los muros mientras se ajustaba el vestido.

—Le gustará saber que, además de usted, solo siete personas más han estado aquí abajo —recondujo la conversación.

—Estoy seguro de ello —porfié una vez más, apurando su paciencia, y fijé la mirada en otra parte.

—¿A qué viene tanto escepticismo? Le tenía por un escritor más despierto. ¿Sabe cuántos matarían por pasar aquí un par de minutos? Disfrute el momento. Está usted habitando el rincón favorito de Richard, la razón por la que adquirió esta mansión.

—Hay una cosa que no entiendo —dije y mis ojos volvieron a encontrarse con los suyos—. ¿Qué le llevó a comprar una casa que apenas se sostiene sobre sus cimientos?

—No lo pudo evitar. Se reconoció en ella, en la casi pueril vulnerabilidad de esta oscura gruta.

Quise hacer algún comentario, pero Elsa se me adelantó.

—Cuando Richard tenía treinta y cinco años sufrió un accidente de coche. Fue un milagro que lograra sobrevivir a un choque frontal a tantísima velocidad. Se rompió prácticamente todos los huesos del cuerpo y los médicos dieron por hecho que no volvería a caminar. La única esperanza era mantenerlo postrado en la cama y esperar a que su organismo fuera respondiendo. Se pasó veinticinco meses tumbado bocarriba y, aunque pudo volver a andar, el dolor nunca lo abandonaría. Tenía las vértebras tan perjudicadas que ningún cirujano del mundo se atrevió a operarlo, por miedo a dañar su médula espinal. Cuando salió de la clínica de rehabilitación, los médicos le advirtieron de que cualquier movimiento brusco, una simple caída o un empujón por la espalda, lo condenaría para siempre a una silla de ruedas. De alguna manera consiguió llevar una vida normal. Trabajó hasta amasar una gran fortuna y cuando, años más tarde, entró por primera vez en estas galerías tuvo la extraña sensación de haber penetrado en su propio cuerpo, en el angosto pasadizo de su columna vertebral, una cueva que le devolvía el eco de una voz interior. En cualquier momento, todo lo que tienes se puede acabar, le decía. Un movimiento en falso, la más sutil sacudida, y serás polvo de escombro.

Tomé asiento en el sofá mientras Elsa, de pie, continuaba con su recreación de los hechos fundacionales de la vida del señor Fulton, dando vueltas de un lado a otro, como si estuviera escenificando un monólogo teatral previamente ensayado.

—En el momento del accidente, Richard se dedicaba a los negocios. Compraba acciones, invertía en bolsa, montaba empresas aquí y allá. Pero en los casi más de dos años que permaneció en cama no hizo otra cosa que leer. Al principio eran su madre y una enfermera las que se turnaban para recitarle pasajes. Pero en cuanto recuperó la movilidad en los brazos, él mismo pasaba las páginas sobre un atril que mandó hacer a medida. Empezó por la poesía norteamericana del siglo XIX, siguió por los clásicos griegos, luego saltó a Shakespeare y Cervantes, leyó a Confucio y se dejó seducir por el existencialismo francés antes de llegar al fervor inconformista de la generación beat. Lo leyó todo durante su larga convalecencia sobre el colchón. Y el día que volvió a dar tres pasos seguidos por un parque experimentó una nueva forma de plenitud. Mientras sus antiguos compañeros dilapidaban sus fortunas, él se había construido un palacio interior.

—Una fortaleza a prueba de sí mismo. Entonces ¿por qué volvió a los negocios?

—Richard no es el millonario que todo el mundo piensa, aunque no le voy a negar que tiene mucho dinero. Compró esta mansión por mucho menos de lo que imagina en una subasta estatal. Nadie quería hacerse cargo de un viejo edificio que se caía literalmente a pedazos. Richard, sin embargo, veía lo que los demás ni siquiera podían llegar a intuir. Tenía un instinto natural para el arte. Todo el dinero que obtuvo de sus transacciones lo reinvirtió en cuadros, en esculturas, en libros. Casi sin pretenderlo, se convirtió en un marchante, en un poderoso mecenas, si bien muy alejado de los métodos especulativos del mundillo. Lo más importante de aquellas operaciones nunca era el porcentaje de beneficio, sino la satisfacción de poder dedicarse las veinticuatro horas del día a contemplar la belleza en su estado más puro. Por eso está usted aquí —dijo, y se deleitó en una pausa—. Porque escribe.

—¿Sabe él que estoy visitando su escondite en estos momentos? —insistí, y miré en derredor.

Una nueva brizna de decepción atravesó el rostro de Elsa.

—No sea usted como los demás. Toda esa gente de allí arriba está obsesionada con lo que Richard hace, dice o piensa. Quieren tocar a Richard, entrevistar a Richard. Ansían atraparlo, meterlo en una caja y ponerle una etiqueta. Lo que no comprenden es que Richard los tiene a ellos. Aunque registraran hasta el último rincón de esta casa no conseguirían dar con él.

—Sin embargo, usted misma ha reconocido que es aquí donde le gusta pasar el tiempo...

—Debido al pinzamiento, Richard no puede viajar. Un frenazo, un bache o la presión de la cabina de un avión podrían resultar fatales. Fue aquí donde leyó *Ciu-*

dad Café. Y es aquí también donde guarda sus libros más preciados. —Y señaló en dirección a la puerta de metal.

—Así que nada de vinos ni lingotes de oro...

—Esa cámara protege los volúmenes de la humedad.

Tras girar una manivela, Elsa se echó a un lado para mostrarme una especie de nevera industrial atestada de tomos de todos los grosores encuadernados en cuero. Debía de haber un centenar de volúmenes, pero a primera vista no localicé ningún ejemplar de *Ciudad Café*. Me acerqué a uno de los libros, de título totalmente desconocido para mí, y rocé el lomo con el dorso de la mano.

—No se moleste. Tampoco hay aquí ningún libro que conozca. Se trata de ejemplares únicos a los que solo Richard ha tenido acceso.

—Nada más y nada menos que el Santo Grial de la literatura universal —vaticiné—. Ediciones príncipe de incalculable valor, rarezas descatalogadas e incunables escritos en un lenguaje no descifrado aún. ¿Me equivoco?

—Algo así —aplacó mi curiosidad—. A Richard le fascinan las obras que nadie más ha visto, leído o escuchado. Piezas únicas que nadie más en el mundo pueda disfrutar. ¿Y si le dijera que estamos muy interesados en que usted escriba para él?

—No entiendo... ¿Quiere Richard encargarme un libro?

De pronto sentí el violento zumbido de mis sienes palpitando. Tal vez no llegara a conocer a Richard personalmente, pero eso no me impediría salir victorioso de la mansión. Podía imaginar a Vallvey explotando de felicidad, saltando desde un trampolín a una piscina rebosante de billetes.

—Acompáñeme arriba y se lo explicaré.

Antes de volver a adentrarnos en la galería que conducía al salón circular, Elsa prendió uno de los tomos de la estantería, un enorme volumen encuadernado, del tamaño y el grosor de un álbum de fotos. Esta vez yo iba delante escuchando la voz de Elsa a mis espaldas. Mientras recorríamos el camino de vuelta, medio agazapados, me contó que la galería fue construida durante la guerra de Secesión. Para evitar desprendimientos, el personal de la casa tenía prohibido internarse en el ala oeste en grupos de más de tres personas. Quizá alguien hubiera infringido la norma, pues a mitad del túnel percibimos un leve temblor de la estructura. Elsa utilizó la mano libre para agarrarse a mi cintura y yo tiré de ella sin echar la vista atrás. Una vez en la superficie, con el pelo tiznado de polvo y liberada de la tensión, me obsequió con un delicado beso que ubicó entre la mejilla y la comisura de la boca. El radiante calor de su cuerpo me descolocó por completo. Simplemente no supe cómo reaccionar y, cuando quise retenerla en mis brazos, ya era demasiado tarde.

Elsa se dirigió al instrumento y ubicó en el atril el libro que acaba de rescatar de las catacumbas antes de empezar a tocar una compleja melodía. Esta vez le presté toda mi atención mientras desplazaba sus diminutas y ágiles manos de una octava a otra. Permanecí de pie a unos pocos metros, deleitándome con los movimientos de los hombros con que acompasaba los pasajes más conmovedores de la partitura. No pude identificar al compositor, pero algo me decía que esa música no había sonado nunca en una sala de conciertos. Solo cuando dio por terminado el recital me aproximé al piano para aplaudir su exhibición.

—He leído en el *Times* que Richard es un apasionado de la música clásica. Que el millonario purasangre de Belmont Stakes, Supersymphony, es de su propiedad.

—¿Puedo darle un consejo?

—¿No lo está haciendo ya?

—Hágase un favor y no se crea nada de lo que lea en la prensa.

—Le prometo que lo intentaré. Pero he recorrido unos cuantos kilómetros con los ojos vendados para adentrarme en el cerebro de un hombre. Si algo he aprendido esta noche es que hasta la situación más inverosímil puede acabar ocurriendo. Lo cuenten o no los periódicos.

—Es posible. Pero usted es diferente.

—Eso ya me lo ha dicho. Y también me ha besado. ¿Qué se supone que debo hacer yo ahora?

—Aún es pronto. Pero algún día se preguntará qué lo trajo hasta aquí. Hágame caso. Sé de lo que hablo. Por eso es importante que memorice cuatro sencillos números.

—¿Por qué vuelvo a tener la impresión de que nada de lo que me dice tiene el más mínimo sentido?

—Uno, dos, cuatro, nueve. O si lo prefiere: diciembre del 49. Así es más sencillo.

—¿Y cuál es la razón por la que debería recordar esa fecha?

—A través de ese apartado de correos podrá ponerse en contacto con nosotros, siempre que lo considere necesario. No se olvide: PO Box 1249.

—Pero ¿qué espera exactamente Richard de mí?

—Permítame que sea yo la que le haga la pregunta. ¿Cuántos escritores serían capaces de concebir su mejor libro, el más esperado, sabiendo que solo lo leerá una persona?

21

A principios de 2010 Sara había firmado varios reportajes que le valieron numerosas felicitaciones y menciones en otros medios. El más importante apareció en febrero y estaba dedicado a Erik Weihenmayer, uno de los protagonistas del documental *Blindsight*, cuyo título hacía alusión a un raro fenómeno neurológico que explica que algunas personas ciegas respondan a ciertos estímulos visuales. Su cerebro es capaz de procesar lo que hay frente a ellos, pero sin llegar a verlo. La directora de la cinta, Lucy Walker, había acompañado a un grupo de invidentes tibetanos en su escalada a una de las cimas del Himalaya para demostrar que realmente podían sentir en sus retinas el espectacular paisaje. Sara había conseguido fotos exclusivas de una nueva expedición de Weihenmayer y convencido a Berkson para que publicara una portada de lo más transgresora, nada menos que una impresión en negro con el nombre de la revista en relieve y hendiduras sobre las letras en lenguaje braille.

El último fin de semana de mayo, coincidiendo con el treinta y tres cumpleaños de Sara, organizamos una cena con amigos en casa. El formato permitido por las características de nuestro piso en Washington Heights era más el de una reunión selecta que el de una fiesta propiamente dicha, pero aquella noche nos saltamos el protocolo, tiramos de taburetes y colocamos las dos sillas de la terraza en los extremos de la mesa. Alguien en la redacción de *eMu* había sugerido celebrar la buena racha de Sara con un desfile de disfraces en torno a una temática concreta: entrevistas ilustres de la historia. Ante mi negativa a llevar cualquier tipo de peluca, Sara se las arregló para embutir mi timidez en unos calzoncillos rojos por encima de unas mallas azules. Mientras en la cocina yo hacía alarde de mis superpoderes con mi resplandeciente capa a juego con las botas, Sara, en calidad de intrépida y preguntona Lois Lane, se encargó de recibir a los invitados en la puerta.

Margot, directora de arte de *eMu*, vino disfrazada de Lady Di y su chico, Michael, con unas gafas de pasta y un fular a modo de corbata, del famoso periodista Martin Bashir, que consiguió que la princesa de Gales confesara sus infidelidades cortesanas. Pete, uno de los redactores más jóvenes y despiertos de la revista, había comprado en eBay una careta del presidente Nixon, y para la ocasión su novia Eliza se había pintado la cara de blanco, los labios de morado, y llevaba el pelo escarchado con gomina, como si estuviera helada, es decir, *frost*. Nate apareció un poco más tarde con una calva postiza y una tripa falsa embutida en un traje ancho de riguroso luto. De no ser por el puro, nadie habría dicho que pretendía parecerse a Hitchcock. Le acompañaba un chico de veintipocos años con el que se veía desde hacía unas semanas. Con la raya a un lado y un jersey de cuello vuelto, Kevin se daba un aire más que aceptable a Truffaut, sobre todo cuando posaba para las fotos juntando los índices y los pulgares de sus manos formando un encuadre. Los últimos en aparecer fueron Jack y Emma, antiguos compañeros de Sara en la galería, que aunque no eran pareja se habían puesto de acuerdo para el disfraz. Él lucía un postizo canoso y una ridícula pajarita con los colores de la bandera de Inglaterra, y ella se había rizado la melena rubia y perfilado los labios de rojo chillón. A pesar de sus esfuerzos, nadie reconoció en ellos a Michael Parkinson y Meg Ryan, pero, mientras calentábamos motores con los entrantes en la barra de la cocina, Jack puso en el ordenador de Sara la famosa entrevista que emitió la BBC, y en la que a Parkinson no le temblaba precisamente el pulso a la hora de hacerle preguntas incómodas a la actriz.

Fue una velada divertida, en la que los disfraces cumplieron a rajatabla su función desinhibidora. Comimos y bebimos como si fuera a acabarse el mundo aquella misma noche. Habíamos empezado con cervezas, para pasar luego al vino tinto como maridaje de los entrantes españoles que estuve toda la tarde preparando (hornazo, escalivada, tortilla de patata y pan tumaca con diferentes tipos de embutido) y terminamos degustando un sabroso marmitako de atún con calabaza, especialidad de Sara, que acompañamos con tres botellas de chardonnay.

Antes de llegar a los postres ya estábamos lo suficientemente borrachos como para poder abordar cualquier tema, ya fuera de política o religión, sin preocuparnos de calibrar el alcance o pretendida profundidad de nuestras intervenciones. Sara sopló las velas de la tarta y, calcando el acento de Meryl Streep en *Memorias de África*, alzó su copa y brindó por las «doncellas de labios rosados y los muchachos de pies ligeros» (*rose-lipped maidens, light foot lads*). Era una broma privada de nuestros primeros años de noviazgo. Sara no lograba comprender cómo en el doblaje de la película en España los versos del poema de A. E. Housman podían haber sido traducidos de manera tan libérrima e inexacta, así que volvió a levantar la copa y, mirándome fijamente a los ojos, repitió el brindis con una casi perfecta pronunciación en castellano.

—Por la cándida adolescencia —dijo esta vez.

Sus palabras fueron correspondidas con un estruendo de hurras y aplausos como anticipo a la ceremonia de entrega de regalos (ropa, libros, un enorme cactus, dos entradas para un concierto), seguida de toda clase de divagaciones, con las bocas llenas de merengue, sobre el tema de la juventud que se nos empezaba a escapar. Nate sostenía que la eternidad es resultado de la ansiedad de los hombres mediocres, y que una vida solo habría de considerarse plena (pronunció estas palabras dirigiéndose a Kevin) en función de la intensidad con que se viviera. A lo que Emma, que había empezado a flirtear peligrosamente con Jack, le rebatió argumentando que la eternidad no era algo a lo que pudiéramos sustraernos, ni siquiera desde los rigores de la ciencia, pues aunque fuera inalcanzable llevaba demasiado tiempo con nosotros y su anhelo formaba ya parte de nuestra biología como especie. Según ella, la naturaleza nos había dado motivos suficientes para creer en el infinito.

—¿Qué son si no los fractales? —nos advirtió mientras toqueteaba la falsa escarcha del pelo de Eliza como prólogo a un nuevo aluvión de carcajadas.

Luego, después de que Kevin se ofreciera voluntario para bajar a por cervezas al deli de la esquina, Pete nos deleitó con una historia de lo más inquietante. Era sin duda el menos gracioso del grupo, pero compensaba su seriedad con sus grandes dotes de orador. Antes de reciclarse como crítico y experto en películas independientes de *eMu*, había estudiado cine en la Universidad de Wesleyan. Durante ese tiempo formó parte de un colectivo de artistas independientes bautizado como Court 13, que era el nombre de una pista de squash del campus donde quedaban para rodar cortometrajes. En el transcurso de una de aquellas tardes de encierro en la cabina de edición de la facultad, había sido testigo de un sorprendente hallazgo. Un profesor les había propuesto rodar dos versiones del mismo guion por separado. El argumento en cuestión de *Fragments of Us*, la caída en desgracia de un joven matrimonio, carecía de importancia. Lo verdaderamente llamativo del asunto era que, una vez hubieron terminado de rodarlas, a Pete se le ocurrió hacer un montaje radicalmente simultáneo.

—Me tiré horas intercalando, uno por uno, los fotogramas de cada cinta —nos informó Pete—. Al terminar descubrí que, si bien el sonido resultaba ininteligible, la pregnancia retiniana funcionaba en las dos historias a la vez, lo que en la práctica significa que podemos ver dos películas al mismo tiempo.

—¿Y eso qué tiene que ver con la eternidad? —dijo Nate, decidido a recuperar el tono distendido de la conversación.

—Hace poco, cuando volví a ver el cortometraje, me di cuenta de que, a medida que avanzaba la acción, algunas imágenes de la primera versión de la historia saltaban repentinamente a la segunda, y al revés, como si en vez de discurrir en paralelo los personajes mantuvieran una especie de diálogo secreto entre ellos que alteraba el sentido original de cada guion.

—¿Todo esto después de fumarte cuántos canutos exactamente? —se burló Nate.

—Para mí la eternidad nada tiene que ver con el tiempo, ni con su prolongación indefinida —prosiguió

Pete, inmune al chascarrillo—. La idea de una vida más allá de la muerte es hija de nuestra incapacidad para vivir en el presente. En algunos textos antiguos de la tradición católica ni siquiera hablan de un paraíso sino de una posesión simultánea, de un reencuentro entre todas las versiones de nosotros que hemos ido dejando atrás.

—Creo que por hoy basta con el vino... —le amonestó Eliza al tiempo que le alejaba la botella.

—Lo que quiero decir —continuó Pete, al parecer poco acostumbrado a que le llevaran la contraria— es que la eternidad no llegará de la mano de la medicina, ni mucho menos de la religión, sino de los sentidos, de nuestra capacidad para entrar en contacto con nuestros otros yoes, a los que creemos haber enterrado para poder seguir adelante con nuestras vidas. Al igual que en *Fragments of Us*, quizá sea posible que los caminos que no emprendimos y las opciones que descartamos interfieran de alguna forma en nosotros, como una fraternidad de voces llegadas de todos los tiempos posibles que nos ayudan a unir los fragmentos de nuestra identidad aquí y ahora.

Su ridículo monólogo New Age nos dejó boquiabiertos y provocó un inesperado malestar. Desde que Pete había empezado a hablar todos nos debatíamos entre tomar sus palabras en serio o boicotear su discurso con la primera estupidez que se nos pasara por la cabeza. Ni siquiera teníamos claro que lo que estaba diciendo tuviera el más mínimo fundamento. Al fin y al cabo, estábamos borrachos como cubas. Era la mirada encendida de Pete y su manera vehemente de hablar lo que nos mantenía perplejos, casi asustados.

Sara me hizo un gesto para que la acompañara a fumar a la escalera de incendios mientras nuestros amigos permanecían callados, con las miradas desperdigadas sobre la mesa, que a esas horas de la madrugada ofrecía el aspecto de un campo de batalla y exhibía la crudeza de la contienda a través de las sobras de comida, los restos de papel de regalo y las manchas de vino en el mantel.

Cuando regresamos al salón, la conversación había tomado otros derroteros. Ahora discutían de política: la crisis financiera que poco después llevaría a la toma de Wall Street por varios grupos de activistas, el turbio escándalo sexual del exgobernador demócrata Eliot Spitzer, los muchos escollos de la reforma sanitaria de Obama, las corruptelas que rodeaban las primarias de Nueva York... Pete permanecía callado sin apenas participar.

De pronto sonó el telefonillo de la calle y Nate se levantó de un brinco para abrir a Kevin.

—¡Pete, preguntan por ti! —anunció a gritos y tapó el micrófono del aparato con una mano—. Dice que es tu yo de hace tres horas —se mofó una vez más, desatando una nueva oleada de risas—. Quizá me equivoque, pero por el tono parece que está muy enfadado. ¿Le dejo subir?

22

Una semana después, Sara desapareció. Había quedado en recogerla en Grand Central para dar un improvisado paseo por la parte baja de Manhattan y terminar en algún restaurante de Chinatown. Dejó un mensaje en el contestador de casa en el que decía que se había adelantado y que me esperaba donde siempre, pero no lo escuché hasta la vuelta. Cuando llegué a la estación ya no estaba. Al principio pensé que se trataba de un simple malentendido en oportuna connivencia con la batería de su teléfono, y tras una prudente media hora de espera regresé en metro a casa, creyendo que ella me estaría esperando para reprocharme mi incorregible falta de atención y mi negativa a disponer de un móvil con el que localizarme. Te dije Penn Station, no Central, me reprendería. Pero cuando llegué al apartamento lo encontré vacío y, poco a poco, la preocupación se fue espesando. Se me ocurrió contactar con Margot, quien me confirmó que Sara había salido de la redacción a la hora habitual. No te preocupes, trató de reconfortarme, seguro que está al caer.

La angustia se prolongó varias horas, en las que pensé en seguir haciendo llamadas a amigos o incluso en recorrer en taxi la ruta de nuestros restaurantes favoritos, pero temí estar incurriendo en un exagerado ataque de histeria conyugal, y simplemente me dediqué a esperar a que se abriera la puerta de la calle y apareciera de pronto para sorprenderme con la insólita recreación de lo que sin duda habría sido una carambola de contratiempos y casualidades. Todo habría sucedido de acuerdo a una lógica aunque intrincada concatenación de infortunios, lo que reducía cualquier hipótesis al respecto a una vana especulación.

Llevaba toda la semana tratando de avanzar algunas páginas de mi libro, pero sabía que el mundo real se prestaba a otros rigores. La ficción ocurría por algo o para algo, mientras que la realidad sucedía libre de ataduras preposicionales. Es posible que Sara hubiera sido testigo de un hecho insólito. A fin de cuentas, su trabajo se debía a la naturaleza imprevisible de la noticia, incluso cuando esta se manifestaba en su estado más embrionario, ajena a las agencias y redacciones. Quizá hubiera salido al acecho de alguna pista, satisfaciendo una simple corazonada. ¿Estaría trabajando en una exclusiva, recopilando los datos de lo que habría de ser un gran *scoop* periodístico? Mi mente barajaba estas opciones junto con otras igualmente excepcionales, aunque menos alentadoras. ¿Sería ella misma la noticia? ¿Se hallaría Sara en peligro mientras yo permanecía sin hacer nada en una inexplicable e incauta disciplina domiciliaria? ¿Acaso se habría visto forzada a actuar en contra de su voluntad? Truculentas escenas se superponían en mi imaginación como fragmentos de negativo de una macabra película mientras, entre mis manos, una taza rebosante de café iba disipando sus últimos vapores. Confiaba en que la balanza del destino terminaría equilibrándose. Lo extraordinario es improbable por definición, me dije, y lo más sensato era confiar en las posibilidades con que se conjuga la normalidad en su más caprichosa variedad de desenlaces.

A la una y media sonó el teléfono de casa. Lo tenía sujeto entre las manos, así que respondí al primer tono.

—¿Sara? —dije en un arrebato de certeza.

Nadie reaccionó a mi pregunta y durante unos segundos solo hubo silencio. Sin embargo, como una habitación oscura que poco a poco va revelando sus formas a la retina sensible, adiviné una presencia al otro lado de la línea.

—¿Sara? —insistí—, ¿eres tú?

Ahora, sí, pude distinguir el rastro de una respiración sobre un ruido de fondo parecido al grano de una vieja cinta magnética. Inmediatamente supe que era lluvia lo que estaba escuchando. Como un lejano relámpago en mitad de la tormenta, oí un sollozo acompañado de una frágil y casi imperceptible frase de disculpa.

—Lo siento... —gimió—, de verdad que lo siento.

Y colgó.

No cabía la menor duda de que se trataba de la voz de Sara, y por terminantes que fueran sus palabras no pude evitar sentir alivio al saber que seguía con vida. Colgué el teléfono y, como si todas las posibles explicaciones se anularan unas a las otras, me quedé en blanco. «Lo siento», mascullé entre sorbo y sorbo al frío líquido de la taza. Luego me dirigí a la ventana y, mirando hacia la calle, me dejé llevar por un último presentimiento. Escruté la vieja cabina de teléfono a los pies del edificio y entonces lo entendí. La acera estaba seca y en el oscuro cielo no se divisaban nubes.

Puesto que el teléfono de Sara no volvió a dar señal y tampoco ella trató de ponerse en contacto conmigo, en los días sucesivos me dediqué a inventariar el contenido de nuestras últimas conversaciones en busca de algún dato revelador. Me convertí en el detective de mi propio pasado y sometí mi historial de rutinas a un exhaustivo registro. Vacié los cajones, revisé el correo, busqué notas ocultas en el interior de los libros y reproduje cien veces el mensaje del contestador en busca de algún detalle que se me hubiera pasado por alto. «Hola, soy yo. Supongo que ya habrás salido de casa. Falta... media hora para las ocho. Estoy de camino, así que llegaré un poco antes. Solo quería decirte que te quiero.» Analicé el sentido y la cadencia de cada frase, traduje cada palabra en gesto, la ubiqué en diferentes escenarios cercanos a la estación y, una vez bosquejado el retrato robot de Sara al otro lado del teléfono, estudié cada rasgo. Su voz tenía el jadeo característico de quien habla mientras camina. La imaginé comprobando la hora en su reloj mientras calculaba en una brevísima inflexión su anticipación a la cita. No había imposturas ni maquillajes en su forma de hablar y, por más veces que escuchara la grabación, me era imposible no reconocer en su breve declaración de amor una inequívoca muestra de sinceridad. Sin embargo, algo había ocurrido y estaba decidido a averiguar de qué se trataba antes de que fuera demasiado tarde para tomar medidas. Mantenía largas conversaciones conmigo mismo y participaba en calidad de abogado y acusado, testigo y juez, en agotadores interrogatorios bajo la candente bombilla del desvelo. Me zambullí en un círculo vicioso de preguntas retóricas y respuestas triviales, que iban trazando un sinuoso hilo de pesquisas que no llevaban a ninguna parte. Hasta donde alcanzaba mi memoria, el abandono de Sara no había sido provocado por nada que yo hubiera dicho o hecho. Y cualquier sospecha posible de premeditación por su parte se veía rápidamente disipada por la presencia de objetos familiares a mi alrededor. Sara se había largado con lo puesto y nada hacía pensar que fuera a recuperar sus pertenencias. Puede que no hubiera solución y que nuestra relación estuviera condenada al naufragio, pero para poder escapar de la inercia del remolino en el que me encontraba debía seguir dando brazadas hasta entender qué la había empujado a dar un giro tan furioso y violento a su vida.

Supongo que habría terminado llamando a la policía de no ser por la extraña conversación que mantuve con Will Berkson a los dos días de su desaparición. Me reconfortó saber que Sara le había escrito un breve e impersonal correo para informarle de su renuncia al puesto de redactora jefe interina. Lejos de manifestar el más mínimo interés por mi estado, el director de *eMu* se mostró distante y frío conmigo, se diría que incluso enojado, como si no pudiera evitar proyectar en mí su decepción.

En ese tiempo, Nate se convirtió en el escudero en mi lucha contra los gigantes del duelo. Su primera medida consistió en obligarme a comprar mi primer teléfono móvil. No había tarde que no me llamara para saber cómo me encontraba o se pasara por mi apartamento para sacarme a cenar. En su ausencia, me comportaba como un bebé que, desde la tiranía de su trona, se niega a comer por más que sus padres recurran a ingeniosas argucias. No sé cuántos kilos llegué a perder, pero en algún momento aparecieron en mi rostro huesudos rasgos, como restos fósiles de una antigua civilización reclamada por el viento. Nate se cuidaba mucho de hacer comentarios sobre mi aspecto, a todas luces desastrado y famélico, pero se tomaba ciertas libertades a la hora de elegir los restaurantes y pedir la comanda a los camareros. Mientras yo acometía el ascenso a las cimas hipercalóricas de mi plato, él iniciaba uno de sus interminables monólogos sobre el trabajo o me ponía al corriente de sus últimas incursiones amorosas.

Llegué a la conclusión de que existía una relación de causalidad entre la vida laboral y sexual de mi amigo, entre las horas de encierro en su cubículo de Paramount Plaza y el desenfreno con que se entregaba a nuevas experiencias en los estrechos confines de su cama o a través de los sumideros de placer de sus depravadas correrías nocturnas. Se jactaba de poder contar con los dedos de una mano los amantes que había tenido en la última década. Siempre y cuando, corregía sobre la marcha, en la otra sostuviera una calculadora para llevar a cabo la operación. Admiraba su vitalidad y desparpajo, su agudo sentido de las proporciones en el paisaje social de la ciudad y su desarrolladísimo instinto de supervivencia. Cualquiera podría pensar que Nate resultaba un tanto frívolo en las distancias cortas si no fuera por la calidad de los materiales que cimentaban el terreno de su personalidad. No había en él recovecos ni laberintos, lo que no quería decir que bajo la primera capa de su temperamento no bullera un torrente de ingenio y sensibilidad. En las primeras semanas de mi depresión le escuchaba hablar con un interés no participativo, cual insomne con la oreja pegada a la radio, pero disfrutaba de cada uno de nuestros encuentros, y a él nunca le incomodaron mis silencios.

Una noche, mientras cenábamos en un coreano de la Treinta y Dos, Nate me puso al corriente del último software desarrollado por la Borland Corporation. Debía de tratarse de algo gordo, pues era la primera vez que le veía esforzarse en no elevar la voz. Se abstuvo incluso de emitir sonido alguno mientras una camarera ataviada con un kimono esplendente distribuía en el círculo giratorio de nuestra mesa varias raciones de *bulgogi* y *kimchi*. Luego, entre soplido y soplido a un *mandú* sujeto con palillos, me preguntó si había oído hablar de Alejandro Prokopovich, creador de un programa capaz de versionar la *Anna Karenina* de Tolstói al estilo de Murakami. Contesté que no, y con la mirada fija en algún punto a mis espaldas, como un presentador que lee su discurso del teleprónter, Nate me hizo una breve exposición de los pormenores de esta nueva corriente literaria. Hasta ese momento yo nunca había oído hablar de NewNovelist e ignoraba por completo la existencia de novelas escritas por autómatas.

—Se cuentan por miles —me instruyó—, claro que no son gran cosa. Aplican una serie de algoritmos basados en patrones narrativos al más puro estilo del cuento maravilloso de Vladímir Propp. Ya sabes: chico conoce a chica, chica deja a chico, chico reconquista a chica. Pura y simple ofimática, indexación de fórmulas, combinación de plantillas y tablas de datos. El caso es que la Borland decidió contribuir a la causa con *Odysseus*, un programa llamado a competir con escritores de verdad, diseñado para crear una auténtica obra maestra de la literatura. Llevan años perfeccionándolo, introduciendo códigos fuente y desarrollando nuevas formas de procesamiento masivo de información. La novedad aquí es que el software no se limita a combinar datos, sino que aplica a las letras la filosofía del *big data* estadístico.

Hizo una pausa para dar un sorbo a su cerveza y luego prosiguió:

—No se trata de inventar nada, sino de eliminar la información innecesaria. El programa analiza los gustos de la gente a través de sus perfiles en las redes sociales, recopila argumentos para tramas de los portales de noticias y emula las construcciones gramaticales de los grandes *best sellers.* En unos años, los escritores de carne y hueso no tendrán nada que hacer frente a esta máquina endiabladamente perfecta de crear ficciones.

El dardo iba dirigido a mí, pero seguí escuchándole sin inmutarme.

—En los últimos meses *Odysseus* logró grandes avances, pero aún seguía en fase de pruebas. Mi departamento se encargaba de integrar las funciones a la interfaz del programa, sin duda la parte menos interesante, pero hasta donde he podido enterarme ya había conseguido engañar a algunos críticos que participaron en los ensayos. Incluso se difundió el rumor de que había escrito con pseudónimo un par de libros oportunamente reseñados en revistas especializadas. Por eso nadie entiende que el lanzamiento de *Odysseus* fuera cancelado la semana pasada y que, sin mediar explicación, nos hayan designado nuevos proyectos a cada departamento.

—¿Crees que es cosa de los grandes grupos editoriales? —me di al fin por aludido.

—Tú sabes mejor que nadie que esa gente mataría por trabajar con tenaces ordenadores y deshacerse de una vez por todas de los atormentados escritores. Pero no tienen tanto poder. Ni tampoco recursos para llevarlo a cabo. Para mí viene de más arriba.

Esta vez no pude evitar que se me escapara una risotada.

—¿Te estás quedando conmigo?

—Piénsalo bien. *Odysseus* es una herramienta demasiado poderosa para ser desperdiciada en beneficio de un puñado de ávidos lectores. Mi teoría se sostiene en un simple detalle, un matiz fonético que lo cambia todo: *story* versus *history*, es decir, la fuerza del relato frente al incontrolable torrente de acontecimientos. Es lo que en la jerga académica se conoce como cliodinámica. ¿Te suena de algo?

—Modelos matemáticos, Nate, un divertido Nostradamus digital basado en macrodatos, simples predicciones que hacen las veces de horóscopo en las revistas científicas. Pero al final nadie tiene la certeza de si lloverá o no mañana.

—Cuéntales eso a los millonarios de Silicon Valley y ponme en manos libres para escuchar sus carcajadas —se burló—. No quieres entender que la vieja mariposa de Lorenz que desataba el caos a miles de kilómetros hoy esconde en su aleteo una suerte de profecía. Antes de que se levanten los primeros vientos huracanados, el *big data* ya habrá apuntado en esa dirección para prevenirnos de la tormenta.

—Así que no somos más que algoritmos que corren despavoridos en busca de refugio antes de que caiga el aguacero.

—Si *Odysseus* fuera capaz de crear un relato a tiempo real de nuestros días sería como si, en plena batalla de Borodinó, Napoleón hubiera podido ausentarse unos minutos para consultar las páginas de la edición de 1832 de la *Encyclopédie*.

Nate, algo decepcionado por mi negativa a dejarme asombrar por sus argumentos, inspeccionó el contenido de la sartén de piedra que acababan de servirnos.

—¿No fuiste tú —convine para animarlo— quien me contó que Bonaparte había participado involuntariamente en el diseño del primer ordenador?

Mi amigo asintió ufano mientras terminaba de deglutir un trozo especialmente voluminoso de carne de ternera marinada.

—Emil Ludwig, su biógrafo, escribió que, tras la expedición de Egipto, los soldados franceses importaron a Europa la moda de los chales. Estas exóticas prendas de vestir empezaron a producirse en telares automatizados gracias a unas tiras de papel perforado, lo que al parecer pudo inspirar la famosa máquina tabuladora de Herman Hollerith, la primera computadora de la historia.

—Una anécdota exquisita que nos conduce, de nuevo, a la idea de leer a través de los agujeros, de los espacios que solo unos pocos pueden ver, como una misteriosa red de conexiones ocultas. ¿No es así? —volví sobre el asunto para que Nate se despachara a gusto.

—No estoy insinuando que *Odysseus* pueda adelantarse al futuro, pero con el tiempo será capaz de interpretar el presente y ayudarnos a tomar decisiones importantes. Eso es todo.

—Así que, después de siglos tratando de sacar algo en claro de los libros, ahora resulta que ni siquiera sabíamos leer.

—De alguna forma, hemos vuelto a la casilla de salida. Al hombre más poderoso del planeta ya no le interesan los cables diplomáticos, ni siquiera pierde el tiempo leyendo los periódicos. Sabe que la historia no la escriben los vencedores, sino que vence quien primero escribe. Por eso quiere despertarse cada mañana con un volumen perfectamente encuadernado del *Tomorrow's News*.

—Porque, según tú y los evangelistas de los datos masivos, si nuestro Ciudadano Kane lee el cuento antes que nadie, aún dispondrá de algunos segundos para corregir lo que le convenga y seguir comiendo perdices por los tiempos de los tiempos.

—No lo podrías haber descrito mejor. Por eso *Odysseus* ha desaparecido del radar de las editoriales. Porque alguien ha debido de darse cuenta de que hay algo más rentable que fabricar novelas para entretener a los jubilados. Ahora apuntan mucho más alto. Nos encontramos a las puertas del sueño de la pesadilla orwelliana.

Dijo esto y señaló en dirección a la cámara de seguridad del restaurante. Mi reacción no le sorprendió.

—¿Te refieres a una especie de Gran Hermano? —pregunté atónito.

—Bingo —celebró mientras se debatía con el hilo de un *pancake* de queso—. Solo que ahora el ojo que todo lo ve está aprendiendo a escribir. Y no pierde ripio. Será, si no lo es ya, el primer Gran Narrador de todos los tiempos.

Al acabar de cenar, nos acercamos al Film Forum de West Houston Street para ver *Fresas salvajes* de Bergman. Por el camino le conté a Nate que había recibido un inesperado correo de mi editor.

—Me da seis meses para acabar la novela y no tengo nada que ofrecerle —confesé apesadumbrado—. Vallvey amenaza con llevarme a juicio y quitarme hasta el último céntimo que me quede en el banco.

—¡Eso es fantástico! —exclamó Nate y me estrujó jubiloso entre sus brazos—. Estaba convencido de que este día llegaría. ¡Bien por ti!

—Pero ¿se puede saber qué raro espécimen de mosca te ha picado? —le recriminé sus exageradas muestras de cariño en público—. ¿Te das cuenta de lo que eso significa?

—Significa que te vas a poner a escribir antes de que el primer escritor autómata te robe el puesto. Y me alegro de que por fin tengas una buena excusa. Una ruptura, un juicio, el grifo cerrado... Estás de mierda hasta el cuello y eso, según lo veo yo, es todo lo que necesitas.

—Eso no tiene... —vacilé irritado—. No puedo creer que estés hablando en serio.

—Has de terminar esa puta novela antes de que *Odysseus* acabe con las aspiraciones de los pocos escritores con talento que aún quedan sobre la tierra. Hazme caso.

A la salida del cine, mientras paseábamos por la Sexta Avenida en dirección al metro, intercambiamos impresiones sobre una escena en particular de la película. Cuando Isak Borg llega tras un largo viaje por carretera a la casa de su hijo en Lund, el ama de llaves sale a recibirlo a la calle y recoge el equipaje, un enorme maletón que el quejumbroso profesor levanta sin esfuerzo para luego pender del brazo de la anciana en livianos balanceos. Lo mismo ocurre con los bártulos de su nuera, la comprensiva y sensible Marianne, dotados de una desconcertante ingravidez en las manos de sus porteadores. Para Nate aquello no era más que una convención cinematográfica, como los cigarros que recuperan de pronto su longitud en planos consecutivos o los temerarios conductores que apartan la mirada de la carretera más allá de toda prudencia, pero yo no lograba sustraerme al poder de sugestión de la simbología bergmaniana. Según Nate, la maleta estaba vacía, pero por alguna razón yo me empeñaba en pensar lo contrario.

23

Lo más lógico habría sido largarme lejos de allí, instalarme en otro barrio o incluso volver a España una temporada. Cualquier cosa menos alquilar otro piso dentro del mismo edificio. Ni siquiera la empleada de la inmobiliaria pudo salir de su asombro cuando, tras una rápida visita, le propuse negociar las condiciones del contrato tomando un café dos plantas más arriba. No logró convencerme de que visitara otros apartamentos de la zona, pero algo en mí le debió de conmover, pues se ofreció a rebajarme un diez por ciento el alquiler, en cuya cuota estaba incluido un pequeño trastero donde meter las pertenencias de Sara, y hasta me confió un juego de llaves para que pudiera empezar a mover muebles antes de tiempo. Estaba tan abatido e indispuesto que contraté los servicios de una empresa para hacer el traslado en ascensor. Cuando terminaron, ni siquiera me tomé la molestia de abrir las cajas. De la avalancha de cartón solo rescaté lo fundamental para poder sobrevivir con lo mínimo, algo de ropa y libros para mis clases, todo lo cual redujo aún más las ya de por sí limitadas dimensiones de mi nuevo habitáculo.

En algún momento me vino a la cabeza la historia de los hermanos Homer y Langley Collyer, dos ricos herederos que se dedicaron a amontonar basura en su pequeña mansión de la entonces zona noble de Harlem. Llegaron a acumular toneladas de papel con la intención de crear un superperiódico del tiempo que les tocó vivir, pero acabaron siendo engullidos por una criatura monstruosa, un engendro de papel y tinta, la misma materia gris que se emplearía para informar a toda plana de los tétricos acontecimientos de la calle Fulmar. Nadie pudo determinar con certeza el día exacto de principios de 1947 en que los Collyer murieron sepultados bajo el túnel de desechos que ellos mismos cavaron para moverse por su palacete de inmundicia. Durante los veinte días que los bomberos tardaron en descscombrar las tres plantas, una multitud de curiosos se congregó en torno al cordón policial con la esperanza de ver sacar alguno de los extravagantes objetos que serían más tarde subastados. Según se cuenta, un hombre llegó a pagar cien dólares de la época por un raro artilugio de madera, del tamaño de una caja de zapatos, en una de cuyas caras figuraba una inscripción tallada a mano. MÁQUINA DEL TIEMPO, decía, sin más aclaraciones.

En mi caso, era el peso de mis pensamientos lo que me impedía moverme y avanzar con la escritura. En el transcurso de mis largos encierros domiciliarios era capaz de conectar a un mismo eje argumental todo tipo de historias y sucesos, pero el resultado rara vez se sostenía sobre el papel. Por alguna razón me tranquilizaba asomarme a la ventana de la cocina que daba al patio interior del edificio para divisar, dos plantas más arriba, las siluetas de los nuevos huéspedes del que había sido mi apartamento, tratando de identificar entre el juego de sombras los últimos vestigios de una historia que, a falta de explicaciones, me resistía a dar por concluida. En aquellos días me era imposible dejar la mente en blanco y, por las noches, mi nivel de alteración llegaba a tal punto que no lograba dormir más de dos horas seguidas. Por primera vez en mi vida tuve que recurrir a la pastilla mágica de la desconexión, lo que por un lado requería de la más radical y triste abstinencia y, por el otro, me condenaba a la tortura de tener que reinventarme cada mañana bajo los efectos de la resaca química.

En el transcurso de la quinta noche que pasé en mi nuevo apartamento, mi móvil sonó y vibró durante varios minutos antes de precipitarse al suelo. Hicieron falta tres llamadas perdidas, con sus correspondientes ráfagas y tonos, para hacerme reaccionar. Con los ojos aún cerrados, alargué el brazo y fui palpando los bajos de la cama tratando de dar con el teléfono, que emitía su letal descarga de decibelios. Esa era la sintonía de Nate cuando tenía algo importante que contar, ese tipo de confidencias que no podía esperar a compartir conmigo al día siguiente. En algún momento debió de percatarse de la hora que era, pues el estruendo rítmico cesó y, a los pocos segundos, recibí un mensaje de texto escrito probablemente desde el baño de alguna discoteca del Lower East Side. «Se me había olvidado lo de tu insomnio... espero no haberte despertado —pude leer bajo la cegadora luminosidad de la pantalla—. Pero se me ha ocurrido algo. Cancela todos tus planes para mañana. Me paso a recogerte a las 5 pm.»

Aquella noche Nate había intimado con un «chico especial», esas fueron sus palabras exactas, que no estaba dispuesto a dejar escapar. Paul no era, desde luego, la clase de ganado que frecuenta los antros preferidos de mi amigo, pero, según me enteré más adelante, aquella tarde habían coincidido en la cena bianual de trabajadores de la Borland Corporation en Pier Sixty, una sala de convenciones de los embarcaderos de Chelsea. Para entender lo que hizo posible que esa noche acabaran compartiendo cama hay que retroceder unos días. La semana anterior, Nate y sus siete compañeros de departamento habían recibido la visita de una cuadrilla de informáticos a los que se les había encomendado la misión de «relocalizar» el proyecto *Odysseus*, un tecnicismo que en la práctica equivalía a la eliminación de cualquier archivo o documento relacionado con el programa. Nate no tenía nada que ocultar y casi agradeció que su torre CPU fuera una de las elegidas en la selección aleatoria de borrado integral. Sin embargo, cuando Paul Clausen, el profesional asignado a su número de incidencia, le desmanteló el ordenador se sintió súbitamente desubicado. Sin la pantalla y el teclado no podía hacer nada productivo, lo que por supuesto no le eximía de cumplir con el horario de su jornada. Fueron solo tres días de vacaciones pagadas en la oficina, pero mi amigo no había nacido para quedarse sentado en su escritorio mirando las musarañas. Y puesto que disponía de una buena ración de horas libres por delante buscó un punto en el que focalizar toda su atención. Ese punto se llamaba Paul.

A primera vista, el chico no era más que un inofensivo *nerd*, el típico pardillo regordete que había pasado demasiado tiempo en chats de internet como para poder interactuar con personas del mundo real sin empezar a sudar por todos los poros de su piel. Pero esa era solo la máscara de cara al público, la venda que ocultaba una herida más profunda. Bajo la lente escrutadora de Nate, este espécimen antisocial adquiría inusitados matices. Para combatir el aburrimiento, fue apuntando en un folio los rasgos de la personalidad de su involuntario paciente, los que se desprendían de su constitución física, su forma de moverse, hablar y vestir, así como de la energía que irradiaba en sus escuetas interacciones con el resto de los compañeros de la Borland.

El problema, según Nate, no era que a Paul le gustaran los hombres, eso estaba claro, sino que aún no lo hubiera descubierto por sí mismo. En su informe apuntó las posibles causas de una virginidad demasiado prolongada, tales como un trauma de infancia no resuelto o una patología que él denominaba, con todo rigor, «desubicación masturbatoria», según la cual ciertos varones adolescentes aficionados a la pornografía recurren a primeros planos de penetraciones para darse placer. En estos casos, detalló Nate, la excitación deambula por una línea demasiado estrecha entre la oquedad y el relleno, lo que les impide discernir qué es lo que los lleva realmente al orgasmo. Nate estaba convencido de que Paul pertenecía a esa categoría. Y, una vez más, no se equivocaba.

El día en que habían de instalarle el nuevo equipo, Nate había tomado la precaución de cebar la trituradora de papel con los cinco folios de su evaluación psicológica. Superada la parte teórica, solo quedaba pasar a la acción, pues estaba decidido a intervenir de alguna manera para encontrar una solución al bloqueo de Paul. En esos casos, me dijo, había que andar con mucha cautela para no ahuyentarlos. Más que empujarlos a salir del armario había que ir desmantelando con una llave Allen cada pieza del mueble que los envolvía sin que llegaran a percatarse. Con lo que Nate no contaba era con que Paul no aparecería por la oficina esa mañana. Otro informático se encargó de montarle el ordenador. Dado que tampoco se presentó al día siguiente, asumió que había sido contratado como externo y que no lo volvería a ver. Una lástima, pensó, tenía pinta de ser un buen chico.

Por lo demás, Nate tenía por costumbre mantener un perfil bajo en las cenas de empresa, pero aprovechaba el dispendio de alcohol para entrar en calor antes de despedirse a la francesa y continuar la fiesta en otra parte. Aquella noche en el Pier Sixty, después de los postres, mientras se fumaba un puro en el extremo norte del muelle con vistas al Hudson, vio cómo una figura en la penumbra se dirigía hacia él, dedujo que para pedirle fuego. No supo que era Paul hasta que lo tuvo a un metro de distancia y casi pudo adivinar por su aliento el número de cervezas que se había tomado para llegar al preciso lugar donde se encontraba. Sintió una profunda ternura al verlo solo, desprotegido y aterrado. Antes de que Paul pudiera articular palabra, Nate lo besó en los labios, le cogió de la mano y se lo llevó lejos de allí.

Caminaron quince minutos hasta llegar a un estrecho callejón de Chelsea, al final del cual centelleaba un letrero de neón rojo. Tironeado por la correa del miedo y el deseo, lo que se encontró Paul al otro lado de la puerta superó todas sus expectativas, pues supuso el súbito despertar de su apetito sexual por los hombres. Antes del pertinente intercambio de fluidos en el apartamento de mi amigo, durante la charla que mantuvieron en la pista de baile y en la barra de la discoteca, Paul desgranó algunos detalles de su biografía como hijo único de un matrimonio demasiado convencional de Wisconsin y miembro, más tarde y por decisión propia, de los Crazy Angers, una comunidad de cibernautas que en su activismo a favor de la libertad de información, la transparencia y la justicia social se dedicaba a interceptar todo tipo de archivos, vídeos y fotografías en la *darknet* para, según decían, fiscalizar las actividades de los políticos, poner a los pedófilos entre rejas y equilibrar la balanza del poder.

No hace falta aclarar que los métodos empleados por los Crazy Angers se movían en los límites de la legalidad. Paul empezó encriptando redes, realizando sabotajes digitales, moderando foros de páginas consideradas como «potencialmente peligrosas para la seguridad nacional» y colaborando en los trasvases de portales de descarga de discos y películas, que requerían de un constante cambio de dominio, por lo que tenía que redistribuir los contenidos e ir adecuando las nuevas tecnologías de compartición de datos a los protocolos antipiratería vigentes. Lo peor no era que se pasara el día encerrado en su habitación, sino que su honorable hacktivismo en régimen de autónomo ni siquiera le garantizaba un salario digno, razón por la cual no dudaba en aceptar cualquier trabajo temporal que tuviera relación con los ordenadores.

Tras la prematura muerte de su padre, propietario de una empresa de pompas fúnebres, su madre vendió el negocio familiar para pagarle la matrícula de la universidad y adquirir un piso en Nueva York. Fue una decisión irracional que Paul nunca entendió, pues la señora Clausen se había criado en el campo y no estaba preparada para la vida en la procelosa jungla de asfalto. Al poco de llegar a la ciudad, Betty fue arrollada por un autobús mientras cruzaba la calle. Lo más traumático no fue la fractura de clavícula y el esguince de tobillo, sino el humillante maltrato que recibió por parte del fondo de seguros de la MTA, que recurrió al argumento de la imprudencia para negarle la indemnización. A pesar de que

Paul había conseguido hackear una de las cámaras de vigilancia en «fase de pruebas» que el alcalde había mandado instalar en algunos semáforos de la ciudad, y donde se apreciaba la temeraria maniobra del conductor, no pudo utilizarla en el juicio, pues habría tenido que justificar la procedencia de las imágenes.

Cuando vino a recogerme al día siguiente, Nate no quiso especificar en qué sentido ni de qué manera Paul podría resultarme útil y, a pesar de mi insistencia, se negó a darme más detalles sobre el asunto hasta que no hubiéramos llegado a la casa de su amante.

A sus veintinueve años, Paul vivía con su madre en uno de esos mazacotes de ladrillo de Roosevelt Island al que llegamos caminando desde el Upper East Side y cruzando después el Puente de Queensboro. Nos abrió la puerta Betty, una señora de aspecto rollizo y aire beatífico, con el pelo enrulado, que parecía sacada del reparto de alguna vieja comedia televisiva de los años setenta. Nada más vernos nos ofreció comida de un cestillo. Un intenso olor a galletas recién horneadas impregnaba el aire de la casa, bajo cuyo efecto el gotelé de las paredes adquiría una apariencia blanda y viscosa. Me sentí como Hansel y Gretel en la casa de pan de jengibre. Paul apareció unos segundos después con cara resacosa y enfundado en un pijama a cuadros. Lucía una melena rubia, alopécicamente alborotada, y no tardé en percatarme de que su pálida corpulencia no conocía gimnasio. Tras presentarnos a su madre en calidad de amigos, nos guio por el pasillo hasta la puerta de su habitación, que estaba cerrada con llave.

En su interior no encontramos nada de valor, pero debo reconocer que aquel oscuro cuchitril había sido acondicionado con esmero. A diferencia del resto de la casa, las paredes habían sido convenientemente alisadas y estaban pintadas de un frío gris industrial. La distribución era de una austeridad patibularia: una cama a la derecha y un escritorio enfrente con un equipo informático que emitía el tornasolado destello de un protector de pantalla. Encima de la mesa, dos estanterías recorrían en paralelo toda la profundidad del estrecho habitáculo. En la más alta había una hilera de libros, películas y videojuegos. En la otra se exhibía, en perfecta alineación, un ejército de superhéroes, figuritas de cómic y otras criaturas fantásticas, además de una lámpara de lava que proyectaba sinuosos haces sobre el techo. Paul se acomodó en la única silla disponible, y Nate y yo nos sentamos detrás de él al borde de la cama. Parecíamos tres adolescentes reunidos después del colegio para llevar a cabo un trabajo de ciencias.

Reconozco que no empecé a tomarme en serio a Paul hasta que vi a Sara con mis propios ojos. Nuestro nuevo amigo se manejaba con el ordenador como un virtuoso del piano frente a una compleja partitura. Tras rellenar varios campos de datos con conjugaciones imposibles de letras y guarismos, introdujo la fecha y hora exactas en que había quedado con Sara en la estación («entre las 19.30 y las 20.10 horas del veinticuatro de mayo de 2010», le dicté con indisimulada incredulidad) y, con esa simple información, accedió al historial de vídeos de seguridad de la Grand Central Terminal.

Era la primera vez en mi vida que veía trabajar a un hacker y la facilidad con que Paul accedió al banco de imágenes grabadas me hizo experimentar una ráfaga de placer culpable. Tras introducir una última sucesión de palabras y combinaciones numéricas, se abrieron varias subpantallas con imágenes tomadas por cámaras de seguridad de la estación repartidas por el hall principal, los laterales que dan acceso a las vías y a las diferentes plantas, encima de los paneles que anuncian la llegada y salida de los trenes y sobre las vidrieras de las naves laterales. Siguiendo mis indicaciones, Paul escogió la panorámica que ofrecía una de las cámaras sobre la entrada a la vía 26 y pulsó el *play*. El reloj de la pantalla echó a correr a las diecinueve horas, treinta minutos y cero segundos y yo empecé a buscar a Sara con obstinada determinación, siguiendo la corriente humana que transitaba por la terminal en todas direcciones.

Al principio mi mirada saltaba de una persona a otra, al reclamo de un corte de pelo, una prenda de ropa o una forma de andar, casi sin tiempo de estudiar los gestos y movimientos con que se sucedían unos cuerpos tras otros, a la espera de una súbita señal, de un aviso repentino que confirmara una presencia familiar. Pasados diez minutos, cuando empecé a sentir los primeros síntomas de fatiga, opté por esperar a que su imagen apareciera de la nada. No había razón para perseguirla desde donde fuera que llegara. El nuevo y monótono método desplazó provisionalmente la angustia inicial y no pude evitar que me invadieran algunos recuerdos de nuestra relación en alguno de los infinitos rincones de la estación. Aquel beso de despedida entre las vías 39 y 42 a las dos semanas de conocernos, la insinuante reverberación de una confidencia amorosa a través del conducto de la Galería de los Susurros o las interminables conversaciones y risas en las catacumbas del mítico Oyster Bar. De repente tenía la sensación de que aquel reloj sobre la taquilla de la Metro-North había marcado algunos segundos y minutos importantes de nuestra relación. Me acordé entonces de que los trenes de Nueva York, así lo había leído en un artículo, salen sin excepción un minuto más tarde de lo que anuncian las tablas de horarios. Es un secreto que han sabido guardar las autoridades y el personal de la Metro-North, que desde hace décadas vienen repitiendo el mismo truco para garantizar la puntualidad de sus pasajeros.

Sara y yo habíamos quedado a las ocho en el buzón dorado bajo la imponente bandera del vestíbulo. Seguí buscando su rostro entre la gente durante unos diez minutos más y, cuando el indicador de tiempo de la esquina inferior izquierda de la pantalla marcó las siete horas, cincuenta y dos minutos y doce segundos, empecé a presionar con el dedo un punto de la imagen en movimiento para que no volviera a escaparse.

—¡Ahí está! ¡Es Sara! —grité sin poder controlar la repentina erupción de mis palabras—. ¡Es Sara! ¡Por Dios, es Sara!

Estaba histérico y me temblaba todo el cuerpo.

Sobrecogido por mi reacción, Paul hizo retroceder unos segundos el vídeo, hasta el segundo exacto en que Sara entraba en el plano de una de las cámaras. La escena completa resultaba demasiado breve e imprecisa para adivinar en ella las consecuencias que acarrearía. Sara irrumpe en el cuadro con casi ocho minutos de adelanto y espera mi llegada a escasos centímetros del buzón. Apenas se mueve, salvo para atusarse el pelo y revolver en el interior del bolso en busca del teléfono. No hay llamadas perdidas, parece decir con su gesto, todo está en orden. Entonces sucede algo imprevisto. Sara se queda mirando un rato hacia la taquilla central y, como si hubiera reconocido a alguien, se acerca a una mujer adulta que arrastra una silla de ruedas con un adolescente, tal vez su hijo, y mantiene una breve conversación con ambos. Nada sugiere que se conozcan de antes, pero eso no les impide charlar amistosamente. La señora comenta esto y lo otro mientras Sara sacude la cabeza afirmativamente y luego se agacha para intercambiar unas palabras con el chico, al que llega a tomar la mano. Es imposible entender lo que dicen, pero cuando la mujer desaparece tirando de la silla hacia una de las salidas de la estación, Sara se arrima a la ventanilla más próxima, comprueba la hora del reloj y compra un billete. Luego, solo dos minutos antes de que yo haga acto de presencia en la escena, se dirige apresuradamente, casi corriendo, a una de las vías.

Aquella inesperada reacción me heló la sangre y durante unos segundos no supe realmente a qué atenerme.

—Pero qué coño... —le oí decir a Nate.

24

Nadie me creería si dijera que viajé a la Luna, y menos aún que realicé el trayecto en coche, en un coche fúnebre. Aunque eso fuera lo que pasó realmente, habría de aclarar que la Luna no era la Luna, sino el municipio de Moon, en el condado de Allegheny, Pensilvania, y que el vehículo en cuestión perteneció al padre de Paul, Charles Clausen, dueño de una funeraria durante más de veinte años. El coche lucía el aspecto inmaculado de un catálogo de subastas de reliquias de la automoción. Betty lo había conservado intacto, se había preocupado de pagar la mensualidad de una plaza de garaje, de mantener al día las facturas del seguro y de pasar periódicamente las revisiones. Si se tomó tantas molestias fue porque, tras la liquidación del testamento de su marido y el pago de las últimas letras del crédito de la funeraria, el traspaso del local, la venta de la casa de Eau Claire y la adquisición de un apartamento en Manhattan, el coche era el único vínculo con su vida anterior. En aquel viejo Cadillac Fleetwood, que tan buen servicio había prestado a la comunidad, Betty y Paul emprendieron desde Wisconsin su viaje a la Gran Manzana, donde comenzaron una nueva vida. Lo que no les cupo en su espacioso maletero simplemente lo dejaron atrás y, en su determinación de no regresar nunca, contravinieron el deseo expreso del señor Clausen de ser enterrado y se llevaron sus cenizas en una urna.

En sus dos décadas de idas y venidas al cementerio, Charles Clausen no había dado un solo parte de accidente, pero comoquiera que a la hora punta de un diez de diciembre de 1998 un repentino embotellamiento en la arteria que irrigaba de sangre su cerebro le hizo desplomarse en presencia de su esposa sobre el suelo de la cocina, el coche no volvería a realizar esa ruta. Ya en el hospital le diagnosticaron una hemiplejía severa y tuvo tiempo de despedirse de su mujer y su hijo antes del segundo ataque, que le provocó un coma irreversible que duró cinco días. Cuesta creer que un hombre tan entregado a su trabajo fuera capaz de mantener todo lo relativo a su negocio lejos del alcance de su familia. Hasta el punto de que Betty no supo realmente por dónde empezar el día en que hubo de enfrentarse sola a los farragosos trámites de la defunción. En sus veintidós años de matrimonio no había entrado nunca en la sala de preparación de cadáveres ni estaba al corriente de las últimas técnicas en tanatoestética que tan buena fama dieron a su marido. Solo después de su muerte, cuando tuvo que poner en orden las facturas y cancelar sus tarjetas de crédito, descubrió que estaba suscrito a un par de extraños boletines de costosísimos productos de maquillaje. Tampoco llegó a percibir olor extraño en la ropa, ni el más mínimo rastro de germicida o formol, y no se podía decir que la larga exposición al dolor de sus apesadumbrados clientes hubiera hecho mella en el carácter de su querido Chuck. El incorruptible buen humor del que siempre hizo alarde el señor Clausen era el distintivo de calidad de su próspero negocio, además de un misterio para todos los que le conocieron. Fue la propia Betty quien me puso al corriente de la historia, camino de Moon, con los brazos rígidamente extendidos sobre el volante del Cadillac funerario y sin apartar un segundo la vista de la carretera. Yo iba de copiloto, mientras que Nate y Paul viajaban en los asientos de atrás, que se adaptaban a las necesidades de los ocupantes.

El viaje no fue planificado, al menos en lo que a mí respecta. Ese mismo día, Nate había aporreado la puerta de mi apartamento hasta levantarme de la cama. Si no reaccioné al primer timbrazo fue simplemente porque no esperaba a nadie un sábado de mediados de octubre a las ocho de la mañana. Abrí la puerta con los párpados aún pegados, sin estar del todo seguro de si lo que veía a través de la mirilla era real o un vestigio del sueño del que acababa de ser cruelmente expulsado. Vi la cara de mi amigo deformada por la lente y dos diminutas cabelleras Clausen a ambos lados. Irrumpieron en mi apartamento en una festiva estampida, como esas cuadrillas de obreros que en cuestión de unas horas arreglan la casa de una incauta víctima televisiva. Aún no sabía cuál era el motivo de la visita, pero me pareció poco pertinente empezar a pedir explicaciones en calzoncillos. Cuando volví de la habitación en camisa y pantalones, Betty ya había encontrado la cafetera y distribuía en una fuente media docena de cruasanes que había comprado en la tienda de la esquina.

Nate comenzó a enarbolar excusas.

—Antes de que te me lances al cuello, quiero que sepas que no me han dado otra opción —se justificó de manera infantil—. A mí todo esto me parece tan absurdo como probablemente te lo parezca a ti.

—¡Oh, por lo que más quieras, Nate! ¿Esa es tu forma de convencerlo? —se quejó Betty.

—¿Convencerme de qué? —exigí.

—Hemos venido aquí para ayudarte —añadió Paul con una expresión extrañamente risueña. Estaba claro que la situación le divertía.

—¿Ayudarme? —les increpé desgajando un trozo de cruasán con la boca.

—Es evidente que no pasas por tu mejor momento —dijo Betty mientras hacía una batida visual al desorden de mi apartamento: una muralla de cajas de cartón, libros desperdigados por todas partes, revistas y periódicos apilados en el suelo, varios ceniceros llenos, ovillos de ropa en el sofá, platos con restos resecos de comida en la cocina...—. Y hemos pensado que quizá te venga bien un pequeño empujón.

—Gracias por el desayuno —intervine sarcástico, clavándole la mirada a Nate—, pero no creo que el desorden de mi apartamento sea de vuestra incumbencia.

—Por supuesto que no —apaciguó Betty—, eres libre de vivir en este estercolero todo el tiempo que quieras. Pero debes saber que entre Gusi y yo no hay secretos...

—¡Mamá! —protestó Paul—, ¡te he dicho mil veces que no me llames así!

—Paul y yo nos lo contamos todo —corrigió—, y cuando viniste el otro día a casa no pude evitar enterarme de lo que te pasó con esa chica. Se me encogió el corazón al escuchar tu historia y estuve toda la noche dándole vueltas a la cabeza, tratando de sacar algo en claro.

—¿Y bien? —dije entre incrédulo e indignado por el abuso de confianza.

—Cielito, puede que lo único que necesites sea una simple explicación. Una ruptura puede hacer mucho daño, pero es la incertidumbre la que te reconcome por dentro. Mi consejo es que, si quieres empezar a superarlo tienes que averiguar lo que pasó, por qué te abandonó, dónde está, qué hace, si aún te quiere. Sin una respuesta clara, algo en tu cabeza seguirá esperando a la señorita Ketcham, como un perrito triste.

Lo dijo en un tono que parecía que fuera a acariciarme el rostro de un momento a otro.

—Es todo un detalle que hayáis madrugado tanto por mí... —expresé con la misma cautela que emplearía con un atracador—. ¿Qué hora es? ¿Las siete, las ocho de la mañana? Da igual. Lo cierto es que estoy bien, lo superaré. Todo esto no es más que un poco de desorden. Os prometo que en cuanto salgáis por la puerta me pondré a colocar cada cosa en su sitio. Haré una colada, vaciaré los ceniceros y luego trabajaré un poco. Eso es. Me pondré a escribir como un descosido todo el día. En serio, vuestra visita ha sido muy inspiradora. Pero, por favor, no necesito que nadie me ayude a limpiar mi apartamento.

—Me alegro mucho de oírte decir eso —replicó Betty, inmune al tono sarcástico de mis palabras—, pero si hemos venido hasta aquí no es para limpiar esta leonera, sino para ofrecerte respuestas. ¿Verdad, chicos?

Betty miró a Nate, que movió la cabeza afirmativamente en su papel de rehén obediente, y se tapó la boca para carraspear antes de intervenir:

—De pronto me acordé de la llamada de Sara la noche en que desapareció. No sé cómo no se nos ocurrió antes, pero nos habría ahorrado mucho tiempo.

—Todo lo que necesitamos estaba en tu teléfono —añadió Betty, pletórica.

—¿Cómo que en mi teléfono? Ya ni siquiera tengo ese número. Lo di de baja cuando Nate me compró... —Y rebusqué bajo los cojines del sofá—. ¿Dónde está ese maldito chisme...?

—Eso es lo de menos —intentó apaciguarme Nate—. Todo queda registrado.

—Pero ¿es que alguien ha pinchado mis llamadas? —Me revolví alterado, casi paranoico, y miré directamente a Paul.

Cada vez me sentía más intimidado por la presencia de aquel extraño trío en mi nuevo y destartalado apartamento.

—Es mucho más sencillo de lo que crees —aclaró Paul con la máxima cautela—. Basta con saber que se produjo una llamada a tu número desde alguna parte.

—Ya sabes que a Paul se le dan muy bien las maquinitas... —contribuyó la madre—. ¿No es así, mi amor? Explícale lo que hiciste.

—Al realizar una llamada se genera automáticamente una ruta física entre el emisor y el receptor. Una vez se produce la conexión, queda grabado el enlace entre las localizaciones. De modo que accedí a tu historial telefónico, rastreé la única llamada entrante de la que hay constancia la noche en que Sara desapareció y averigüé que se realizó desde una cabina de teléfono en el condado de Allegheny.

—Concretamente en el municipio de Moon —agregó Nate.

—¿Me tomas el pelo? ¿Me estás hablando en serio, Nate?

—Sé lo que estás pensando. Que todo esto es una locura, pero lo hemos comprobado y se trata de un pueblo a las afueras de Pittsburgh, cerca del aeropuerto. Sara debió de tomar el último avión. Salen vuelos hacia allí cada dos horas. Lo hemos comprobado.

—¡Ya! —clamé escéptico—. ¿Y a nadie se le ha ocurrido que tal vez Sara se subiera a un coche y que parara en esa cabina para hacer una llamada antes de continuar su marcha hacia quién sabe dónde?

—Es una posibilidad —contestó mi amigo—. Pero para eso tendría que haber conducido a 200 kilómetros por hora.

—Pero... —traté en vano de rebatir su argumento.

—No pierdes nada por intentarlo —salió Betty en mi auxilio—. A lo mejor alguien de la zona pueda decirnos algo. Quizá descubramos qué la llevó hasta allí.

—Os agradezco todas las molestias, pero ¿de verdad era necesario sacarme de la cama a estas horas para decirme que Sara me llamó desde Pittsburgh?

—En realidad sí —repuso la madre de Paul escudriñando autoritariamente su reloj de pulsera—, si tenemos en cuenta que nos quedan más de seis horas de viaje por delante y que aún tenemos que averiguar dónde se aloja la señorita Ketcham. Te recomiendo una ducha rápida. Tengo el coche abajo mal estacionado, así que date prisa. No te preocupes por nada. He preparado sándwiches para el camino.

Antes de que pudiera añadir nada más, Betty se acercó a mí y, sosteniéndome la cara con ambas manos, me plantó un beso en la frente.

—Sé que has sufrido mucho, cariño. Y también que eres un escritor de primera categoría. Ayúdanos a ayudarte. Solo serán dos días. Luego podrás olvidarte de nosotros. Y ponerte a escribir.

25

Durante los veinte minutos que tardamos en llegar a la embocadura del Puente George Washington captamos toda la atención a nuestro alrededor. Si bien es cierto que los habitantes de Nueva York han desarrollado una inquebrantable tolerancia a las rarezas de sus vecinos, no lo es menos que la imagen de cuatro personas charlando de sus cosas dentro de un vehículo diseñado para el transporte de cadáveres solo podía ser calificada de siniestra. Desde nuestra perspectiva, el interior del coche se veía perfectamente normal, pero tan pronto paramos en el primer semáforo, el festival de reacciones con que nos deleitaron algunos viandantes nos hizo percatarnos de lo macabro del asunto. Una vez en Nueva Jersey, en cuanto nos incorporamos a la Interestatal 80, comprendí que nos llevaría mucho más de lo previsto llegar a nuestro destino. Betty pertenecía a esa generación de conductores para quienes los cien kilómetros por hora, o sus equivalentes sesenta millas, marcan el horizonte de nuestra resistencia como especie a la velocidad. Sobrepasarlo suponía un desafío a las leyes de la física que bien podría saldarse con un ojo repentinamente expulsado de su cuenca. Sin embargo, estoy convencido de que el viaje habría resultado mucho menos enriquecedor de haber sido otro el pie sobre el acelerador. No habríamos podido apreciar la exuberante variedad de matices en que se manifiesta el otoño en los frondosos bosques de Allegheny, ni reparar en la progresión tonal que opera en la propia naturaleza de las personas.

Mentiría si dijera que el viaje se me hizo largo. Parecía como si el paisaje por el que avanzábamos a velocidad absurdamente lenta imprimiera su propio color y cadencia a la conversación. De otra manera, creo que Betty no se habría atrevido a compartir con nosotros los últimos meses de vida del señor Clausen. Lo hizo con tal lujo de detalle que pensé que la combinación de maniobras con el volante, la palanca de cambios y los pedales había dado inercia al pesado engranaje que activa los recuerdos dolorosos. Paul apenas participó, pero escuchaba atentamente y sin interrumpir, con la expresión de un niño a la vez absorto y maravillado por el desarrollo de un cuento cuyo final conocía de sobra. A las tres horas, nos desviamos para estirar las piernas en una histórica gasolinera Esso que se anunciaba en el saliente de una carretera secundaria con uno de esos antiguos letreros que aparecen en las pinturas de Hopper. Lo que unas décadas atrás habría sido catalogado de chatarra obsolescente había recuperado su viejo esplendor reconvertido en punto de interés turístico de acuerdo a las inapelables leyes de la nostalgia patriótica. Mientras almorzábamos los deliciosos emparedados que con tanta dedicación había preparado Betty, me fijé en que Nate y Paul se comportaban de manera extraña. No solo evitaban tocarse, sino que hacían esfuerzos para que su relación resultara anodinamente amistosa a ojos de la conductora.

Durante el segundo tramo de viaje tomé la palabra para ponerles al tanto de todo lo referente a Sara. Empecé diciéndoles que, durante el tiempo que habíamos vivido juntos en diferentes apartamentos de la ciudad, rara vez había hecho alusión a su pasado, salvo a través de vagas y fútiles alusiones a su infancia y juventud en un pueblecito de Pensilvania. Visto ahora en perspectiva, me recriminé, es posible que hubiera compartido los últimos siete años de mi vida con una desconocida. Cuando nuestros destinos se cruzaron, proseguí, Sara tenía veintisiete años y trabajaba como redactora jefe en funciones de la revista *eMu*. No había llegado al periodismo por la senda de la vocación, pero iba sobrada de talento y terminó encontrando en las rutinas del oficio, entre la formalidad de las ruedas de prensa y la vivificante imprevisibilidad de las entrevistas, un lugar seguro alejado de la mediocridad. De alguna forma era como si hacer preguntas le hubiera eximido de tener que responderlas.

Me acordé entonces de la noche en que celebramos el treinta y tres cumpleaños de Sara. En ese momento no le había prestado atención, pero ahora me daba la sensación que toda aquella diatriba de Pete sobre la simultaneidad de yoes la había incomodado más de la cuenta. No tanto porque su compañero de redacción hubiera monopolizado la conversación y entumecido la algarabía inicial de la cena como por sentirse directamente interpelada, puede incluso que hasta señalada.

—Después de que soplara las velas, Sara y yo habíamos salido a fumar un cigarrillo a la escalera de incendios —recreé la escena—. Yo iba disfrazado de Superman y ella, de Lois Lane. En explícita alusión a nuestros disfraces, Sara me preguntó por mi planeta de procedencia y yo fingí adivinar el color de su ropa interior. Aquella noche me di cuenta de que había muchas cosas de ella que desconocía. Mientras yo había logrado desprenderme de las ataduras de mi familia y compartía con ella todo lo que creía saber sobre mí mismo, Sara seguía esforzándose por mantenerme alejado de su pasado. Fue un detalle insignificante, pero mientras apuraba las últimas caladas de mi cigarro pensé que, incluso cuando caminaba desnuda por la casa, una última capa, tan fina como resistente, seguía cubriendo su piel. Tal vez no hubiera llegado a desprenderse del disfraz que, en algún momento, había elegido para nuestra relación.

Cuando, a la altura del área de Coraopolis, vimos por fin el primer letrero que anunciaba el desvío a Moon Township, Nate profirió un sonoro y victorioso aullido que nos percutió el tímpano. Desde allí podían distinguirse algunos aviones desfilando en procesión en el cielo anaranjado sobre las pistas del aeropuerto internacional de Pittsburgh.

Moon era todo lo que se podía esperar de un barrio de clase media en la periferia de la capital del acero, con casas de parcelas amplias y coches relucientes aparcados frente a los garajes, pero estaba lejos del refinamiento urbanístico con que se expresa la prosperidad en otras zonas similares del país. Como un cuadro desprovisto de marco, había algo precario y hasta decadente en el ambiente que se manifestaba en una desperdigada suma de sutiles imperfecciones: un poste eléctrico inclinado, una señal de stop corroída por el óxido, una repentina erupción de maleza en el asfalto.

Pasamos varias veces por delante del mismo supermercado, siguiendo las indicaciones de Nate sobre el mapa, antes de llegar a Foxwood Road, una calle residencial sin demasiado encanto que aún conservaba, en una de sus intersecciones, la única cabina de la zona. Se trataba de un modelo antiguo, con la mitad superior de los paneles acristalados, puertas abatibles y una guía telefónica de tapas metálicas asida a un pequeño saliente. Bajé del coche de un brinco y esperé las indicaciones de Paul, que empezó a manipular su móvil desde el interior del coche en marcha. Cuando, unos instantes después, el teléfono de la cabina empezó a sonar no pude reprimir un estallido de alegría. Más que por mí, me sentía contento por Betty, Paul y Nate. Al fin y al cabo, habían sido ellos quienes habían tramado aquel descabellado e ingenioso plan para encontrar a Sara. Y, aunque seguía sin albergar la más mínima esperanza de volver a verla, debo reconocer que fue un consuelo saber que había estado allí cinco meses atrás, que fue aquel teléfono el que sostuvo entre sus manos la noche en que me llamó para pedirme perdón por algo que nunca se atrevió a contarme.

—Nuestro siguiente objetivo —informó Betty en tono diligente— consistirá en peinar la zona en busca de alguna pista sobre su paradero. ¿Estamos?

Ya había empezado a anochecer, así que propuso que cada uno caminara en una dirección y que volviéramos a vernos en el coche una hora después, a las ocho en punto. Betty se ofreció voluntaria para llamar a las puertas de las casas de Moon Clinton Road, Paul hizo lo mismo con las de Foxwood, mientras que Nate y yo recorrimos Beaver Grade en direcciones opuestas.

No había caminado ni diez minutos cuando me topé con un viejo letrero que anunciaba el nombre de un local al que llegué tras recorrer unos cien metros por una calle perpendicular. Abarrotado a aquellas horas de jóvenes de la vecina Universidad Robert Morris en pleno trance festivo, el Stardust no parecía el lugar más adecuado para ir preguntándole a la gente por una chica desaparecida, pero aun así me abrí paso entre la abundante clientela. Las mesas estaban abarrotadas de botellines de cerveza y restos de comida pringosa, con sus propietarios sentados en derredor lanzando estruendosos alaridos y risotadas. Al llegar a la oscura barra, pedí una cerveza al camarero y, cuando me trajo el cambio, le pregunté si por casualidad conocía a la chica que aparecía en la pantalla de mi teléfono móvil. Se lo tuve que repetir tres veces al oído hasta que consiguió entenderme y, tras fijar la mirada un par de segundos en la imagen, negó con aparente interés. Luego, justo cuando me aproximaba a la salida, alguien tiró violentamente de mi chaqueta. Al darme la vuelta, un chico que exhalaba alcohol por todos los poros de su cuerpo utilizó la misma mano con la que me tenía asido por el brazo para señalar en dirección a la barra. A lo lejos, el camarero gesticulaba para que volviera. Hice caso y regresé al mismo punto donde aún permanecía mi cerveza.

—Pásate mañana temprano —me gritó cerca de la oreja, lo que me provocó un agudo pinchazo en el oído—. Quizá Molly pueda echarte una mano. Ella conoce a todo el mundo por aquí.

Redoblé mi agradecimiento con un apretón de manos, dejé un billete de diez dólares en el cestillo de propinas y, de camino a la puerta, obsequié con una amigable sonrisa al simpático borracho que me había interceptado poco antes.

No fue muy alentador comprobar que ninguno de mis amigos había conseguido cerrar un solo milímetro el círculo sobre Sara. Nuestra única esperanza, por lo tanto, pendía como una hoja de otoño de la cornisa del Stardust, y nadie nos garantizaba que al día siguiente Molly, quien quiera que fuera aquella camarera, tuviera algo interesante que contarnos, en el caso de que se prestara a hablar con nosotros. Estábamos cansados y algo desanimados, y aún no habíamos reservado un sitio donde pasar la noche. Uno de los vecinos del barrio le había recomendado a Betty un lugar no muy lejos de allí. Media hora después, esperábamos a que una encantadora recepcionista nos confirmara el número de nuestras habitaciones en el Armstrong Inn, un hotel temático sobre aventuras espaciales decorado con retratos de astronautas y miniaturas de naves, módulos lunares y satélites. Del techo, pintado de negro e iluminado por una constelación de diminutos leds, pendían planetas de todos los tamaños y colores. Me costó convencer a Betty para que me dejara pagar a mí las cuatro habitaciones individuales. Estábamos cansados, pero sobre todo hambrientos, así que convenimos dejar nuestras bolsas en los dormitorios y vernos de nuevo en el comedor antes de que cerraran el servicio de bufé.

Las mesas del restaurante tenían formas curvas y los altavoces del techo emitían un popurrí de bandas sonoras de películas espaciales. Teniendo en cuenta que no había en todo el municipio de Moon nada que guardara relación con la NASA o los astronautas, mientras observaba el resto de las mesas vacías me pregunté qué tipo de clientela recibiría el hotel a lo largo del año. En los expositores incandescentes de comida, varios carteles en tipografía galáctica informaban de las diferentes especialidades: *moonburgers*, *pathfingers* de pollo, *Saturn rings*, patatas en salsa cañaveral, Apolo BBQ *ribs*... No cabía la menor duda de que en aquel pintoresco restaurante de la planta baja del Armstrong Inn cada pequeño paso para el hambre era un gran salto para la obesidad.

Nos servimos de las fuentes y, de vuelta en la mesa, engullimos sin remordimiento. Nate y Paul no tardaron en vaciar sus platos y levantarse a inspeccionar la zona de los postres, donde se anunciaban diminutos cráteres glaseados y unas apetitosas tartas Challenger. Estaba tan absorto en mis pensamientos que cuando Betty empezó a hablar ni siquiera escuché sus palabras. Cuando por fin le presté atención, se percató de que había perdido el hilo de lo que me decía, por lo que evitó dar rodeos antes de que Nate y Paul regresaran a la mesa.

—¿Cuándo me lo va a decir? —me pareció que repetía.

—¿Decir qué?

—Que se gustan. Que son pareja. Que quieren dormir juntos. Estoy deseando poder hablar abiertamente de estos temas con mi Gusi. ¿Crees que soy demasiado dura con él? ¿Acaso no soy digna de su confianza?

En esta ocasión Betty no empleó su característico soniquete cómico para dirigirse a mí. Era evidente que todo el asunto de su hijo le preocupaba de verdad. Y, aunque acabábamos de conocernos, me pareció que me estaba abriendo su corazón.

—Pasará —fue lo único que me dio tiempo a decir justo antes de que Paul y Nate llegaran con los platos a rebosar—. Tarde o temprano pasará.

—¿Qué pasará? —se interesó Paul, que hizo aterrizar

su bandeja en la mesa imitando el balanceo de un módulo lunar.

—Nada, Gusi. Nada... —disimuló su madre—. ¿Me dejas probar un poco de ese dulce con pinta de meteorito?

26

A las ocho de la mañana ya estábamos de nuevo en el coche camino del Stardust, que a esa hora no se parecía en lo más mínimo a la versión de la noche anterior. El local estaba prácticamente vacío, salvo en la zona de la barra, donde media docena de clientes, todos hombres de pelo canoso y expresión abatida, daban pausados sorbos a sus tazas de café. Solo había una mujer al otro lado del mostrador, una cuarentona corpulenta y con la cara moteada de pecas, que acudió a nuestra mesa para tomarnos nota. Pedimos café, tortitas y una jarra de zumo de naranja para todos. Disimuladamente, analizamos el temperamento de Molly en cada uno de sus gestos, tratando de discernir cuál sería la mejor estrategia de ataque. No debíamos levantar ningún tipo de sospecha. Nada parecido a: «Buscamos desesperadamente a la exnovia de este chico para que nos explique por qué lo dejó plantado hace cinco meses sin dignarse siquiera a escribirle una maldita nota de despedida».

Poco después, cuando la camarera volvió para rellenar las tazas de café, Betty aprovechó para realizar un primer tanteo.

—Las tortitas están realmente deliciosas. ¿Cómo hacéis para que os queden tan esponjosas?

—Todo el mérito es de Josh —nos explicó y se llevó luego la palma de la mano a la boca, como para que no le oyera desde la cocina—. Dice que el truco está en usar un pincel para distribuir la mantequilla por la plancha. Un pincel, ¿lo puedes creer?

—Pues dile a Josh que está hecho un artista.

—Cuenta con ello. Le gustará oírlo.

Justo cuando Molly se disponía a abandonarnos de nuevo para seguir repartiendo café por el resto de las mesas, Betty decidió unilateralmente pasar a la acción.

—Querida, ¿te puedo hacer una pregunta de tú a tú?

—Claro —dijo sin pestañear—. Dispara.

—Verás, queríamos saber si tal vez pudieras ayudarnos a encontrar a alguien.

Molly posó la cafetera en nuestra mesa, sostuvo la bandeja sobre el pecho con las dos manos a modo de escudo y arqueó las cejas a la espera de la consulta.

—Hemos venido desde Nueva York para darle una sorpresa a nuestra amiga Sara Ketcham. ¿Es posible que te diga algo ese nombre?

—¿Ketcham? Mmm... Conozco a varias Saras por aquí. Y de casi ninguna me sé el apellido.

—Quizá te suene su cara. —Y me hizo un gesto apresurado con la mano para que reaccionara.

Molly acercó la cara a mi teléfono hasta que bizqueó.

—Ah, sí. Creo que sé de quién se trata. Aunque ahora lleva el pelo mucho más corto...

Betty tuvo que morderse el labio para contener la emoción y lanzar la siguiente pregunta sin perder la compostura.

—¿Y por casualidad no sabrás dónde vive? Le hemos

comprado un regalo y nos morimos por ver la cara que pone.

—En Ridgewood Road, a cuatro manzanas de aquí, según subes por esta misma calle. Ha venido algunas veces a desayunar. Y también a tomarse alguna cerveza antes de que esto se llene de chusma. Siempre sola, aunque no es que vaya buscando conversación con nadie. Ya sabes a lo que me refiero. Hablamos un rato hace dos o tres meses. Me dijo que se acababa de mudar a la casa azul. No tiene pérdida. La casa azul del 102 de Ridgewood Road.

—Gracias, querida. No sabes el favor que nos has hecho.

—¿Son ustedes familia?

—Parientes lejanos —forcé mi acento—. Del otro lado del charco.

Poco después, Betty había aparcado el Cadillac en el cruce de Moon Clinton Road. En un intento por mantener mis nervios bajo control, tomé una profunda bocanada de aire y la expulsé lentamente. Luego salí del coche sin decir nada y caminé hacia la única casa de toda la calle pintada de azul. Era de un tono celeste ligeramente grisáceo, como si no estuviera cubierta de tablones de madera, sino de espejos. Noté que me temblaban las piernas mientras ascendía la rampa que conducía al porche. Una vez allí, volví a respirar hondo, coloqué el dedo en el timbre y, antes de pulsarlo, miré en dirección al coche. Desde aquella distancia no distinguía los rostros de quienes con total seguridad me estaban observando desde el interior de la carraca fúnebre, pero podía percibir su incondicional apoyo a la causa.

Al melódico sonido del timbre contestó una voz alegre y reconocible, un «ya voy» que casi me hizo perder el equilibrio. Tuve tiempo, antes de que Sara abriera la puerta, de apoyar el brazo izquierdo en el marco y mantenerme erguido. Se veía radiante con su media melena y, a pesar de la sutil sombra violácea de las ojeras, me pareció mucho más guapa de lo que la recordaba. O quizá fuera que hacía demasiado tiempo que la evocación de su belleza no había sido contrastada por mis sentidos. A pesar del corte de pelo, era la misma Sara de Nueva York, y, sin embargo, no lograba acertar lo que la hacía tan distinta. Percibí un destello de felicidad en sus ojos totalmente desconocido para mí.

Durante tres o cuatro segundos no supimos qué decirnos así que tampoco dijimos nada. Yo permanecí en un ridículo estado de indefensión hasta que por fin Sara tiró de mi cintura, me empujó hacia ella y me besó fugazmente en los labios. No fue, sin embargo, un beso de amor.

—Estaba segura de que vendrías —dijo al fin—. Pasa, no te quedes ahí parado. Tenía muchas ganas de verte.

No me siento orgulloso de lo que pasó después, pero tampoco fue algo que pudiera evitar. De repente se me crispó el rostro de dolor y mi saliva se volvió espesa. En ese estado de bloqueo emocional, mi única defensa para no romper a llorar allí mismo era entretener la mirada con la pareja de petirrojos dibujada en el felpudo.

Sara me cogió de la mano y yo di mis primeros pasos con la cabeza gacha. Nada me había preparado para algo así.

—Tienes las manos mojadas —fue lo único que se me ocurrió decir.

—Ven, sígueme —propuso ella mientras me arrastraba hacia dentro casa—. Tengo algo que enseñarte.

La puerta se cerró tras de mí. Y ya nada volvió a ser igual.

27

El inesperado desenlace de mi historia con Sara me sumió en una profunda tristeza, pero también liberó algo en mi interior, una fuerza desconocida que desactivó súbitamente los mecanismos del resentimiento. Tal y como había previsto Betty, aquel viaje a Moon sirvió para poner fin a mi duelo. O, como le gustaba presumir a ella: el coche fúnebre de la familia Clausen había devuelto a la vida a su último e incrédulo copiloto. Tan pronto fueron despejadas las incógnitas del abandono de Sara, los interrogantes dieron paso a las exclamaciones y, antes de que pudiera darme cuenta, el dolor fue sustituido por la mayor admiración de la que haya sido nunca capaz. Sara había llevado a cabo un acto de amor tan fuera de lo corriente, tan sumamente desproporcionado y valiente, que yo no podía sino rendirme a la evidencia de que el daño que me había causado estaba plenamente justificado. Aquella mañana en que me introduje en la casa azul de Moon como un bombero en busca del último superviviente de un incendio, entendí que la explicación a todos mis meses de padecimiento en soledad era Mike, su primer y único amor, el hombre al que nunca consiguió olvidar.

Sara y Mike coincidieron por primera vez en una fiesta cuando los dos tenían dieciséis años, y nadie pudo impedir que se amaran desde el mismo instante en que se conocieron. Cuando Sara me condujo de la mano por uno de los pasillos, aún no sabía de la existencia de Mike, ni mucho menos que se encontrara allí en esos momentos. La casa era espaciosa y estaba distribuida en una sola planta. En el breve itinerario me topé con algunas caras enmarcadas de gente desconocida. Las habitaciones no emitían sonido alguno, pero a pesar del silencio había algo perturbadoramente acogedor en el ambiente, parecido al olor sereno que emana de algunas familias, esa impregnación de bienestar que tapiza el interior de los hogares prósperos. Lo siguiente que recuerdo es una puerta entreabierta y un leve rumor líquido al otro lado. Habíamos llegado a nuestro destino. Lo primero que vi fue la encimera de un ancho lavabo con el espejo empañado a la izquierda. Al otro lado, nada más ingresar en un cuarto de baño mucho más espacioso de lo habitual, apareció una enorme pila de agua. Dentro, sobre un columpio de amarres y poleas, yacía el cuerpo inerte de Mike.

No supe cómo reaccionar, pero obedecí cuando Sara volvió a tirar de mí hasta colocarme lo suficientemente cerca como para que Mike se percatara de mi presencia. Al verme, el chico contrajo algunos músculos de la cara y, en una especie de espasmo, liberó los brazos de las profundidades del agua. Su gesto de bienvenida nos empapó en un estallido cómico. Sara celebró la ablución con una tierna risotada e inmediatamente se arrodilló sobre el borde de la enorme bañera para continuar con la tarea que había interrumpido mi inadvertida visita.

Enseguida empezó a susurrarle palabras cariñosas al oído mientras aplicaba jabón a la esponja.

—He traído a un amigo, ya te he hablado de él, ¿te acuerdas? —le previno—. Quiero que te portes bien, ¿de acuerdo?

Empezó frotándole los hombros y continuó enjabonándole el pecho. Después, haciendo alarde de una suprema delicadeza, escurrió la esponja en su frente y varios hilos de agua recorrieron el rostro de Mike. Yo seguía sin decir nada, intimidado por la espantosa desnudez del chico. De pronto, sus manos contrahechas se elevaron en el aire, tratando de apresar algo, acaso una escurridiza mariposa en el inescrutable laberinto de su mente. La punta de su pene flotaba entre blancos rizos de espuma y en algún momento Sara introdujo su mano en el agua para lavárselo sin que aquello produjera ninguna reacción en él, no más que cuando le pasaba la esponja por la planta de los pies o las axilas.

—Lo único por lo que protesta es por el agua en los oídos —me informó Sara—. Odia el agua en los oídos.

Al cabo de un rato, Sara se incorporó, manipuló una manivela en el mástil de la grúa doméstica y el cuerpo consumido y macilento de Mike se elevó sobre la superficie del agua como un saco de huesos.

—¿A qué estás esperando? —me apremió sin dejar de sonreír—. Pásame esa toalla.

Una vez hube acatado sus indicaciones, me dejé cautivar por el esmero con que Sara le fue secando los frágiles brazos y las piernas entumecidas. Luego, con mi ayuda, lo colocó en una silla de ruedas que había aparcada detrás de la puerta.

Más tarde pude saber que Sara y Mike se habían criado en Pensilvania, en dos localidades vecinas entre los condados de Lawrence y Beaver, a menos de una hora en coche de Moon. La razón por la que los padres de Mike habían terminado adquiriendo la casa azul era su proximidad al aeropuerto. En algún momento del paulatino deterioro neurológico de su hijo habían tenido tiempo de comprobar el efecto aletargante que le provocaba la visión de los aviones en el cielo. Era como si el ruido lejano de los motores y el desfile ininterrumpido de manchas en el aire se acoplaran en cadencia y ritmo al rastro invisible de sus propios pensamientos, donde quiera que estos se alojaran. Lo que para cualquier otra persona habría sido una intolerable exhibición de contaminación y decibelios, para esta familia adquiría el prestigio de un espectáculo que merecía la pena contemplar.

Después de vestirlo, Sara empujó a Mike hasta el jardín trasero y, mientras reclinaba la silla en un punto estratégico del porche protegido del sol, su cabeza quedó fortuitamente presa del brazo del chico. No ha sido intencionado, pensé, es imposible que haya querido abrazarla por su propia voluntad. Pero por alguna razón ella sí lo creyó, y no se movió. Permaneció acurrucada en su cuello como una piedad antigua, en la extática y plácida quietud de una escultura. Cuando, poco después, Sara regresó de la cocina provista de cervezas, yo ya tenía claro que Mike siempre había estado allí, con la inmutable calma de una roca milenaria, desde el principio de los tiempos.

De acuerdo a la sinopsis que me hizo Sara de sus comienzos con Mike, todo se reducía a un problema de ocasión y oportunidad, pues se habían enamorado demasiado pronto y rápido como para tener tiempo de intuir lo divergentes que eran sus caminos. Ella soñaba con llegar a ser una gran pintora. Vivir una temporada en París, alquilar un apartamento en Nueva York, recorrer Italia en coche, aprovechar todo lo que el mundo tenía que ofrecerle. La única ambición de Mike en la vida era formar una familia.

—Le daba igual el trabajo —me dijo ofreciéndome un abridor para el botellín—. Le traía sin cuidado el dinero. No le importaba llegar a viejo sin haber puesto un pie en Europa por la sencilla razón de que su mundo giraba en torno a mí. Puede parecer una chiquillada, el típico brote adolescente de *amour fou*. Y quizá lo fuera, pero él no hablaba de otra cosa que de comprar una gran parcela e ir llenando la casa de hijos. No era lo que yo buscaba en un chico, mucho menos a esa edad, pero esas cosas no se eligen. De manera que esperé a que el nudo se desenredara por sí solo. En algún momento llegué a pensar que lo nuestro no tenía futuro. Jugábamos a lo mismo, pero en equipos contrarios. Lo que era bueno para uno necesariamente contravenía los deseos del otro. No tardamos en comprobar que el amor impone sus propias reglas y que poco o nada se puede hacer cuando dos personas se aman de verdad. Cuanto más me empeñaba en ver la lógica del asunto más segura estaba de que mi sitio no estaba en París, ni en Roma, ni en Nueva York, sino al lado del hombre al que quería. Esa era mi única certeza y me abracé a ella como a una tabla de salvación. Mike me animaba para que me matriculara en la universidad, comprometiéndose a visitarme con regularidad y a ahorrar dinero durante mi ausencia. Decía que cuatro años se pasarían volando y que nos haría bien un poco de distancia. Lo mejor de todo es que lo decía en serio. Yo quería creerle, pero algo me decía que si lo abandonaba para ir a estudiar, que si sacrificaba nuestra historia a cambio de un título, no me lo perdonaría nunca. Así que me quedé.

Más que una renuncia total y definitiva a sus aspiraciones artísticas lo consideró un aplazamiento provisional a modo de año sabático. Sus padres no aprobaron su decisión, pero por alguna razón tampoco la censuraron del todo. Al fin y al cabo, siempre se había comportado con irreprochable sentido de la responsabilidad y se consolaron pensando que, con un poco de suerte, podría incluso reconsiderar la posibilidad de estudiar Arquitectura. Nada ansiaban más que ver a su hija poniendo su destreza con el lápiz al servicio de un trabajo respetable.

—Durante ese año fui alternando todo tipo de empleos. Trabajé de cajera, de reponedora, de camarera, e incluso llegué a repartir publicidad por los buzones. Habría fregado suelos si hubiera hecho falta antes que privarme del placer de estar en el último sitio donde se suponía que debía estar. Primero rechacé los trabajos que me ofrecieron los amigos de mis padres y luego descarté los puestos que más se ajustaban a mis aspiraciones profesionales. Porque si algo tenía de estimulante mi no año de universidad era precisamente la renuncia, el esfuerzo y el sacrificio de los cinco dólares la hora. Todo a cambio de una promesa.

Mike, por su parte, se deslomaba seis días a la semana como peón en una cuadrilla de una empresa de construcción de viviendas prefabricadas. Trabajaban a tal ritmo que podían levantar dos plantas con cuatro habitaciones en menos de tres días. Era un trabajo duro y mal pagado, me dijo Sara, pero lo hubiera hecho gratis si hubiera sido necesario. Quería aprender a construir su propia casa y llegó a diseñar varios bocetos, a cuál más original. Mike no había pisado un gimnasio en su vida, pero de pronto aumentó de volumen, como un muñeco al que le hubieran insuflado aire por la boquilla. Se le ensancharon las espaldas y los dedos de las manos adquirieron sorprendente grosor y dureza.

—No he visto a nadie esforzarse tanto como él en aquella época, pero cada vez que se me aparece su cara en esos días lo veo feliz y satisfecho —se ensoñó Sara mientras lo recordaba—. Mike solía bromear sobre las ventajas del trabajo físico frente al tipo de enseñanza teórica que se imparte en las universidades. No hay arquitectos sin peones, decía para hacerme rabiar.

Al oír esto se me escapó una carcajada espontánea que Sara interpretó desafiante, quizá incrédula.

—Tenías que haber oído hablar a Mike —me reprendió—. Podía parecer un paleto sin ambiciones, pero creía firmemente en ese tipo de chifladuras que hace que una chica pierda la cabeza. Una tarde, al volver del trabajo con la camiseta empapada de sudor, me pidió que me casara con él. Se le ocurrió sobre la marcha, mientras conducía a alguna parte. No fue una pedida romántica, pero le salió del alma, como una violenta erupción de sentimientos en el momento más inesperado. Contesté que sí y, pletórico, se puso a dar forma de anillo a un trozo de alambre que rescató de entre la porquería del compartimento de la puerta del coche. Según sus cálculos, en un año y medio habríamos ahorrado lo suficiente para la entrada de un crédito y podríamos mudarnos juntos a una zona de Leicester a la que ya le habíamos echado el ojo. Allí pondríamos la primera piedra de nuestra vida juntos.

Un sábado de principios de mayo, después del trabajo, quedaron para cenar en un bar de carretera.

—Era nuestro plan de paletos de fin de semana, y no había nada ni nadie que nos privara de nuestra ración semanal de grasa. Aquel día Mike se había molido los riñones cargando sacos y moviendo listones de madera de un lado a otro. Tenía una expresión de abatimiento grabada en el rostro que no le había visto nunca. Le pregunté varias veces si se encontraba bien y me contestó que no me preocupara, que a la mañana siguiente se levantaría como nuevo. Sin embargo, me pareció distinguir una sombra de preocupación en sus ojos mientras daba bocados a su hamburguesa. Yo iba a decir algo, pero entonces Mike se me adelantó alzando su vaso y proponiendo uno de nuestros ridículos brindis de pareja empalagosa.

Antes de que pudiera pronunciar la primera sílaba, la mano le temblaba de tal modo que salpicó toda la mesa de Coca-Cola.

28

El cuerpo de Mike se marchitó tan rápidamente que, cuando los médicos por fin se pusieron de acuerdo en el diagnóstico preciso de la alteración que afectaba a su sistema nervioso, ya apenas podía mover las extremidades. Al cumplirse el plazo en que Sara y él debían elegir un terreno en Leicester a duras penas lograba enunciar palabra. En cuanto se hicieron a la idea de que la enfermedad degenerativa de Mike no tenía solución, de que la única perspectiva de futuro era un lento deterioro físico y mental, fueron los padres del chico quienes trataron de salvar a Sara. Cada vez ponían más pegas y excusas cuando les ofrecía su ayuda, a menudo se mostraban reacios a que le leyera libros y llegaron a insinuar que sus visitas no le hacían ningún bien. De modo que, si Sara terminó eligiendo Santa Cruz como destino universitario, no fue por el programa en Historia del Arte sino por los más de cuatro mil doscientos kilómetros que la separaban de Pittsburgh.

Nadia habría podido intuir que la principal preocupación de Sara como alumna universitaria no fuera aprender sino hacer todo lo posible por olvidar. Las horas de estudio se convirtieron en una mera acumulación de datos, montañas de información que ingería con la esperanza de que el alud de páginas acabara desplazando el recuerdo de Mike. No tardó en sorprenderse a mí misma deseando que se muriera, que algún tipo de complicación en su defectuoso organismo le permitiera poner fin al luto. Quería que Mike se convirtiera en un dolor manejable, una fecha a la que poder llorar una vez al año, tal vez una lápida a la que llevar flores o, cuando menos, una legítima recriminación a su propia suerte. Sin embargo, cuanto más se empeñaba en desterrarlo de su memoria, más profundos y sólidos eran los cimientos de su recuerdo. Era como si, en vez de expulsarlo de su cabeza, lo hubiera encerrado allí dentro, y ya no pudiera salir.

En su primer año de vida en el campus, Sara solicitó hasta cuatro veces un cambio de habitación en la residencia. En cada ocasión aducía algún tipo de incompatibilidad con su compañera de cuarto: alergia a las esporas del gato, desajustes en los horarios lectivos e incluso discrepancias sobre el orden y la limpieza.

—Aquello no me hizo muy popular que digamos —se sinceró Sara—, pero al menos mitigaba provisionalmente el miedo.

—¿Miedo a qué?

—Al fantasma de Mike. Es algo que escapa a toda lógica, pero estaba convencida de que estaba conmigo. Notaba su presencia a mi lado como noto ahora la tuya. Me seguía a clase, se sentaba a mi lado en la biblioteca y casi podía percibir su respiración junto a la almohada. Dondequiera que mirase reconocía algún rasgo suyo. No era tanto Mike como el rastro indeleble de su recuerdo. Se había dejado la vida construyendo una casa y, por estúpido que te parezca, cada rincón que yo habitaba estaba invadido por él.

Aquella revelación se me agarró a la garganta.

—Por eso cada cambio de apartamento... —pude decir antes de que mi voz se quebrara en un sollozo.

Sara respondió con un ligero asentimiento, pero no detecté en ella muestra alguna de compasión hacia mí.

—Cuando empecé a trabajar en Nueva York pensé que había conseguido escapar, que se había cansado de seguirme. De alguna forma el ruido de la ciudad también ahuyenta a los fantasmas. Me convencí a mí misma de que ya no podría alcanzarme. Entonces apareciste tú. —Y al mencionarme miró al centro de mis ojos—. Cuando te conocí me dije que había llegado el momento de pasar página. Así quise creerlo, al menos. Luego, en el transcurso de unos meses, Mike volvió. Ya no estaba segura de si era él quien me perseguía o yo la que lo buscaba de manera inconsciente. Pero en cuanto detectaba algo raro en el ambiente, activaba rápidamente el plan de evacuación. Por mí, por ti, por nosotros.

Amordazado por un cúmulo de sensaciones, me distraje observando la expresión inofensiva y candorosa de nuestro acompañante. Mike permanecía con la cabeza orientada al cielo, escuchando impasiblemente la conversación, orgulloso de su triunfo. Resultaba asombroso que un tipo que apenas acertaba a mover un músculo de su cuerpo fuera capaz de recorrer distancias tan largas. Podía tardar meses en encontrar el camino que separaba el viejo piso de Sara en Queens de su nueva ubicación en Harlem, pero no desesperaba. Día a día, centímetro a centímetro, volvía a localizarla y a manifestarse en una corporeidad de sensaciones que únicamente ella percibía. No pude evitar pensar que, cuando Sara salía de casa y yo me quedaba trabajando, no estaba solo. Ahí, a mi lado, había permanecido Mike haciéndome compañía, vigilándome bajo su manto de invisibilidad mientras yo me entregaba a los quehaceres de la escritura. Me lo imaginé sentado en una de las sillas vacías del salón cuando cenábamos o en una esquina de la habitación mientras hacíamos el amor.

Sara hizo una pausa para tapar al chico con una manta y luego volvió a retomar la conversación.

—La tarde en que quedamos en la estación me asaltó la certeza de que lo que había vivido con Mike no estaba superado ni olvidado. Había invertido todo el sufrimiento acumulado en levantar un muro a mi alrededor que me protegiera de mí misma. Podría haber salido bien. Es posible que, de no haber estado en el lugar adecuado en el momento preciso, de no haberme tropezado con aquella madre y su hijo en silla de ruedas en la estación, no se hubiera desencadenado todo lo que vino después. Pero ocurrió. Fui en tren hasta Penn Station, donde me informaron de que no salían autobuses para Pittsburgh hasta el día siguiente. Así que cogí el metro hasta el aeropuerto de La Guardia y saqué un billete para el último vuelo, que salía en media hora. Quise llamarte desde la sala de embarque, pero temía que al hablar contigo me convencieras del error que estaba cometiendo. Todo parecía a favor de la decisión que había tomado, pues cuando telefoneé a los padres de Mike para avisarlos de que venía hacia aquí, se alegraron de oír mi voz y no pusieron ninguna objeción a mi precipitada visita. Fue una suerte que aún conservaran su antiguo número, pues habían cambiado de domicilio. El padre se ofreció a recogerme en el aeropuerto y cuando, al cabo de dos horas, pude ver la cara de Mike me dio la sensación de que llevaba un largo tiempo esperando a que algo así sucediera. Juré que nunca más volvería a abandonarlo. Su madre me sugirió que pasara la noche en el cuarto de invitados y me propuso hablar con más calma de todo al día siguiente. Solo entonces reparé en la hora que era. No me quedaba batería en el móvil y tampoco quería llamarte desde la casa, montar un número delante de todos. Así que les dije que necesitaba airearme un poco y dar un paseo bajo la lluvia.

Se me revolvió el estómago al recordar ese momento y hasta sentí ganas de vomitar. En un gesto ridículo me tapé la cara con las manos y empecé a llorar como un niño desconsolado. Fue un impulso incontrolable, una ridícula catarsis, mezcla de dolor acumulado y consuelo ante la resolución de un largo padecimiento. Sara se acercó a mí y empezó a acariciarme el cuello con delicadeza.

—Siento todo lo que te he hecho pasar —me consoló, ahora sí, con dulzura—. Cuando te llamé quería explicártelo todo, pedirte perdón, pero en el mismo instante en que oí tu voz comprendí que no sería lo suficientemente fuerte, que en el momento en que empezara a hablar entraría en razón, que yo misma me daría cuenta del sinsentido de mi razonamiento y volvería a Nueva York. Algo en mí me decía que eras el amor de mi vida, que a tu lado podría seguir huyendo del espectro de Mike, como lo habíamos hecho tantas otras veces. Pero aquella reveladora visión en Grand Central me hizo entender que no había ningún fantasma, que Mike existía de verdad. Solo tendría que apañármelas para amarle de una manera diferente, acaso inconcebible, posiblemente insensata, pero real. Como él se merecía, como yo se lo había prometido mucho tiempo atrás. No ha habido un día de los últimos meses en que no haya pensado en llamarte. Pero al final siempre se imponía la cautela, el temor, el deseo quizá de que me arrastraras contigo de vuelta a casa. Ahora sé que hice bien. Porque cuando te he visto en la puerta me he dado cuenta de que nada, ni siquiera el inmenso amor que sigo sintiendo por ti, me podrá separar de él.

Para recomponerme de la conmoción, cambié de tema y me interesé por los padres de Mike. Sara me informó de que llevaban dos semanas disfrutando de las playas de Hawái. Al parecer, mi visita había sido de lo más oportuna.

—¿Te puedes creer que no se tomaban unas vacaciones desde hace más de diez años? —se complació—. Dentro de un tiempo, yo también buscaré un empleo, algo que pueda hacer desde casa, pero de momento estoy aprendiendo a cuidar de Mike. En el fondo no es tan difícil. Es mucho más sensible de lo que te piensas. A veces, si le aprieto un dedo se sobrecoge de dolor. ¿Sabes? Con Mike he aprendido que a veces el dolor puede ser bueno.

De las tres horas y media de charla, apenas dedicamos unos minutos a asuntos más pedestres de nuestras vidas desde la ruptura. Sara me pidió que la mantuviera informada de cualquier novedad sobre mi libro y yo me comprometí a enviarle las cajas con sus pertenencias tan pronto regresara a Nueva York. Cuando me preguntó cómo había conseguido dar con su paradero, tiré de repertorio y me inventé sobre la marcha algo sobre una factura del banco a su nombre donde se notificaba el cambio de domicilio. Nos despedimos en el porche con un abrazo. Esta vez no hubo beso, ni siquiera en la mejilla.

Cuando salí a la calle, mis amigos seguían esperando en el coche, que se encontraba en el mismo sitio pero en posición inversa, por lo que deduje que habrían ido a tomar algo durante mi larga sesión con Sara. Emprendimos el trayecto de vuelta a Nueva York por otra ruta. Esta vez tomamos la Interestatal 76 que pasa por Harrisburg, muy cerca de Lancaster, donde se asienta la segunda congregación amish más grande de Estados Unidos. Nada más enfilar la autopista les conté lo que acababa de sucederme. Todos habían oído o leído ciertas historias de parejas que deciden casarse en situaciones similares, pero esos relatos compartían el mismo ingrediente religioso e idéntica fe ciega en la vida eterna. Sin embargo, Sara no creía en Dios ni pensaba que su acto de misericordia con Mike la fuera a salvar de nada. Cuando me confesó que estaban buscando una fecha para la boda y que había consultado a varios especialistas para inseminarse, una abrumadora emoción cobró forma dentro de mí. A su lado, cualquier tentativa mundana y corriente de felicidad se antojaba artificial y vacía.

—A ver si lo he entendido bien —dijo Betty mientras accionaba el intermitente en uno de sus temerarios cambios de carril—. La niña salía con Superman, pero a quien quería realmente era al original, a Christopher Reeve.

Era un comentario excesivamente mordaz, un acceso imperdonable de frivolidad, pero Betty se manejaba como nadie en ese registro y consiguió arrancarnos una liberadora carcajada.

—Sí que era bueno ese Reeve —rumió Paul mientras nos dejábamos cautivar por el paisaje congregado a ambos lados de la carretera—. De verdad que lo era.

29

Las semanas siguientes transcurrieron muy deprisa. Aún no tenía una historia sobre la que escribir, pero confiaba en alcanzar ese estado de claridad mental que precede al impulso creativo. Mi piso volvió a ser un lugar habitable y, aunque la secretaria de Vallvey consiguió hacerse con mi teléfono móvil para ponerme al corriente de la citación, estaba decidido a dar un nuevo rumbo a mi vida. Si ya no me preocupaban sus amenazas era simple y llanamente porque me había convencido a mí mismo de que pronto colmaría las expectativas literarias que mi furibundo editor había depositado en mí. Pasé la Navidad en Madrid con mi padre, Rebeca y Bernardo, cuyo matrimonio empezaba a tambalearse por algo que había sucedido en uno de sus viajes. De regreso en Nueva York, quedé a cenar con Nate y Paul. Tras varios meses de relación, Paul se había atrevido a confesarle a su madre quién era el verdadero inquilino (tales fueron sus palabras exactas) de su corazón. Habíamos quedado en el Lighthouse, nuestro restaurante favorito de Brooklyn, y Paul escenificó con todo lujo de detalles el momento en que Betty cayó desmayada sobre la alfombra tras recibir el impacto de la noticia. La buena de Betty merecía una nominación a los Óscar por aquella interpretación. Solo yo estaba al corriente de sus verdaderas intenciones, que pasaban por no privar a su hijo de la gloria de aquella conquista que tanto tiempo le había llevado pergeñar. Quería que su hijo echara por fin a volar, y para que tal cosa sucediera el polluelo debía abandonar el nido por iniciativa propia, traicionando en última instancia a su progenitora. Mientras Paul continuaba con su relato, una melodramática escena en el salón de la casa de su madre digna de la mismísima Scarlett O'Hara, detecté cierto amaneramiento en sus gestos. Sutiles quiebros de muñecas, exagerados arqueos de cejas, incluso podía percibir un timbre nuevo en su voz. Enseguida entendí que no se trataba de una impostura, sino de los movimientos naturales y espontáneos de quien lleva mucho tiempo escondiéndose del mundo. Debo reconocer que durante algún tiempo creí que Nate y Paul no durarían mucho juntos. Pero aquella noche me di cuenta de que hacían una pareja formidable.

A principios de julio asistí a la fiesta de inauguración del apartamento que los novios acababan de alquilar en Yorkville. Sabía a través de Nate que Paul había «cambiado de hábitos», lo que en el lenguaje de mi amigo significaba que se estaba desenganchando de las soledades de internet y había acatado una nueva dieta baja en hacktivismo. De la noche a la mañana, Paul había canjeado sus honorarios como informático por una jornada de ocho horas sobre el enmoquetado de la sección de ordenadores del Best Buy de la Quinta Avenida. Saltaba a la vista que trabajaba de pie, pues había perdido algunos kilos. En el transcurso del primer mes ya se había convertido en el vendedor de referencia para todos los empleados de la franquicia, a quienes arengaba para conseguir más clientes y ganarle margen a la «chusma esteta» de la Apple Store que había al final de la misma calle.

El nuevo piso que compartían era espacioso y había sido decorado con esmero de acuerdo a unos muy originales principios de simetría. Por alguna razón, las prioridades ornamentísticas de Paul y Nate combinaban sorprendentemente bien. Las películas de animación japonesas del primero resultaban más apetecibles intercaladas entre los clásicos del cine negro del segundo. Las figuritas de superhéroes de cómic ocupaban ahora una vitrina de cristal de un mueble exhibidor, donde había también una vieja máquina de escribir por la que Nate había regateado en un mercadillo de Hell's Kitchen. Me hizo gracia encontrar, junto a una lámina de un paisaje de Katz, un póster original del musical *Cats*.

Aquella noche invadimos el salón una treintena de personas, por lo que apenas tuve tiempo de hablar con la pareja de convocantes. Había acudido solo a la fiesta y me moví cual nómada social de grupo en grupo, interesándome por la vida de la gente con la que me iba cruzando. En algún momento caí en los brazos de Jinna. No sé si todo se reducía a la mera atracción física o si esta fue surgiendo del clima de intimidad en el que nos vimos envueltos mientras me hacía partícipe de sus fascinantes aventuras por el mundo como aprendiz de Willy Fog. En los primeros compases de la conversación, cuando le pregunté a qué se dedicaba, me explicó que había trabajado como corredora de bolsa, pero que su verdadera vocación había sido siempre la fotografía. Una buena mañana, me dijo, se levantó con el firme propósito de mandarlo todo a la mierda. Hasta ese día, Jinna vivía con su novio de los últimos ocho años en un carísimo apartamento, salía a cenar cinco veces por semana y ganaba suficiente dinero como para aplacar el más mínimo conato de tristeza otoñal con un par de Manolo Blahniks. Sin embargo, la repentina muerte de su padre la sumió en una profunda depresión. Se refugió en el trabajo, abusó de los ansiolíticos, probó suerte con el alcohol y, cuando quiso darse cuenta, se le caía el pelo a mechones. Fue así que decidió volver a tomar las riendas de su vida. No necesitó más de una semana para dejar el trabajo, abandonar a su novio y desalojar el piso que compartían. Después vendió el noventa por ciento de su armario por internet e invirtió todos sus ahorros en billetes de avión. Antes de marcharse, mandó imprimir una enorme fotografía en tamaño real de su padre, una figura de cartón troquelado que se plegaba en cuatro partes con la imagen alegre de míster Yang elegantemente vestido con la ropa con la que acudía a la iglesia cada domingo. Durante varias semanas Jinna se dedicó a visitar los grandes monumentos del mundo junto a su padre de cartón. Aquello le devolvió la sonrisa y las ganas de vivir. En las fotografías de su viaje que me mostró en su móvil, Jinna aparecía abrazada a la imagen de ciento setenta y cuatro centímetros de su progenitor frente a la Torre Eiffel de París, el Coliseo romano, el Muro de Berlín, la Alhambra de Granada... Según me contó, visiblemente emocionada, míster Yang había sido un padre entregado, un cristiano devoto y un trabajador tenaz, que en toda su vida no había experimentado más jet-lag que el de su primer viaje a Estados Unidos, con diecisiete años, desde su Daejeon natal, en Corea del Sur. Hasta la mañana en que los médicos localizaron el tumor que le oprimía el estómago, a míster Yang se le habían escapado los días en la trastienda de un negocio de limpieza en seco en Norfolk, Virginia. No conoció Europa ni África. Nunca estuvo en

California ni en Florida. Y murió a los cincuenta y tres años sin haber viajado.

A eso de las dos de la madrugada, el piso empezó a vaciarse de gente, y Jinna y yo decidimos tomar una última copa en algún otro sitio. Teniendo en cuenta que se trataba de un miércoles de principios de julio, aquello era una invitación velada aunque evidente a pasar la noche juntos. Todavía no nos habíamos besado cuando nos despedimos de los anfitriones, y justo antes de que se cerrara la puerta del ascensor apareció de la nada la mano de Nate sujetando una bolsa de Best Buy.

—Casi lo olvido —dijo con la cara comprimida en el hueco de la puerta—, el libro que me prestaste. Me ha encantado. Ya lo comentaremos cuando tengas un rato.

Y así, cuando menos me lo esperaba, la historia que tanto tiempo llevaba buscando llamó a mi puerta.

No recordaba haberle prestado a mi amigo ningún ejemplar, pero dado que en ese momento Jinna acaparaba toda mi atención no reparé en el contenido de la bolsa hasta la tarde del día siguiente. Solo entonces pude constatar que no se trataba de un libro, sino de una gruesa libreta de hojas en blanco en cuyo interior encontré el recorte plegado de un reportaje del *New Yorker* titulado «¿Por qué nadie se acuerda de Rafael Guastavino?». En él su autor se sorprendía de que el «célebre arquitecto valenciano que reinventó Nueva York» no hubiera despertado el más mínimo interés en su país de origen. Cuando traté de contactar con Nate para agradecerle su amable recomendación, un auténtico filón editorial con el que poder saldar mi deuda con Vallvey, rechazó mi llamada, pero me contestó al instante por mensaje. «Recuerda que la vida es lo que pasa mientras uno no está escribiendo. Y tú ya has tenido suficientes distracciones. No hables, no digas, no comentes ni preguntes nada. Simplemente: escribe.»

La vida de Rafael Guastavino parecería sacada de una película de Hollywood si no fuera por lo inverosímil de la trama. Descendiente de constructores (de pianos por una rama, de iglesias por la otra), en 1881 el maestro de obras español desembarcó en la isla de Ellis de Nueva York sin hablar inglés y con el dinero de una estafa de pagarés en el bolsillo. Lo acompañaba su cuarto hijo, fruto de su relación con Paulina Roig, que no tardaría en abandonarlo. Aquel hombre bajito y con tendencia a meterse en líos había urdido un plan infalible. Y, a diferencia de otras ocasiones en que se había creído más listo que nadie, esta vez no se equivocaba. Antes de huir de Barcelona, donde un juez había dictado una orden de busca y captura contra él, tuvo tiempo de leer en la prensa algunas crónicas sobre los devastadores incendios que habían reducido a cenizas barrios enteros de Chicago y Boston. Creía tener la solución: un sistema de arcos de baldosas, resistentes al fuego, inspirado en la bóveda tradicional mediterránea que ya había empleado para la bombonera del Teatro La Massa, su última construcción en España. Todo eran ventajas: materiales baratos (ninguno de madera), rapidez de ejecución y unos llamativos acabados en un estilo tan inconfundible como duradero.

Ya en la Gran Manzana, Rafael reunió a varios empresarios e ingenieros norteamericanos (a los que invitó a paella y vino) y reprodujo en uno de los descampados que aún quedaban en Manhattan una *cremà* fallera con los elementos estructurales de su invento. Las llamas se extinguieron antes de que la construcción empezara siquiera a resentirse. Al cabo de unos días, los periodistas que habían presenciado el espectáculo consiguieron que su nombre empezara a repetirse como un eco en el abovedado y selecto círculo de *starchitects* de la época. Debutó, sin contrato, en la Biblioteca Pública de Boston y no paró hasta tocar techo antes de volver a arruinarse. Inasequible al vértigo, Guastavino desafió las leyes de la gravedad con una novedosa técnica de tabicado, patentada en 1885, que lo convirtió en leyenda viva de la arquitectura. Pero ni su buen nombre ni el prestigio de su compañía (que participó en cerca de mil proyectos en Estados Unidos) aguantaron el peso del tiempo. El hombre al que se le atribuyen miles de vidas salvadas con sus revolucionarios techos ignífugos, y a quien el *New York Times* dedicó un obituario tras su muerte en 1908, fue devorado por las llamas del olvido. Y todo ello a pesar de que el *Guastavino system* dejó un legado imborrable en las más esplendorosas criaturas arquitectónicas de la ciudad, como el imponente Puente de Queensboro, el Carnegie Hall, la catedral de Saint John the Divine y la majestuosa estación Grand Central, cuya Galería de los Susurros cautiva a los turistas con su hechizo acústico.

Dediqué las semanas siguientes a componer el esqueleto de mi programa. Escribí correos a bibliotecas y archivos privados de ambos lados del Atlántico, traté de contactar con alguno de sus herederos en Valencia y hasta me gané la simpatía de un trabajador de la Hispanic Society, que muy amablemente se ofreció a compartir conmigo algunos documentos. Hacía mucho tiempo que no experimentaba ese ímpetu creativo que me permitía rellenar folios día y noche. La mayor parte del tiempo lo pasaba sentado en mi escritorio, pero también me arrellanaba en el sofá con el ordenador entre las piernas. Si salía a la calle para hacer algún recado tenía que pararme en algún sitio para rellenar a toda prisa las hojas de una libreta. Todos los rincones de mi apartamento estaban guarnecidos de tacos de notas adhesivas y un bolígrafo de emergencia que me permitían mantener el hilo de mis elucubraciones literarias. No tardé en descubrir que, sentado en el retrete o apoyado en la encimera de la cocina, mi escritura alcanzaba inesperadas cotas de calidad. Sin tener que forzarla o reclamarla, la inspiración se iba adaptando a las estrechas latitudes de mi piso dependiendo de la hora del día, de mi estado de ánimo o del curso de los acontecimientos que transcurrían en el papel.

A mediados de marzo de 2012, sonó el teléfono.

—¿Puedes hablar? —me saludó una voz en español que me resultó extrañamente familiar.

—¿Vallvey?

Era la última persona que me esperaba. Y, sin embargo, su llamada no podía ser más oportuna. Por primera vez en los casi diez años que habían transcurrido desde la publicación de *Ciudad Café* tenía un número que ofrecerle: ochenta y tres páginas a doble espacio. Aún quedaba mucha tela que cortar, pero con un poco de suerte en dos o tres meses podría mandarle el primer borrador.

—Todo el mundo habla de ello —disolvió mis fantasías.

—¿De Guastavino? —dije sin pensarlo dos veces.

—¿Guastavino? —objetó contrariado—. ¿Quién coño es Guastavino? ¿Es que no lees la prensa? Se ha estrellado una avioneta en un punto de la frontera de Colombia con Brasil. Una Piper Dakota amarilla, exactamente igual a la de *Ciudad Café*. En ella viajaba un único ocupante. No lo vas a creer, pero el tipo se llama, bueno, se llamaba, Lucho Ortega.

No sé por qué aquel nombre me produjo el impacto mental de un inesperado golpe en la mandíbula. De pronto, la cabeza me empezó a dar vueltas. Era como si me hablaran en otro idioma y algo dentro de mí se resistía a procesar la información que acababa de escuchar. Cuando mi mente volvió a aterrizar en la conversación, me pareció que Vallvey me llevaba varias frases de ventaja.

—La noticia se está propagando como la pólvora por las páginas de cultura de todos los periódicos —continuó eufórico—. Se habla del profético final de tu libro. Vuelves a los titulares, Marín, la suerte llama otra vez a tu puerta.

—Pero ¿cómo es posible...? —fue todo lo que alcancé a decir.

—Olvídate de la demanda y los abogados. Sé lo duras que resultan las segundas novelas, créeme que lo sé, pero ha llegado el momento de dar el paso. No puedes vivir eternamente de las rentas. Quiero que dejes ahora mismo lo que sea que tengas entre manos en Nueva York y te cojas el primer avión a Colombia, o a Brasil, donde prefieras. Yo corro con los gastos, por eso no te preocupes. Quiero que averigües quién era ese tal Ortega, si existía de verdad o se lo ha inventado alguien, y por qué pilotaba la avioneta de tu novela. Quiero que te enteres de todo eso y que te pongas a escribir de inmediato. Porque vas a escribir ese jodido libro, ¿me oyes?

El viejo Vallvey estaba de vuelta.

—Por mis cojones que lo harás.

30

Ernesto Vallvey descolgó algunos teléfonos para que a mi llegada a Bogotá me recibiera el mismo periodista local que se había ocupado de cubrir la noticia, por lo que desde el mismo instante en que acudió a mi encuentro en una de las salas del aeropuerto todas las preguntas que salieron de la boca de Gerardo Montes parecían encaminadas a escribir algún artículo sobre mi visita. Siguiendo las instrucciones de mi editor, al poco de que Montes me dejara en la puerta del Sheraton, apareció un artículo en un famoso portal de noticias. «Diego Marín busca a su personaje en la selva del Vaupés —rezaba el titular, y continuaba diciendo—: El escritor prepara su segunda novela tras la misteriosa muerte del hombre que pudo inspirar *Ciudad Café*.» El resto de la nota seguía la misma pauta sensacionalista y especulativa. Lo peor era el último párrafo, donde Montes daba rienda suelta a una batería de conjeturas sobre la relación de Lucho con mi libro, los paralelismos entre la muerte ficticia y la real en una zona boscosa cercana a la población de Santa Lucía, y sobre mí mismo. «¿Habrá en el accidente de Lucho Ortega una explicación a sus casi diez años de silencio literario?», cerraba el artículo. Poco más se podía esperar de un periodista al servicio de Vallvey, quien vería en aquellos ganchos periodísticos la publicidad anticipada y gratuita al libro que tanto ansiaba. Puede que los métodos de persuasión del presidente de Kratta Books no fueran dignos de admiración, pero allí estaba yo, en la habitación del hotel que él había reservado, lo que quería decir que aceptaba las condiciones de mi estancia en Colombia y que me avendría a cumplir con mi parte del trato. De otra manera no me habría llevado la grabadora ni mi vieja libreta roja de la suerte, la misma que había utilizado durante mi encuentro con el profesor Castro. Por mucho que en esa época del año los relojes de Nueva York y Bogotá solo difirieran en una hora, estaba claro que aquel viaje en contra de las manecillas apuntaba directamente al origen mismo de mi libro.

Por la noche releí varias veces el final de *Ciudad Café* mientras iba anotando reflexiones en los márgenes. En algún momento sonó el teléfono y volví a oír la voz madrugadora de Vallvey.

—Perdona las horas, pero es que con esto del cambio nunca sé cuándo llamarte —forzó la disculpa—. ¿Todo bien por allí?

—Cansado, pero recargando las pilas para mañana. Algo me dice que será un día intenso.

—¿Qué hora es allí?

—La una y media, pero no importa. Precisamente estaba organizando unos papeles y pasando algunas ideas a limpio antes de acostarme —exageré.

—No sabes cuánto me alegro de oírte decir eso. Sabía que había una historia en todo este asunto. Mi olfato me decía que, tarde o temprano, algo pasaría. Hay autores con estrella, y otros a los que se les estrellan los personajes. Tú tienes ambas cosas —cargó socarronamente la adulación.

Nos quedamos callados unos segundos sin saber qué más añadir. Al otro lado de la línea, la versión más madrugadora de Vallvey reptaba con sigilo por su despacho, como una serpiente que merodea a su víctima.

—No te preocupes por los hoteles ni los traslados. Ya te dije que todo corre de mi cuenta. ¿Sabes ya si podrás conocer a la viuda de Lucho?

—Todavía no. Dice Montes que se ha negado a hablar con la prensa, pero un contacto suyo me recoge mañana para llevarme al pueblo donde vivía con Lucho.

—Estupendo, estupendo. Ese Montes es un tipo excepcional.

Se produjo un nuevo silencio, pero esta vez Vallvey no pudo o no quiso contenerse:

—¿Tienes ya una idea de lo que vas a escribir? No es por meterte prisa ni nada, pero ayer venía en el coche escuchando la radio y casualmente comentaron lo último que ha publicado Montes. Con esto de internet las noticias vuelan, ya sabes. La gente no da crédito al suceso, se mueren por averiguar qué pasó. Quiero que estés prevenido, Marín, porque tu libro va a caer como un puñetero meteorito. Se me ha ocurrido un título sobre la marcha: *El último vuelo*. O, mejor, *El vuelo final*. Sí, *El vuelo final*, tiene fuerza, ya lo creo. Va a ser el *boom* literario de la *rentrée*.

—Un momento, ¿estamos hablando de este año? —dije—. Eso es dentro de seis meses.

—Marín, hazte un favor y ponte a trabajar cuanto antes. Todos sabemos que si no has escrito nada hasta ahora es porque *Ciudad Café* te exprimió la mollera. No eres el primero ni serás el último al que le ha pasado, ¿de acuerdo? Pero ahora hay una historia delante de tus narices que reclama ser escrita. No necesitas inventar ciudades ni sacarte personajes de la chistera. Limítate a asomarte a la vida y a escuchar lo que esta te cuenta. Se trata, Diego —era la primera vez que se dirigía a mí por mi nombre—, de describir lo que ves y de contar lo que sientes. Hazme caso, soy perro viejo. Vas a escribir esa novela en un mes, te doy dos como mucho. Y no se hable más.

A las nueve de la mañana del día siguiente, un Land Rover me esperaba en la puerta del hotel con un único ocupante en su interior. Fredi, mi nuevo conductor y guía, representaba la némesis de Montes. Con una rama en la boca, agarraba el volante con sus manos de piedra, inclinado hacia delante como si fuera a embestir el salpicadero. Apenas intercambiamos un par de vagas impresiones en las tres horas que duró la travesía hasta Villavicencio, un pequeño municipio a orillas del río Guatiquía.

—Me ha dicho Montes que es usted famoso —rumió mientras recorríamos a toda velocidad la Autopista al Llano—. Y que tiene una calle con su nombre.

—Eso llegué yo a pensar —sacié su curiosidad mientras me apretaba aún más el cinturón—. Pero hace mucho ya de esa historia.

Me había quedado medio dormido cuando, a eso de las doce, llegamos a una gran explanada de asfalto. Tardé unos segundos en darme cuenta de que se trataba de la pista de un aeródromo.

—Nadie me dijo que debía coger otro avión —protesté con voz somnolienta.

—Pensé que Montes le habría informado —se avino Fredi a modo de disculpa—. La otra manera de llegar a

Mitú es a través de los caminos fluviales que salen de San José del Guaviare, pero la travesía puede durar varios días. Y, créame, no es una ruta segura.

No tuve que pasar ningún control, ni fue necesario enseñar mi pasaporte. A unos doscientos metros del coche había un pequeño monomotor Cessna Skyhawk de cuatro plazas listo para el embarque. El uniformado piloto se presentó, con una sonrisa anchísima, como Mauricio Bautista y dio una orden a Fredi para que amarrara mi maleta en la parte trasera. Luego me invitó a sentarme junto a él a los mandos y me hizo un gesto para que me colocara los cascos del sistema de comunicación a bordo. Fredi tomó asiento detrás de nosotros. Solo cuando el piloto consiguió enderezar la punta de la aeronave y las ruedas se separaron del suelo reparé en que era la primera vez que viajaba en avioneta.

—Llevo más de dos mil horas de vuelo y sin una sola baja —oí la voz de Bautista a través de los auriculares mientras sobrevolábamos la vasta llanura del escudo guayanés—. Disfrute de las vistas y si en algún momento nota cierto olor a quemado simplemente tire de la manivela.

—¿Qué manivela? —me sobresalté, y deduje por la risotada que me acababa de tomar el pelo.

Una hora después ya habíamos aterrizado en el aeropuerto Fabio Alberto León Bentley de Mitú, que resultó ser una isla abierta en mitad de la Amazonía. Fredi gestionó un coche, que nos llevó directamente al hotel Caramayú. Una vez hubo repartido propinas anticipadas al servicio para que respondieran ante cualquier demanda que se me antojara, se despidió.

—No se preocupe por nada. Usted dedíquese a descansar. Entretanto, yo me encargaré de localizar a la viuda.

Casi había desaparecido de mi vista cuando retrocedió sobre sus pasos.

—Por poco lo olvido —dijo mientras sacaba algo del bolsillo trasero del pantalón—. No deje de untarse esto a todas horas. —Y me lanzó un bote con líquido antimosquitos—. La sangre gringa es un manjar en estas latitudes.

Mi habitación ocupaba el esquinazo de la parte superior de una construcción colonial de madera de dos plantas que me recordó a la casa de Hemingway que había visitado durante un viaje a Florida. En una mesa baja había un popurrí de productos locales repartidos en una fuente junto a una jarra rebosante de aguapanela. Llevaba todo el día sin llevarme nada a la boca, así que me abalancé sobre la bandeja como un animal hambriento. Luego bajé a darme un baño en la piscina y me tumbé en la hamaca del porche de mi habitación, no sin antes embadurnarme el cuerpo con el producto que me había proporcionado el guía. En uno de los folletos del hotel aparecía sintetizada la historia de Mitú. Según la mitología indígena, los primeros habitantes que llegaron a esta tierra remota lo hicieron a lomos de una gigantesca anaconda emplumada, cuya forma y dimensiones coincidían con los meandros del río Vaupés. No sé en qué momento me rendí al cansancio acumulado, pero sí recuerdo que cuando volví a despertar ya se había ocultado el sol. Al abrir los ojos me dio la sensación de que Fredi llevaba un rato hablando.

—... así que no hay tiempo que perder —fue lo primero que le escuché decir.

—¿Qué ha pasado? —me sobresalté.

—He localizado a la viuda.

—¿Tan rápido?

Me incorporé con lentitud y pesadez, haciendo un esfuerzo por reubicarme. Fredi continuó solícito mientras cebaba mate amargo en un recipiente.

—No ha sido nada fácil convencerla, pero al final ha accedido a verlo.

Luego me tendió un trozo de papel arrugado con lo que parecía un número de teléfono escrito a lápiz.

—No tengo palabras... —lo felicité y cogí el papel para inspeccionar su contenido—. Por cierto, ¿cuál es su nombre?

—Se llama Cati, pero eso de ahí es mi teléfono, por si necesita algo. Ella lo espera abajo.

—Quiere decir... ¿ahora mismo?

—Sí. Al principio fue muy terca, pero le dije que usted no pasaría más que una noche en Mitú y que le urgía hablar con ella. Solo así conseguí que dejara a su hija con una vecina y accediera a venir conmigo en coche.

—Buen trabajo, Fredi. Vallvey sabrá agradecer su eficacia. —Y me levanté de mi hamaca—. Voy a cambiarme la camisa y bajo enseguida.

—Yo, Marín, ya me marcho. Dice Montes que aquí podrá escribir tranquilo todo el tiempo que necesite. Cuando quiera que lo lleve de vuelta, ya me llama usted, no vivo muy lejos de aquí. —Y me dio una palmada en el hombro en señal de despedida—. Un placer conocerlo, y suerte con el libro.

Entonces ignoraba hasta qué punto la iba a necesitar.

31

Después de enjuagarme la cara con agua fría y cambiarme de ropa, bajé a la terraza que había junto a la piscina. No tuve problemas en reconocer a la viuda de Lucho, pues a esas horas solo quedaba una persona en las mesas más alejadas. Cati me esperaba fumando de espaldas a la puerta que conectaba el jardín con uno de los salones interiores del hotel. Aunque enseguida la vi de frente, no fue hasta más tarde que pude apreciar el exquisito magnetismo de sus rasgos y el vidrioso fulgor de unos ojos cubiertos por un velo impenetrable. A menudo las primeras impresiones resultan engañosas, pero en el caso de Cati esa aura de misterio ha permanecido invariable a lo largo del tiempo.

—Soy Cati, usted debe de ser el famoso escritor —se presentó sin levantarse, y cambió el cigarro de mano para extender el brazo.

Me pareció un exceso de cortesía poco habitual en esta zona del mundo, pero me atuve a sus indicaciones y le estreché la mano. Nada más sentarme a su lado, le expresé mis condolencias por la muerte de su marido. No solo no me lo agradeció, sino que arqueó las cejas en señal de incredulidad, lo que disipó mis dudas iniciales sobre el posible carácter hostil de sus primeras palabras al saludarme, supuse que a causa de la conmoción. Nadie nos prepara para las tragedias con que a veces se ensaña la vida, le hice saber con total delicadeza, pero ella se limitó a descruzar las piernas y acercarse a la mesa para sacudir la ceniza del cigarro. La impericia de la operación delataba una falta de hábito. De todas las veces que llegaría a hablar con Cati, esta fue la única en la que fumó.

Creo que de haber calibrado adecuadamente las motivaciones de su animosidad hacia mí, habría salido corriendo de allí. Pero no lo hice. En vez de eso, pasé a exponer las razones del viaje que me habían traído desde Nueva York hasta aquella lejana localidad perdida en la Amazonía. Me había olvidado la libreta en la habitación, pero pensé que sería mejor así. No quería que una actitud más entrometida de lo conveniente la soliviantara. Al fin y al cabo, Fredi había tenido que convencerla para que accediera a verme, así que supuse que tampoco me dedicaría demasiado tiempo y que todo lo que tuviera que contarme podría transcribirlo más tarde en mi habitación, después de otro reparador chapuzón en la piscina.

No podía estar más equivocado.

Cati encendió otro cigarrillo y yo seguí divagando, con todas las cautelas que el asunto requería, sobre la asombrosa coincidencia que había hecho posible que su difunto marido, cuyo nombre coincidía con el protagonista de mi novela, hubiera muerto en circunstancias muy parecidas a las del personaje del libro. Un empleado del hotel apareció de la nada y nos ofreció algo de beber. Ella aprovechó la interrupción para guardar el tabaco en el bolso y levantarse.

—No se preocupe, yo ya me iba...

Sus palabras sonaron tan bruscas que el empleado retrocedió por donde había venido.

—¿Cómo que se va? —manifesté contrariado.

—Ya he escuchado demasiadas tonterías por hoy...

En un imprudente arranque de confianza, me puse en pie y la agarré del brazo antes de que enfilara hacia la puerta. Al notar el contacto, Cati giró el cuello y me dedicó una mirada inflamada. Más que ira, identifiqué en ella el rastro inequívoco de la conmiseración. Por alguna razón, Cati sentía pena por mí.

—¿Es que no le da vergüenza? —se desahogó en un susurro contenido mientras inclinaba la cabeza para no montar una escena.

Por primera vez detecté un deje extraño en su acento, una rara sutileza en la pronunciación, fruto quizá de la ansiedad o del trauma por la pérdida, que no pude determinar en aquel momento.

—No sé a qué se refiere... —alcancé a decir en actitud conciliadora.

Pude ver al camarero observándonos a lo lejos, en la discreta prevención de quien acostumbra a resolver incidentes antes de que lleguen a mayores. Le rogué a Cati que se volviera a sentar y que me explicara qué estaba ocurriendo. Ella aceptó no sin proferir un suspiro envilecido, visiblemente exasperada por el cinismo que parecía detectar en mí. Mientras consideraba el modo de empezar hablar, trató de encender otro cigarro, pero le temblaban tanto las manos que claudicó y lanzó con rabia el mechero a la oscuridad del jardín. Luego miró a ambos lados, resuelta a no llamar más la atención, y volvió al ataque con un murmullo colérico:

—¿Cómo se atreve a citarse conmigo después de lo que hizo?

Una vez más, no supe cómo enfrentar la situación.

—Siento mucho lo que le ocurrió a su marido —traté de apaciguarla con forzada condescendencia—. Ni siquiera fue idea mía venir hasta aquí para escribir sobre...

—Deje de hacerse el estúpido —trabó mis excusas—. Su farsa no funcionará conmigo. ¡Yo lo sé todo! —dijo completamente fuera de sí—. Señor Marín, yo-lo-sé-todo. —Y paladeó cada sílaba con untuoso desprecio—. ¿Comprende lo que le digo?

Algo en la expresión de mi cara debió de convencerla de que realmente no entendía de lo que me estaba hablando.

—No sé de qué va todo este *show* que se ha montado, pero está claro que se ha preparado el papel de maravilla. La editorial debe de estar encantada con usted. Dos libros por el precio de uno. ¿Cuánto le pagarán esta vez?

—Si es por dinero, estoy seguro de que podemos llegar a un acuerdo... —improvisé, y noté cómo una sensación hueca se esparcía por mi estómago.

Cati rio soez, despectivamente. Su boca sulfuraba rencor.

—Le ofrezco otro acuerdo —reconvino y forzó una pausa mientras tamborileaba nerviosamente la mesa con los dedos de una mano—. Usted se larga de aquí mañana a primera hora y yo no le hablo a nadie de nuestro secretito. ¿Qué le parece?

Ahora sí, algo dentro de mí empezó a removerse, y hasta reconocí en la garganta la acidez del vómito, como si hubiera ingerido algún veneno que empezara a surtir sus primeros efectos. De pronto, tuve la sensación de haber visto el rostro de Cati antes.

Satisfecha al fin por el impacto que me habían causado sus últimas palabras, la viuda abundó en su ultimátum:

—Va a hacer las maletas ahora mismo y le va a decir a su jefe que no hay nada que contar —se complació en su amenaza—. A cambio, yo me comprometo a no hacer público lo que usted y yo sabemos. Que no escribió ningún libro. Que todo ese dinero que ha ganado no le pertenece. Que el verdadero autor de *Ciudad Café* fue Lucho Ortega.

Un silencio asfixiante se apoderó de la noche, como una niebla espesa cargada de todas las cosas que habría querido decir pero me sentía incapaz de expresar. Sin esperar más reacción por mi parte, ni tan siquiera despedirse, Cati se levantó y se marchó mientras mascullaba un gemido casi imperceptible:

—Mi pobre Lucho...

Me habría gustado salir detrás de ella para ofrecerle alguna aclaración o, por lo menos, compartir con ella mi versión de lo ocurrido. Pero lo cierto era que no podía mover un solo músculo de mi cuerpo. Estaba completamente paralizado.

32

Podría explicar con palabras lo que sucedió a continuación, pero me vería obligado a escribir cada frase encima de la anterior, a rellenar páginas y más páginas con indescifrables divagaciones y a manchar de negro hasta el último resquicio blanco de papel. No se me ocurre otra forma de evocar la oscuridad de mis primeros días en Mitú. Mi encuentro con Cati supuso el fundido a negro de la mentira en la que había vivido durante los últimos años, el final de la farsa. Del fondo de ese pozo ciego empezó a brotar el lejano eco del remordimiento. Reconocía el delito, sí, pero no era capaz de distinguir la causa del efecto, el origen de las consecuencias. El qué anulaba el cómo, el cuándo abolía el porqué. El resultado final era siempre el mismo, pero no había manera de comprobar las operaciones que conducían al desenlace, lo que reducía mi vida a dos principios básicos: un antes y un después. El antes equivalía al miserable embuste que había destapado Cati, pero el después no se había revelado aún. Lo que fuera que me deparara aquella súbita revelación habría de producirse en la habitación del hotel donde me recluí después de mi primer encuentro con Cati. Quien fuera que saliera de allí al cabo de los días no tendría nada que ver con la persona que entró. Tal y como comprobaría más adelante, en el cuaderno de registros del hotel quedaría constancia de mi nombre, pero la habitación habría sido ocupada por dos personas diferentes.

Después de mi conversación con Cati permanecí varios días sin hacer nada. No me moví de la cama salvo para ir al servicio y beber agua directamente del lavabo. Me convertí en un animal en cautividad, un acusado que espera en el calabozo el veredicto de su condena. Durante varios días no ingerí un solo gramo de comida, no hablé con nadie y de mi boca solo salieron gruñidos para espantar a los empleados del hotel que llamaban a la puerta para hacer la habitación. Una vez perdida la noción del tiempo, mis días y mis noches se disolvieron en una neblina de sudor y pesadillas que me impedían distinguir la vigilia del puro delirio.

En algún momento recibí una llamada. Fue extraño porque el teléfono replicó el sonido de sirena de una ambulancia de la calle. Alargué el brazo y descolgué el aparato, pero cuando me lo acerqué a la oreja oí el tono de la llamada saliendo de entre las sábanas, como si el pitido procediera del interior de la cama. Qué raro, pensé, e hice el amago de colgar el auricular, pero entonces la base del teléfono ya no estaba allí. Había un objeto en la mesilla que no sabría definir. Tenía la forma de un teléfono, pero parecía como si los elementos que lo componían se hubieran desparramado por la habitación. Entonces me di cuenta de que el cable en espiral pertenecía, en realidad, a la lámpara del techo. Me resulta imposible explicar esta relación, pero era tan potente que destruía su vínculo con el objeto original. ¿Cabía esperar que el ayuno produjera este tipo de alucinaciones? No podía precisar cuántas horas llevaba sin comer. Enseguida comprobé otras disociaciones de objetos a mi alrededor. Saltaba a la vista, por ejemplo, que la barra de la cortina ejercía algún tipo de poder de atracción sobre el respaldo de la silla. Estaba convencido de que si los acercaba se fundirían entre sí o desaparecerían uno dentro del otro. Del mismo modo, el cenicero de la mesa estaba conectado con el sumidero del lavabo. Lo sé porque cuando miré a través de él pude distinguir algunas de las baldosas del baño.

En algún momento pude distinguir el ruido de la lluvia golpeando el tejado. Debía de tratarse de un auténtico aguacero, pues en el centro del techo se fue abriendo paso una enorme gotera, cuyos contornos, difuminados en círculos concéntricos, empezaron a adquirir detalles faciales. Un ojo aquí, una nariz allá y una boca abierta que de pronto se convirtió en una inmensa y aterradora «O». También vi una «G» y una «E» y una «T», y al final lo vi todo: GOTERA. La gotera tenía su propio rostro, un rostro hecho de letras que iba mutando al ritmo de las sucesivas combinaciones. Resultaba más sencillo ponerle cara a un ATEO con TOGA que al ARTE del ARGOT, pero si añadía un verbo al sintagma se generaba una acción, un significado dinámico que me permitía, por ejemplo, «otear otra gota» deslizándose por el techo. En un momento grité EGO, que equivalía a decir mi propio nombre, y comprobé que aquella familiar eufonía me reconfortaba con su liviana sencillez. Entonces me acordé del famoso aforismo de Walter Scott: «Una hora completa de gloriosa vida vale más que una vida sin nombre». Ahora comprendía lo que quería decir, pero solo me detuve un momento en esta reflexión, pues mi cabeza seguía barajando letras en un tablero imaginario de

Scrabble: TRAGO, AGOTE, GRATO, GATEO, RETO y, finalmente, ORTEGA. Lejos de asustarme, este hallazgo me reconfortó. De repente tuve la absoluta certeza de que esa habitación había sido habitada por otra persona. Y esa persona no era otra que Lucho Ortega.

Tan pronto llegué a esta conclusión, los objetos a mi alrededor recuperaron su forma y función originales mientras una fuerza misteriosa a la que no podía sustraerme me arrastró hasta el baño, donde me duché y me afeité como un autómata. Una vez vestido, descolgué el teléfono y marqué el número que recuperé del bolsillo de mi pantalón. Fredi no hizo preguntas y se limitó a atender mi requerimiento con su habitual presteza. Ya en el vestíbulo del hotel pedí un taxi al recepcionista mientras revisaba el cuaderno de registros en busca de un certificado de existencia.

—No es usted el primero —oí que me decía el uniformado empleado.

—¿El primero de qué? —contesté sin dejar de pasar las páginas hasta dar con una fecha concreta de la lista.

—La lluvia tibia de Mitú se cuela por los poros y altera nuestro reloj biológico. Creemos haber pasado aquí un día cuando en realidad ha transcurrido una semana.

Mientras yo seguía inspeccionando el libro de huéspedes, el empleado me deleitó con el relato de un hombre que permaneció un año entero en el hotel creyendo haber gastado su mes de vacaciones.

—Así que la lluvia caliente —dije con el índice sobre uno de los nombres del diario de visitas—. Eso lo explica todo.

A la salida del hotel me esperaba el taxi. Enseguida el conductor puso rumbo a la casa de Cati según las indicaciones que me había proporcionado Fredi. El trayecto duró apenas unos minutos, pero el aire fresco que se colaba por la ventanilla fue una auténtica bocanada de vida.

Entonces no lo sabía, pero de haber llegado una hora más tarde no la habría vuelto a ver. Con toda seguridad, le habría perdido la pista para siempre. Cuando llegué, la viuda de Lucho estaba cargando maletas en un coche. A su lado había una niña pequeña. Por la forma de andar, deduje que no tendría más de dos o tres años. Al verme, Cati le ordenó por su nombre a Valentina que volviera dentro de la casa. Luego avanzó hacia mí para bloquearme el paso.

—Creía que habíamos llegado a un acuerdo... —dijo irritada por mi descaro—. Según mis cálculos, ya deberías estar de vuelta en Nueva York.

Era la primera vez que nos tuteábamos. Y ya nunca dejaríamos de recurrir a esa fórmula.

—Lo que hice fue horrible, algo imperdonable —traté de apaciguarla—. Pero tienes que oír una cosa. Solo te pido que me escuches un momento.

Cati se quedó quieta y cruzó los brazos con la pétrea determinación de las cariátides que custodian la entrada a los templos, pero estaba dispuesta a escuchar mi último lamento.

—Llevo días esforzándome por entender qué es lo que me llevó a hacer lo que hice, intentando dar con la clave de este asunto.

—No hay nada que entender. Robaste el libro que Lucho escribió y ahora él está muerto. ¿Qué mayor delito puede cometer un escritor? Ahora márchate y déjanos en paz.

—Todo eso es cierto. Pero esta mañana he descubierto algo que de alguna forma ya sabía...

Decepcionada por los pueriles derroteros de mi argumento, se dio la vuelta y empezó a caminar en dirección a la casa. Tuve que elevar la voz para que me escuchara desde la distancia:

—¿Sabías que Lucho se alojó en mi habitación del hotel Caramayú el día antes de sufrir su accidente?

No le pude ver el rostro, pero su reacción fue lo suficientemente elocuente. Se paró en seco y agachó la cabeza. No supe que estaba llorando hasta que volvió sobre sus pasos para encararme. Quiso decir algo, pero de su boca no salieron palabras y se limitó a apuntarme con un dedo admonitorio mientras las lágrimas temblaban sobre sus mejillas. Entonces Valentina apareció de la nada y se aferró a la pierna de su madre. A Cati se le suavizó inmediatamente el gesto bajo el destello de un instinto protector que disipó la tensión que mi pregunta había provocado. Luego se secó la cara, acarició el pelo de la pequeña con dulzura y, mientras la tomaba en sus brazos, comentó con la voz espantada por un mal presentimiento:

—Lucho me dijo que estaba fuera... —dijo con Valentina apretada contra su regazo—. Tenía que entregar una mercancía importante al otro lado del cinturón de Vaupés.

—Puede que no te mintiera —contesté y me acerqué para posar mi mano sobre la espalda de la pequeña—. Pero lo único cierto es que pasó su última noche en la misma cama donde yo he estado encerrado estos días. Es posible que las cosas no sucedieran como piensas. No puede ser una casualidad. Tiene que significar algo.

—¿Qué insinúas?

—Creo que Lucho no sufrió ningún accidente, sino que cometió un acto simbólico, el más caro sacrificio del que alguien puede ser capaz. Quizá pensara que al poner fin a sus días siguiendo las pautas del libro estaba cerrando un círculo. A lo mejor quería recuperar la autoría de *Ciudad Café*, que el mundo supiera de su existencia...

—Lucho no era así... El mundo le importaba una mierda.

—A lo mejor no era el mundo, sino yo. —Y en ese momento la niña se dejó caer hacia mí para que la cogiera, a lo que la madre no puso reparos—. Quizá acometiera un último y desesperado intento por delatarme, por recuperar su prestigio como escritor.

—Él renunció a su libro por mí, por Valentina. Fue un acto de amor.

—¿Y si algo le hubiera hecho cambiar de parecer? —continué mientras posaba a Valentina en el suelo—. Lo único que sé es que ahora yo estoy aquí, delante de ti, pidiéndote que me dejes escribir sobre Lucho.

Las lágrimas corrían ya incontenibles por las mejillas de Cati. Quiso decir algo, pero no pudo.

—He decidido contar toda la verdad sobre cómo llegó *Ciudad Café* a mis manos —cerré mi argumentación—. Y no puedo hacerlo sin ti. Necesito que me ayudes a escribir esta historia.

—Pero eso no es lo que... —Cati se giró para localizar a Valentina, que esperaba de pie en la puerta de la casa.

La pequeña permanecía callada, pero con su actitud parecía invitarnos a que continuáramos la conversación dentro.

33

Valentina no era solo una niña encantadora y risueña, sino que terminó desempeñando un papel crucial para el desenlace de los acontecimientos. Nada más entrar en la casa, la pequeña me cogió de la mano para conducirme a su habitación, que había sido desalojada de objetos, ropa y muñecos. Quedaban el armario vacío, la cama con el colchón visto y una mesita con dos sillas diminutas. Valentina ocupó una de ellas y, con un gesto que creí interpretar correctamente, me invitó a que tomara asiento en la otra. No decía nada inteligible, pero me dio la sensación de que me estaba entrevistando, como si para ganarme su confianza fuera necesario ese primer careo, que ella llevó a cabo con una mezcla de gestos cómicos y lenguaje indescifrable mientras su madre nos observaba en la distancia, apoyada en el quicio de la puerta. La actitud de la niña hizo que Cati se mostrara más amable conmigo e incluso que, esa misma noche, mientras continuamos conversando en el pequeño jardín cubierto de yedra, me concediera algún que otro mérito.

Según me contó, si Lucho no denunció lo ocurrido

fue porque el libro, su historia publicada con mi nombre, funcionó para ordenar el caos.

—Hay cosas que suceden porque sí y otras que parecen imponerse más allá de toda lógica. Sé que esto te sonará muy raro, pero lo que hiciste me salvó la vida y me permitió conocer a Lucho.

Cati no quiso contarme entonces a qué se refería exactamente ni me dio detalles sobre su primer contacto con Lucho. Se limitó a constatar un hecho: Lucho se sentía en deuda conmigo. En algún momento, el destino había intervenido para que cayera en sus manos un ejemplar de la novela en las primeras semanas de su publicación. Cati nunca supo dónde se había producido el hallazgo. Puede que lo viera anunciado en un periódico o expuesto en la mesa de novedades de alguna librería.

—Jamás dudó de la confianza del profesor Castro, pues él nunca lo habría traicionado —aseveró Cati—. Estaba seguro de que, tras su muerte, alguien debía de haber robado los papeles de su escritorio. Así que, en plena violenta erupción de odio y rabia, se puso a los mandos de su Piper Dakota. Necesitaba desahogarse, ordenar sus pensamientos, y lo único que le calmaba era el ruido de las hélices rasgando el viento.

En ese estado, solo el abrazo de las nubes y la perspectiva aérea del mundo podían reconfortarlo. Desde allí arriba todo se veía pequeño, y la mayor de las tribulaciones terrenales se antojaba insignificante. No hizo falta contrastar esta información con Cati por la sencilla razón de que Lucho Ortega, el verdadero autor de *Ciudad Café*, había de parecerse necesariamente al protagonista de la novela.

—Allí arriba, entre las nubes, te maldijo una y mil veces. Quería matarte y juró que no descansaría hasta haber satisfecho su venganza —dijo e hizo una pausa—. Lo que Lucho ignoraba es que en ese mismo instante en que gritaba tu nombre se estaba impartiendo justicia en el cielo.

Me costaba encontrar un sentido a lo que escuchaba, pero no hice preguntas. Dejé que Cati siguiera dando forma a sus recuerdos, o a lo que en algún momento Lucho le había contado.

—A veces ocurre que algo que no esperamos cambia radicalmente nuestras vidas —prosiguió Cati—. En este caso fue la ira que tú despertaste la que marcó el rumbo de su avioneta. Nada volvió a ser igual para él, pues aquel viaje no planificado lo llevó al preciso lugar que había descrito en su novela. Nada más poner un pie en él, Lucho se dio cuenta de que el libro había seguido escribiéndose en su ausencia, que más allá del final había también una *finalidad*. Lo sé porque yo estaba allí, esperando, sin saberlo, a que llegara.

Tal y como averiguaría más adelante, Cati representaba todas las razones que lo habían llevado a escribir, pero también el único motivo por el que no debía volver a hacerlo nunca. Lo supo en cuanto la vio. Y no necesitó nada más.

—*Quid pro quo* —me atreví a intervenir.

—Entendió que empezaba una nueva vida y no dudó en renunciar a su libro a cambio de permanecer a mi lado. Aquel sacrificio le permitió compartir conmigo los años más felices de su vida en el paraíso que tan bien había descrito en su novela.

Salvo una leve alusión a los frondosos bosques del Eje Cafetero colombiano, las coordenadas exactas de aquella *terra incognita* donde Lucho y Cati se conocieron jamás me serían reveladas. El mundo a su alrededor se contrajo como el mapa plegado de un territorio nunca antes explorado. Lucho tomó prestado el título de su libro para fundar y habitar con Cati su particular ciudad de papel. La ubicación de Ciudad Café era por supuesto ficticia, pero albergaba dentro de sí la prueba definitiva, si acaso efímera, de que todo aquello le pertenecía.

—Lucho se orientaba en cualquier parte, pero para serte sincera yo nunca supe muy bien dónde nos encontrábamos —alegó Cati aquella tarde—. De haberlo sabido, creo que tampoco querría recordarlo.

En ese momento, Valentina hizo nuevo acto de presencia con expresión somnolienta y andares torpes. Llevaba consigo un peluche azul en forma de media luna con ojos enormes. Cati se agachó para aupar a la niña, que se frotaba los ojos de sueño.

—Se ha hecho tarde y tengo que darle de cenar. Mañana seguiremos donde lo hemos dejado.

Antes de marcharme, mientras Cati preparaba algo en la cocina, le pregunté a Valentina por el nombre de su inerte compañero. Con afable complicidad me presentó a Tibú, cuyo nombre, deduje, obedecía a un divertido gentilicio en la forma aliterada de Mitú. Luego, en un simpático alarde de generosidad, me ofreció el peluche para que lo inspeccionara. Al tocarlo con mis propias manos descubrí en el terciopelo mullido una diminuta aleta dorsal. No se trataba de una luna, sino de un tiburón. Le dije, para contentarla, que en cierta ocasión había podido sumergirme en aguas del Caribe y nadar bajo un banco de escualos cien veces más grandes que ese. La niña hizo un gesto interrogativo y yo miré a Cati en busca de aprobación. No quería desvelar a la pequeña. Pero, lejos de incomodarle, mostró la misma curiosidad.

—Desde abajo, los tiburones son muy parecidos a los aviones, aviones suspendidos en el agua.

Al oír esto, Valentina elevó a Tibú por encima su cabeza y declaró risueña:

—Mi papá *tamén* vuela.

Aquella conjugación, tiernamente infantil, del verbo en presente me provocó un aguijonazo en el pecho. No había sido mi intención revolver en los sentimientos de Valentina, pero ni ella ni su madre parecían afligidas por el comentario.

—¿Te acuerdas de que fue papá quien te regaló el peluche en tu último cumpleaños? —dijo Cati.

Valentina respondió a la pregunta de su madre con los tres dedos de una mano torpemente extendidos.

—*Tes* —nos informó muy circunspecta—, tengo *tes.*

Aquella noche, de vuelta en el hotel, trasladé al papel algunas impresiones. Al enterarse de la publicación de *Ciudad Café*, anoté, Lucho se dejó llevar por la desolación al tiempo que una ráfaga de imágenes invadiría sus pensamientos. Como la fugaz proyección de una vida en la retina de quien se dispone a morir, se vería a sí mismo enfrentándose a cada uno de los obstáculos de lo que comenzó siendo una tentativa, acaso incauta, de traducir en palabras sus más derrochadoras fantasías. Le bastaría una fracción de segundo para recordar cada etapa del proceso de creación de su libro.

Podía imaginar a Lucho escribiendo en su libreta y elaborando pequeñas fichas biográficas con los detalles más importantes de cada uno de los personajes. Apuesto a que hasta se tomó la molestia de dibujar un mapa de la ciudad inventada que gobernaría alguna de las paredes de su lugar de trabajo, al lado quizá de un pequeño árbol genealógico con las diferentes familias que poblaron Ciudad Café en sus doscientos años de historia hasta la aparición de su protagonista para conectar todos esos eslabones y ensamblarlos a una nueva realidad. Prepararía todo esto antes de atreverse a pasar el primer texto a limpio y de sentir la confusa excitación que producen las primeras páginas mecanografiadas. Al cabo de unas semanas, el acto extraordinario de crear mundos que no existen terminaría por convertirse en una rutina. Una rutina excepcional en sus aspiraciones, pero no muy diferente en su materialización a la del empleado que acude puntual a la oficina o a la del panadero que cada mañana aplica su rodillo sobre una masa informe de harina húmeda. Con el paso de los meses, Lucho llegaría incluso a reconocer su estilo literario en el entramado metálico de una vieja máquina de escribir. Tactac tactactac tac tactac. Tactac tactactac tac tactac. Eso fue, al menos, lo que yo experimenté en Valparaíso mientras creía escribir *Ciudad Café*.

Nunca supe adónde se dirigía Cati cuando la encontré en la puerta de su casa cargando maletas en el coche, pero sí que en el transcurso de los días el contenido de las cajas y las bolsas volvieron a su sitio. Yo seguí instalado un tiempo en mi habitación de hotel, la que había compartido con un extraño por alguna razón que aún desconocía. Cada mañana me presentaba en la puerta de la casa de Cati con un cuaderno donde iba tomando nota de lo que me iba contando. La presencia de Valentina, lejos de resultar molesta, ayudaba a que su madre no perdiera el hilo de la conversación. Era a ella, al fin y al cabo, a quien le estaba contando la historia de su padre. Yo solo era el mecanógrafo de una larga y dolorosa confesión. Después de volcar el monólogo en mi portátil, mandaba imprimir el borrador en la oficina del hotel y se lo entregaba a Cati para que lo sometiera a correcciones. Aunque nunca puso objeción a nada de lo que escribí, ni llegó a proponer ninguna modificación, yo no dejé de entregarle las últimas versiones. Ella me las devolvía intactas y a mí me bastaba con creer que las había leído.

34

Lucho Ortega trabajó para una compañía de transporte aéreo de mercancías en la ruta patagónica de los Andes y, con el tiempo, consiguió ahorrar lo suficiente para comprarse una avioneta de segunda mano, una Piper Dakota modelo PA 28-236. Como pude averiguar más adelante, no escribió *Ciudad Café* en Valparaíso, pero fue allí donde dejó reposar el manuscrito original de trescientas páginas, en la casa de Néstor Castro, antiguo profesor o simplemente amigo, que se habría comprometido a leerla y a corregirla en su ausencia, a darle opinión experta y sincero crédito. Allí la había encontrado yo, creyendo haber robado los capítulos inéditos de la segunda parte de su ensayo, la continuación de *El vuelo del hombre*. Fui un ingenuo al pensar que la resma mecanografiada de páginas que me llevé del escritorio desordenado del profesor Castro había de pertenecerle en autoría. No fue premeditado. Empecé a leer el manuscrito esperando ser sorprendido por una extravagante hipótesis sobre el origen del lenguaje, algunas de cuyas ideas habría de incluir más tarde en mi tesis sobre las facultades innatas del habla. Las que llevaron a Leibniz a pensar que el mundo debía de estar escrito desde el principio de los tiempos. En el origen no fue la palabra, había dicho Castro, sino el canto imitado de los pájaros. Y luego toda esa historia del FoxP2, cuyo descubrimiento venía a confirmar que el lenguaje no era sino una ventaja adaptativa de la que el hombre ha sabido valerse en la descarnada batalla de la evolución. Leí *Ciudad Café* con estos pensamientos en mi cabeza y el hechizo terminó surtiendo efecto. *El vuelo del hombre* era un relato delirante, pero partía de una premisa válida y es que el lenguaje está asociado a las necesidades básicas, a los instintos más primarios. Que, en última instancia, las palabras nos protegen de las innumerables amenazas que nos acechan. Cuando llegué a Valparaíso con veintiséis años estaba al borde de mi propia extinción, a punto de desaparecer en un remolino de incertidumbres. ¿Y existe acaso algo más legítimo que la supervivencia de uno mismo, que el derecho inalienable de seguir existiendo? Aquel taco de folios que encontré en la casa del profesor Castro era una presa herida en el camino que los poderes de la naturaleza me concedieron al arbitrio de una suprema y misteriosa voluntad. De acuerdo, yo no la había cazado, pero eso no significaba que no debiera aprovecharme de su carne. El papel no sangra y los libros no mueren, eso lo sabe todo el mundo, pero ¿acaso pueden las palabras salvar vidas?

Ciudad Café era mucho más que una buena novela, era la novela que siempre había querido escribir. Enseguida sus páginas se convirtieron en un refugio para mí. Línea a línea, capítulo a capítulo, fui recopilando lentamente cada una de sus palabras como si fueran piedras preciosas. Cuando creía estar preparado para escribir mi propia historia ya era demasiado tarde, pues la obsesión se había adueñado de mí. Lo había conseguido, había enfermado de literatura, pero no contaba con que el delirio febril me impediría diferenciar dónde acababa lo leído y empezaba el sonido de mi propia voz. No recuerdo las circunstancias ni el momento preciso en que me autoproclamé autor de *Ciudad Café*. El inconsciente, a su manera, se encargó de borrar el rastro de las huellas que había ido dejando a mi paso.

En un intento desesperado, empecé a apropiarme de sus páginas. No se trataba tanto de corregir ciertos pasajes o de someter la narración a los imperativos de mi estilo como de inhalar cada palabra y exhalarla después mezclada con mi propio aliento. Reescribir *Ciudad Café* conllevaba una experiencia física con el papel que terminó por redimir cualquier conato de culpabilidad. Durante seis semanas cumplí el sueño de todo escritor y trabajé en la novela sin descanso. Todo lo que oí en aquellos días fue la excitante percusión de las teclas haciendo chocar las varillas de cada letra sobre el rodillo y el melodioso arrastre del retorno del carro al cambiar de línea. Reescribí *Ciudad Café* de una tacada y, con el punto final, terminé de creerme mi propia mentira.

También los editores en ocasiones se sienten dueños de las novelas que otros escriben. Como primeros moradores de sus páginas, su trabajo consiste en comprobar la calidad de los materiales literarios, en localizar grietas en los cimientos del argumento y en garantizar la habitabilidad de todas las estancias de la historia. No hay borrador que sobreviva a un primer peritaje y hasta en las versiones definitivas se detectan desconchones y goteras, puertas ciegas y tramos de escalera que no llevan a ninguna parte. En los peores casos, tratándose de autores fallecidos o de escritores tiranizados por la fama, se levantan auténticas fortalezas sobre los escombros de una ruina siguiendo las indicaciones de un plano ininteligible. Los buenos editores dominan el arte de contar historias bajo cualquier signo de estilo y conocen mejor que nadie los gustos de su clientela. En sus manos está convertir un libro corriente en una pieza imprescindible de cualquier estantería. Y eso fue lo que me propuse durante mis días de frenesí literario en Valparaíso: hacer de la ciudad inventada por Lucho algo más que una buena novela y poco menos que una visita obligada en el itinerario universal de las letras.

El original de trescientas páginas estaba más cerca de una versión definitiva que de un borrador, pero se prestaba a mejoras, y cada cambio que realizaba era un punto a mi favor. Ninguna de mis modificaciones afectaba a la estructura del relato, pero la ambición puede ser muy avicsa y, comoquicra quc cn mi estudio de Valparaíso había realizado algunas aportaciones relevantes, se alió con el tiempo y mi memoria para hacerme creer que las correcciones habían sido fundamentales y por lo tanto mucho mayores mis méritos. No recuerdo haber leído el nombre de Lucho Ortega en la primera página del manuscrito, pero, si lo hice, enseguida descarté la posibilidad de que ese nombre apelara a otra persona que al protagonista ficticio de la novela. Como digo, no me consta que entonces pusiera objeciones al engaño, pero sí sé que el día en que llamé a la editorial para incluir a última hora la dedicatoria a mi madre antes de que se imprimiera la edición en inglés ya estaba plenamente convencido de que el original con el que había trabajado no era más que una breve sinopsis, el resumen de un complejo argumento en la contracubierta de un libro. De acuerdo, había robado la idea embrionaria de *Ciudad Café*, pero no tenía de qué temer, pues el que yo creía autor del texto había muerto y ya no podría reclamarlo. En algún sitio había leído que escribir es una forma sofisticada de allanamiento, un delito no tipificado que consiste en irrumpir de noche en las habitaciones de los lectores y robarles un pensamiento genuino. Contrariamente a la idea de que toda obra de arte equivale a un crimen no cometido, la escritura supone un atentado contra uno mismo. Requiere un sacrificio a cambio de una promesa de amparo.

¿Pueden las palabras salvar vidas?

La respuesta era sí.

35

El último día de mayo, aproximadamente al mes de mi llegada a Mitú, me presenté en la casa más pronto de lo habitual. Valentina seguía dormida y Cati, recién levantada, me abrió la puerta en camisón. Tenía tantas cosas que contarle que no reparé en este detalle hasta algo más tarde. En la cocina, mientras Cati preparaba café, la puse al tanto de las razones que me habían llevado a Valparaíso antes de que ella misma lo leyera del fajo recién impreso que traía conmigo. Le hablé, frente a frente, de mi tesis sobre el origen del lenguaje y de mi primer encuentro con el profesor Castro. Fue una experiencia radical, le dije sentado a su lado, que alteró mi manera de entender la realidad de las cosas. Debía de llevar hablando más tiempo del necesario porque cuando me llevé la taza a la boca sentí el regusto frío del café en los labios. En mi defensa, añadí a modo de conclusión, y no estoy insinuando que la merezca, aquel cóctel de experimentos con pájaros y teorías sobre monos voladores se me subió a la cabeza y me hizo perder la razón. Cati sonrió levemente y se puso en pie para fregar unos cacharros de la pila. Aquella expresión corporal me turbó con su simpleza, y pude fijarme en las formas de su cuerpo a través de la finísima seda que lo cubría. Entendí que Cati había empezado, si no a perdonarme, sí al menos a comprenderme.

Algo en mi comportamiento había hecho posible que confiara en mí. Ya no temía que me abalanzara sobre ella, no se protegía ante mi presencia, la misma que unas semanas atrás le había resultado tan insoportablemente dolorosa. Pensé que Valentina había tendido un puente imaginario entre nosotros, una pasarela invisible que ninguno se había permitido mencionar abiertamente pero que, en algún momento, redujo la distancia entre los dos. Puede que cada uno recorriera una parte de ese levadizo y, reunidos a mitad del camino, nos entretuviéramos comentando las vistas o presenciando en silencio lo que ocurría por debajo, el incesante torrente de recuerdos que yo transcribía y ordenaba cada tarde al llegar al hotel y que ella revisaba al día siguiente sin poner pegas.

Así y todo, la historia de Lucho estaba trabada de agujeros que yo no me atrevía a señalar, bien por respeto o por miedo a la reacción de Cati. Aunque nunca pude confirmar que Lucho hubiera estado en contacto con los pistoleros de las guerrillas, siempre di por hecho que su avioneta se había empleado en algún momento como mula para el movimiento aéreo de mercancía entre las zonas más inaccesibles de los cultivos ilegales del Valle del Cauca. Tenía claro que el objetivo del libro, cuando por fin estuviera terminado, no era otro que preservar la memoria del verdadero autor de *Ciudad Café* y en ningún caso degradarlo a la condición de delincuente. A diferencia de las biografías al uso, el valor testimonial de lo que me traía entre manos dependía del alcance de las heridas de mi ejercicio de expiación literaria y del grado de honestidad invertida en el reconocimiento de la culpa, todo lo cual causaría, sin duda, un gran revuelo editorial. Desde mi llegada a Mitú, Vallvey no había dejado de llamarme y enviarme correos que, primero por pereza y luego por comprensible precaución, no atendí ni contesté. Ahora no podía evitar imaginar la cara que pondría al comprobar que el primer Global Quill había sido, en realidad, un fraude.

La cocina se había quedado en silencio cuando Cati terminó de secar los últimos platos. La vi girarse y arquear el cuerpo hacia atrás para estirar el cuello sin despegar las manos del borde de la encimera, lo que hizo que los pechos se le marcaran ostensiblemente a través del camisón.

—Si te parece, voy a despertar a Valentina —me consultó.

La frase creó una tensión inesperada. ¿Qué quería decir con «si te parece»? Era la primera vez que me pedía opinión sobre algún asunto relacionado con Valentina. Yo ignoraba la hora a la que los niños deben levantarse, ni siquiera tenía claro qué números marcaban en ese momento las manecillas del reloj, pero sí sabía que una de las opciones que se me ofrecía, «no despertar a la niña», solo podía significar una cosa. Así que me levanté, tomé a Cati por la cintura y empecé a besarla. Ella se separó un momento para apoyar la cabeza en mi pecho sin dejar de acariciarme ni de proyectar el calor de su respiración en mi piel. Luego fue ella la que reclamó mi boca antes de hacer una nueva pausa para buscar complicidad en mis ojos, como diciendo: ¿Sabes lo que está a punto de suceder?, ¿comprendes que después de esto ya nada volverá a ser lo mismo?

Aquella mañana Cati y yo hicimos el amor sobre las baldosas de la cocina, esforzándonos para que la unión de nuestros cuerpos generara el menor ruido posible. Sentada encima de mí, con las manos entrelazadas a las mías, fue acelerando el ritmo de sus jadeos hasta cubrirse por completo de sudor. Me pareció imposible que en tan poco tiempo pudiera alcanzar tan altas cotas de placer. Pero la verdad es que estaba fuera de sí y, en el descontrolado furor del éxtasis, quiso que nuestras bocas se juntaran antes de silenciar en mis labios el último gemido.

Cuando Valentina se despertó, todavía quedaba un arrebol de sofoco en los pómulos de Cati. La pequeña apareció en el salón con su inseparable peluche colgando de una mano.

—Tengo sueños —bostezó con Tibú ahora acurrucado entre sus brazos.

Cati y yo nos miramos, conteniendo la carcajada.

—Se dice tengo sueño o he soñado —la corrigió con afecto su madre.

Valentina no pareció darse por enterada y se dirigió hacia mí para que la abrazara.

—Tengo sueños —remachó con divertida suficiencia.

Mientras Valentina desayunaba frente a la tele, Cati me informó de la procedencia del peluche. El día que se lo entregó, Lucho le había dicho a la pequeña que, cuando él no estuviera en casa, algo que ocurría con bastante frecuencia, podría acercar su oreja al corazón del tierno escualo para escuchar su voz. Y, desde ese día, Valentina no se había separado de Tibú. Aunque la niña aún no hablaba con suficiente fluidez, su madre la había escuchado mantener largas conversaciones con el peluche. Para Cati, Tibú había permitido a Valentina mantener viva la memoria de su padre, que se manifestaba en la forma ridícula pero eficaz de un *doudou* elevado a la categoría de tótem inanimado. Aquel trozo de tela maloliente era, en última instancia, la razón por la que la pequeña seguía hablando de su padre en presente.

En lo que a mí respecta, no podía evitar sentirme responsable de Valentina. Al fin y al cabo, había operado como autor en la sombra de los sucesos que habían conducido a su orfandad y me atormentaban los posibles efectos que la ausencia de Lucho pudieran tener en su vida más adelante. Cuando fuera mayor, Valentina se vería impelida a ordenar las piezas de su propio pasado y a dar sentido a los capítulos de su infancia en busca de respuestas o acaso de un antídoto al dolor que siempre la acompañaría. Sin embargo, en el origen mismo de la consternación que me mantuvo en vela muchas noches terminé encontrando una redentora fuente de alivio. No solo por el hecho de que Lucho fuera a fin de cuentas el único responsable de su propia muerte, sino también porque, cuanto más me ceñía a las perversas leyes de la causalidad, más convencido estaba de que mi intervención en la ecuación podría haber operado a favor del nacimiento de Valentina. Como el *deus ex machina* de las tragedias griegas, un elemento externo venido del cielo se había introducido en la historia para precipitar su desenlace. De todos los lugares del mundo que Lucho podría haber sobrevolado en su avioneta, algo quiso que fuera justo donde Cati se encontraba en ese momento.

A veces en el azar se adivina un propósito y, bajo el telón de la fatalidad, nos aguarda un hado protector. ¿Tenía sentido pensar que mi sucia argucia literaria hubiera concedido a Lucho, además de la oportunidad de emprender un camino junto a Cati en la ciudad soñada, la ocasión de convertirse en padre, de formar una familia? De ser así, *Ciudad Café* dejaría de ser la prueba de un delito para convertirse en una causa exculpatoria. Solo había que leer el libro en sentido contrario. Reordenar sus páginas hasta escuchar el sonido que produce la invisible danza de los dados antes de ser lanzados sobre el tablero.

36

Pronto comprendí que el comienzo de mi relación con Cati había de coincidir necesariamente con el final de la historia de Lucho. Cada mañana, antes de que Valentina se despertara, yo aparecía temprano en la casa para acostarme con Cati. Las tardes y las noches estaban reservadas a Lucho, y jamás nos tocamos en presencia del fantasma que ella invocaba dando vueltas por la habitación mientras yo la escuchaba sentado en el escritorio. Es posible, no lo niego, que el deseo físico dejara su propia marca en el papel, que el reprimido impulso de saciar nuestros cuerpos llegara a acelerar nuestras pulsaciones tanto como el ritmo de trabajo para terminar de esclarecer los hechos que llevaron a la desaparición de Lucho. No sé si fue una percepción mía o si, a raíz del episodio de la cocina, Cati imprimió mayor velocidad a su discurso. Puede que se sintiera más cómoda hablando conmigo, pero también que quisiera acabar cuanto antes el libro que yo me había comprometido a escribir. Una vez hubiéramos terminado, todo quedaría dicho y quién sabe qué nos depararía la vida tras el último capítulo. Aún era pronto para someter nuestro estado emocional a esa clase de conjeturas. Es posible que nada cambiara demasiado y que el placer que nos procurábamos en la cama no mereciera más dobleces ni lecturas. En ese sentido, la presencia espectral de Lucho tenía un efecto doble: era nuestro nexo de unión, la única razón que justificaba mi visita cada tarde a la casa de Cati, pero también representaba un muro de contención que nos impedía ponerles nombre a los sentimientos. Sin embargo, esa presa fue, poco a poco, agrietándose. Enseguida comprendí que no era solo la muerte de Lucho lo que atormentaba a Cati. Cada vez estaba más convencido de que arrastraba un dolor previo a mi llegada a Mitú. Nuestras conversaciones habían tomado un cariz más íntimo, también más natural y espontáneo. Había una nueva calidez en las palabras de Cati, que empezó a imprimir más color y detalle a los verbos y adjetivos, y no dudaba en atacar las ideas en círculos. A menudo se corregía sobre lo dicho cuando la entonación o la manera de describir un suceso iba más lejos de lo que pretendía. En lo que a mí concierne, no podía sino celebrar secretamente este cambio de registro, pues por primera vez Cati me hacía digno de su confianza. Era como si hubiera encontrado en nuestras conversaciones el alivio de una confesión largamente postergada. A menudo, sobre todo cuando Lucho no salía bien parado en alguna recreación de su pasado, me obligaba a tachar la última frase de mi cuaderno y recuperaba el rictus de fría interlocutora. Aquello duraba poco. La anatomía de los gestos tiene su propio código cifrado. Podemos fingir alegría o tristeza, expresar con la cara y con las manos sentimientos que en realidad no albergamos, pero la verdad de los ojos no se presta tan fácilmente al simulacro. Y el modo en que Cati me miraba mientras yo trasladaba sus palabras al papel me hizo pensar que ella necesitaba tanto como yo someter a Lucho al insobornable veredicto de la memoria.

Cati se resistió al principio, pero acabó cediendo a mi curiosidad y me enseñó una imagen de Lucho. La rescató de una de las seis cajas de cartón que habían permanecido sin abrir, al fondo del armario de su habitación, tras recuperarlas del maletero del coche. Ahí estaban las últimas pertenencias del hombre al que había amado. Cati rescató la fotografía de un paño de terciopelo, donde también había un reloj antiguo y un pequeño frasco vacío. Esos tres objetos contenían la respuesta a muchos de los enigmas que me disponía a resolver. En el centro de la imagen enmarcada Lucho posaba junto a su Piper Dakota amarilla en alguna pista de aterrizaje que Cati no supo o no quiso precisar. Sin más referencia que la de la avioneta, me era imposible hacerme una idea de las proporciones de Lucho, pero me pareció que era más bien de baja estatura y no demasiado corpulento. Tal vez me equivocara y, simplemente, lo que vi no encajara con la idea que me había hecho de él. Cuando se divulgó la noticia del accidente, ningún medio publicó imágenes de él. Tampoco Cati hizo declaraciones ni contestó a las llamadas de los periodistas. De acuerdo a los artículos de Montes, ni siquiera pudieron recuperar el cuerpo del piloto de entre la maraña de hierro y ramas. A modo de homenaje, tres días antes de mi llegada a Mitú, Cati y Valentina se habían desplazado hasta el Cerro Odocabeba y, desde lo alto de la Silla de Cubay, una inmensa roca con vistas a la selva, habían esparcido el contenido del frasco, unos granos de café al parecer antiquísimos.

Lo primero que aclaró Cati con la fotografía sujeta

entre las manos es que el bigote estrecho que perfilaba el labio superior de Lucho era un homenaje a su ídolo de infancia, el piloto e ingeniero brasileño Alberto Santos Dumont. Hasta ese día yo no había oído hablar del que, para muchos, era el legítimo pionero de la aviación gracias a su prototipo 14-bis, que hizo volar por los cielos de París el veintitrés de octubre de 1906. Aunque el primer vuelo autopropulsado de los hermanos Wright había tenido lugar tres años antes en la playa de Kitty Hawk, Dumont siempre reivindicó la autoría del invento, que él había presentado ante la prensa y las autoridades parisinas cumpliendo con todos los requisitos del Aeroclub de Francia en un circuito homologado por la Federación Aeronáutica Internacional. Recorrió sesenta metros en siete segundos frente a un millar de espectadores congregados en el parque de Bagatelle que aplaudieron cada tramo de su histórico vuelo y, aunque se convirtió oficialmente en el padre de la aviación en Europa, no pudo evitar que los hermanos Wright conquistaran, además de los cielos, el olimpo de la aviación universal. Durante décadas nadie reparó en la existencia del aviador brasileño, a pesar de que su apellido había estado siempre al alcance de la mano. O muy cerca de ella.

En 1901 Dumont, que había registrado ya varios récords de velocidad en zepelín, participó en un concurso organizado por el magnate del petróleo Henry Deutsch de la Meurthe que consistía en dar la vuelta a la Torre Eiffel y regresar al parque de Saint-Cloud en menos de treinta minutos. Tras varios intentos fallidos, el diecinueve de octubre Dumont hizo aterrizar su dirigible número seis en la explanada del departamento de Hauts-de-Seine, a las afueras de París, pero no supo si había conseguido llegar a tiempo, pues el veredicto de los jueces se haría público por la noche en el transcurso de una exclusiva cena en el lujoso restaurante Maxim's de la rue Royale. Allí lo esperaban los miembros más selectos de la sociedad parisina, que a su entrada lo agasajaron con vítores y felicitaciones. Solo entonces Dumont conoció la marca que había realizado, veintinueve minutos y treinta segundos, lo que le convertía en destinatario de un cheque de cien mil francos. Entre los asistentes se encontraba el que acabaría siendo su gran amigo, Louis Cartier, quien se resistía a creer que Dumont no se hubiera enterado hasta ese momento de su excepcional logro. El piloto le explicó que el manejo del dirigible no le permitía consultar su reloj de bolsillo, algo al parecer inconcebible para un miembro de la tercera generación de una importante familia de joyeros que se había dedicado a poner en hora los muy exigentes gustos de la corte de Napoleón III. Entonces Dumont se arremangó y, en una divertida pantomima que arrancó carcajadas a su alrededor, imitó la frenética coreografía de movimientos necesarios para la activación de las palancas de aceleración de los motores de las góndolas, el ajuste de las ruedas de timón y el control de las válvulas de regulación del gas, tal y como había hecho esa misma mañana.

Después de eso, el ingeniero brasileño fue invitado a Estados Unidos para conocer los laboratorios de Edison e incluso fue recibido por el presidente Roosevelt en la Casa Blanca. De vuelta en París, Cartier lo citó para hacerle entrega de un regalo: el primer reloj de pulsera de la historia, el que a partir de entonces se comercializaría como Cartier Santos. Aquella esfera de oro, cuadrada y plana, se podía asir al brazo con una simple correa de cuero. Cuando en 1907 Dumont batió otro de sus muchos récords mundiales de aviación, el tiempo que registró el cronómetro oficial de los organizadores coincidía exactamente con los veintiún segundos que había visto marcar en su muñeca.

37

Lucho invirtió sus primeros sueldos como piloto en un Cartier Santos que había encontrado a un precio razonable en un anticuario de Montevideo, pero el reloj no era más que una anécdota sin importancia en su biografía. El vínculo emocional de Lucho con Alberto Santos tenía que ver con su abuelo, Guido, un buscavidas de origen italiano que trabajó en una plantación de café fundada por el padre del inventor, Henrique Dumont, un descendiente de comerciantes franceses que se habían instalado en Diamantina, en el estado brasileño de Minas Gerais. Siguiendo la tradición familiar, adquirió varios terrenos de los que extraer piedras preciosas y acabó amasando su propia fortuna con unas perlas oscuras que brotaban directamente de la tierra, sin necesidad de separarlas de la roca. A finales del siglo XIX, el Rey del Café, como lo conocían en la corte de Pedro II, controlaba seis millones de hectáreas de cultivos. Para exportar los granos a Europa, mandó construir más de cien kilómetros de vías férreas que conectaban la hacienda más grande del imperio con el corazón del estado de São Paulo. Su hijo, Alberto Santos, estudió en la ciudad, pero se pasaba los veranos entre cafetales abonando su imaginación con novelas de Julio Verne y aprendiendo a reparar las trilladoras y despulpadoras de grano. De no ser por un suceso inesperado, también él habría acabado dedicándose al negocio del café. Durante una inspección rutinaria por la finca, Henrique se cayó de su carruaje y quedó hemipléjico. La familia vendió las tierras y, en busca de una cura, se trasladó a Francia, donde Alberto Santos habría estudiado Medicina de no haber sido testigo de los últimos avances mecánicos de la Exposición Universal de París.

Guido Driutti, el abuelo de Lucho, sobrevivió a las durísimas condiciones de trabajo de la antigua Hacienda Arindeúva hasta que una mañana, sin más, se metió un puñado de granos de café en el bolsillo y empezó a caminar en dirección sur. No tenía ningún plan, pero estaba convencido de que en algún momento la vida le sorprendería con una buena racha. Se empleó de todo lo que pudo, pero esto no siempre le garantizaba algo que llevarse a la boca, así que también recurrió al saqueo nocturno de almacenes, al robo de ganado y quién sabe qué otras desesperadas artimañas. Los actos vandálicos tienden a envejecer mejor en la memoria de quienes los cometen que en el recuerdo de los que sufren sus consecuencias. Con el tiempo, Guido llegaría a jactarse, en presencia de sus nietos, de haber liderado el asalto a un tren de mercancías. Lo más probable es que tal cosa no fuera verdad, pero sintetizaba de alguna forma la amplia nómina de fechorías, oportunamente estilizadas en la forma de un relato de aventuras, que había cometido durante su errabundo peregrinaje a través de las zonas rurales de Paraná. Ante el más mínimo gesto de reprobación por parte de su audiencia, recurría al argumento determinista: de no haber actuado así, arremetía con implacable sarcasmo a su prole, ninguno de vosotros habría nacido.

Puede que Guido se equivocara en muchas de las decisiones que tomó en aquella época, pero no se confundió al pensar que la suerte acabaría llamando a su puerta. Tras cruzar la frontera de Brasil por el Puerto Iguazú, esa brújula inobjetable a la que llamamos destino lo llevó a través de la provincia argentina del Chaco hasta Resistencia. Le pareció una tierra inhóspita, que bien hacía honor a su nombre, y quiso salir corriendo de allí. Sin embargo, nada más ver a Amelia, la taquillera de la estación de autobuses que le vendió un billete que siempre conservaría cuidadosamente envuelto en un pañuelo de seda, tuvo la absoluta certeza de que había llegado al final de su trayecto. Pasara lo que pasara, jamás se movería del lado de la mujer que tenía frente a sí.

Cati no llegó a conocer a la familia de Lucho, pero le había escuchado hablar en numerosas ocasiones de su abuelo y evocar la leyenda del asalto al tren como forma de inversión semiconsciente en un futuro más dichoso que acabaría conduciéndolo a los brazos de Amelia. Tamaña aserción constituía en sí misma una incitación a la mala conducta, una llamada a la desobediencia y la perversión de los valores cívicos. Según Cati, el carácter impulsivo de Lucho y su tendencia a actuar sin considerar las consecuencias, muchas veces en los márgenes de lo permitido, guardaban relación con aquella mitología familiar. Quizá, y esto es una suposición mía, no fuera tan desencaminado al abrigar la sospecha de que Lucho había prestado sus servicios como transportista aéreo de mercancías de los cárteles. Siguiendo la lógica del abuelo, la droga no era más que el combustible que permitía mantener viva la llama revolucionaria de las guerrillas comunistas.

Lo único cierto es que el abuelo Guido se convirtió en un referente para Lucho, cuya temprana vocación por el pilotaje no podía desligarse de los años de esclavitud de su abuelo en el cafetal. Sin embargo, allí donde debía haber arraigado la semilla del resentimiento hacia el clan Dumont brotó repentinamente la figura redentora y salvífica de Alberto Santos. Cuando Guido llegó a Brasil en 1942, el hijo de Henrique llevaba diez años muerto, pero en la Hacienda Arindeúva, ahora propiedad de otra familia de terratenientes, aún lo veneraban como a un santo con ofrendas a los pies de un altar para agradecer las cosechas. Allí, en mitad del campo, habían levantado una réplica a tamaño real del avión 14-bis con el que había triunfado en París durante el primer despegue y aterrizaje autónomos. A Guido le repugnaba esa clase de cultos latifundistas, pero jamás olvidaría la expresión victoriosa en la cara del aviador.

Alberto Santos había crecido en un ambiente opulento, desde luego, y su asombrosa capacidad para idear prototipos no podía desentenderse de la enorme herencia que había recibido de su padre. Y, sin embargo, a lo largo de su vida no había recurrido a su posición más que para poner en práctica uno de los sueños más antiguos de la humanidad desde que Ícaro huyera de la isla de Creta con unas alas de cera. De no haber destacado como pionero de la aviación, solía decir Guido, probablemente habría sido un excelente político, acaso el único líder capaz de cambiar el destino de los países más pobres del continente. Dumont había invertido cantidades ingentes de dinero en sus juguetes voladores, pero hasta sus más injustificadas excentricidades, como cuando aparcaba su dirigible Baladeuse sobre los tejados parisinos para tomarse un café en la avenida de los Campos Elíseos, tenían un sentido más profundo para Guido, que jamás disimuló su admiración por el que, para muchos, fue el hombre más famoso y olvidado del siglo XX. Dumont encarnaba el motor del cambio en una época convulsa. Para él la conquista del cielo representaba, además de un sensacional hito científico, una rebelión contra el poder que trascendía los vínculos de la clase social a la que pertenecía en una apasionantes e ingeniosa victoria contra la tiranía de la gravedad. Al inventor brasileño la fama y el prestigio le preocupaban en la medida en que le permitían dar a conocer los avances de un nuevo medio de transporte destinado a derribar las fronteras que dividían el mundo. La prueba de su idealismo radicaba en el hecho de que no patentó ninguno de sus inventos. Por supuesto que solo un millonario podía permitirse semejante dispendio pero, a diferencia de otros pioneros de la aeronáutica, Dumont se esforzó por divulgar los planos de sus creaciones para que sus descubrimientos fueran de dominio público.

Antes de llegar a Resistencia, durante su larga huida de la Hacienda Arindeúva, Guido se topó nuevamente con la imagen de Dumont a su paso por las Cataratas de Iguazú. Allí estaba, con su inconfundible bigote, esculpido en bronce, en la erguida solemnidad de una estatua a los pies de las cataratas. Aquella visión lo perturbó, pues concedía un sentido profundo, acaso profético, a su errático viaje: el sembrador de ideas de los campos de café que había dejado atrás lo esperaba al final del camino. Pero ¿con qué propósito?, se dijo. Las apariciones bíblicas van siempre acompañadas de algún tipo de revelación, pero nada hacía suponer que aquella figura se pusiera a hablar. Así que Guido le preguntó a uno de los guardeses del parque que encontró por allí.

Este le contó que, en 1916, Dumont había emprendido un viaje por Sudamérica. Tras participar en la primera edición de la Conferencia Panamericana de Aeronáutica celebrada en Santiago de Chile, visitó Buenos Aires y desde allí se adentró en el territorio de Misiones, en la frontera entre Argentina y Brasil. Emprendió un viaje a caballo de varios días hasta las cataratas. Al presenciar de cerca el estruendoso espectáculo de las aguas bravas cayendo en cascada, Dumont se resistió a creer que semejante paraíso perteneciera a una sola persona, el uruguayo Jesús Val, un hombre tan rico como lo había sido su padre. En vista de lo cual, decidió cambiar el curso de su travesía para visitar la ciudad de Curitiba, sede del Gobierno de Paraná, donde mantuvo una larga charla con el presidente. Al cabo de unos meses las tierras junto a las cataratas fueron expropiadas para crear un parque natural dedicado a la biodiversidad, que incluía un santuario para el rescate y la conservación de aves exóticas. Al escuchar esto, Guido regresó sobre sus pasos y se arrodilló a los pies de la escultura para pedir clemencia. Desde aquel día y en adelante sería un hombre nuevo.

Amelia y Guido tuvieron tres hijos, dos varones y una niña. Roberta Driutti, la pequeña, se casó con un humilde aparcero chileno llamado Hernán Ortega. Fruto de aquella relación nació Lucho. Parece ser que Roberta y Hernán tenían la intención de crear una gran familia, pero fallecieron en un accidente de coche cuando su único hijo apenas había empezado a hablar. Aquella desgracia convirtió a Lucho en el favorito de los siete nietos de Amelia y creó un vínculo muy especial con su abuelo, al que adoró y cuidó hasta el día de su muerte, cuando él tenía diez años. En su testamento, Guido favoreció a Lucho con los fondos de una cuenta bancaria, de la que ni siquiera Amelia tenía conocimiento, y le hizo asimismo depositario de uno de sus bienes más preciados: un bote con las semillas de café que había tomado de Arindeúva antes de poner pies en polvorosa. En el documento de últimas voluntades se especificaba que el dinero debía destinarse, única y exclusivamente, a cubrir los gastos de una academia de aviación para cuando Lucho alcanzara la mayoría de edad.

No es de extrañar que, desde bien pequeño, Lucho colmara su curiosidad por el vuelo con libros de escritores-piloto y se dejara cautivar por las hazañas de Antoine de Saint-Exupéry, James Salter, Roald Dahl, Anne Morrow Lindbergh, Richard Bach, Pierre Clostermann o Beryl Markham, quienes habían protagonizado momentos de extraordinaria efervescencia en el aire. A la espera de poder conquistar el cielo a los mandos de una máquina alada, solo la literatura podía proporcionarle la aletargante ingravidez de tan liberadoras misiones. En algún momento, la escritura y la aviación fueron de la mano y, aunque no llegó a ir a la universidad, Lucho acabó haciendo acopio de un formidable talento como escritor. *Ciudad Café* no era más que una síntesis bien conjugada de las historias que le había contado su abuelo y el afán de Alberto Santos por conectar desde el aire todas las culturas del continente bajo un mismo credo. Un credo humanista que predicaba su evangelio desde las alturas.

Aquello no era más que una utopía invocada desde las latitudes del papel. Abajo, en la tierra, el inventor brasileño comprobó estupefacto cómo, en cuestión de unos pocos años, el sueño de elevar a la humanidad sobre sí misma se había materializado en la terrorífica pesadilla de unos atroces combates aéreos que, de alguna forma, llevaban el certificado de autoría de sus hallazgos. Era como si, en todas partes, el aire que respiraba estuviera impregnado de la pólvora de su propio nombre. La noticia del primer bombardeo planificado de aviación llevado a cabo por el Ejército español durante la guerra del Rif le causó una gran conmoción, al igual que el empleo de biplanos en las misiones de reconocimiento táctico por parte de las tropas alemanas durante la invasión de Francia. En cuestión de unos meses, los ligeros aeroplanos se habían convertido en robustos albatros de acero que, con las oportunas modificaciones en el fuselaje y la incorporación de propulsores montados sobre la cola, sembraban el terror en todas partes.

Alberto Santos Dumont trató de frenar la escalada de violencia en calidad de invitado honorífico al Congreso Científico Panamericano que se celebró en Washington en 1915. Durante un discurso memorable, defendió el arte de la aviación como una forma de coalición tecnológica llamada al entendimiento entre las naciones del mundo. Sus esfuerzos fueron en vano. Siete años después de que se firmara el Tratado de Versalles, Dumont se empleó a fondo durante una dura apelación a la Sociedad de Naciones, pero esta vez sus palabras fueron desestimadas y hasta objeto de burla: ahí estaba el estrafalario millonario recurriendo a su privilegiado escaño en un último y desesperado intento por aliviar su mala conciencia.

Incomprendido y silenciado por las altas instancias diplomáticas, Dumont hizo un llamamiento a los escritores de la época para que se unieran a la causa antibelicista y ofreció diez mil francos a quien concibiera la mejor obra literaria contra la utilización de aviones con fines militares. El concurso se celebró, de manera irregular, en diferentes sedes de América y Europa, con algunas polémicas memorables, como cuando uno de los participantes roció de pintura el busto de Dumont de la embajada de Brasil en Washington D. C. después de que un funcionario de Río de Janeiro se refiriera a los creadores del *Flyer I* como «los hermanos Wrong» en explícita referencia al error de haberse creído los primeros en conquistar el cielo. El resto es historia, una historia que escribieron los vencedores y que omitía deliberadamente el nombre de uno de los padres de la aviación. El veintitrés de julio de 1932, un empleado del Grand Hotel de La Plage, en Guarujá, descubrió el cuerpo sin vida de Dumont pendiendo de una corbata.

Lucho Ortega no llegó a plantar las semillas que heredó de su abuelo, pero de alguna forma echaron raíz en el sustrato literario de *Ciudad Café* y le permitieron conocer al profesor Castro. El aspirante a escritor quería presentar su ópera prima al Concurso Dumont, en el que el eminente lingüista y ornitólogo, por afinidad ideológica y deformación académica, había comparecido como jurado en varias ediciones. Nunca sabremos si se conocieron a propósito de este certamen o si su amistad venía de antes. Es posible que el profesor contratara los servicios del piloto para unirse a las murmuraciones de *Calidris alba* en una «imprudente aproximación a los arcanos de la locura, el olvido y el tiempo invisible que gobierna la bóveda celeste», según el obituario que leí en Valparaíso.

La razón por la que Lucho dejó descansar el borrador de su libro en casa de Castro durante tanto tiempo, el suficiente como para que yo me hiciera con él y llegara a las librerías sin su consentimiento, tenía fácil explicación.

El concurso literario convocó su última edición el mismo año en que yo llegué a Valparaíso. Casi siete décadas después de la muerte de Dumont, la fundación que llevaba su nombre se había quedado sin fondos y su comité tuvo que ser disuelto. Y lo que era peor: a finales de 2001, cuando el borrador de *Ciudad Café* esperaba el veredicto o últimas correcciones del profesor Castro sobre su escritorio, nadie en su sano juicio se habría atrevido a defender el poder pacificador de las máquinas aladas. La caída de las Torres Gemelas reavivó la profecía apocalíptica de Babel e infundió un miedo atávico en la población. El ensueño de una civilización sin fronteras en la que la tierra fuera para todos, como el aire, se desvaneció de pronto. Hasta tal punto los atentados del World Trade Center cambiaron nuestra perspectiva del mundo.

38

Lo que al principio parecía una recapitulación más o menos lineal de sucesos devino, de pronto, en una recreación caótica. Había algo deliberadamente calculado en las elipsis del relato de Cati, que se esforzaba por desaparecer del encuadre para centrar toda su atención en Lucho. Sin embargo, a medida que la historia del protagonista iba tomando cuerpo, la presencia de Cati se volvía más nítida en los contornos del papel. Cati saltaba de un lado a otro, mezclando fechas y situaciones, como en una danza diabólica de realidades pretéritas. Estaba claro que quería preservar cierta información intacta, pero hubo un momento en que sus esfuerzos por evadirse fueron en vano. Sobre todo cuando me hizo partícipe del viaje que Lucho y ella emprendieron a Estados Unidos. Ella misma aclaró que llevaron a cabo esta imprudente travesía sin visado ni pasaporte, siguiendo una ruta de pistas clandestinas entre islas del Caribe y en un peligroso vuelo rasante inmune a los radares hasta algún punto cercano a las costas de Nueva Orleans o Florida. No llegó a precisar cuál fue la puerta de entrada que eligieron para sortear las aduanas tan celosamente custodiadas por las autoridades del país más hermético e inaccesible del mundo. Tal y como estipulaban las reglas de nuestro acuerdo, no me estaba permitido cuestionar nada de lo que escuchaba. Pero, una vez más, se confirmaba la hipótesis de Lucho al servicio de los cárteles. Demasiado tentador para un hombre que no conocía más oficio que el de la palanca de despegue y la aguja del altímetro. Por lo demás, que no interrumpiera a Cati mientras hablaba no quería decir que no me percatara de sus intentos por eliminar su propio rastro. Cada vez tenía más claro que su relación con Lucho no había sido tan idílica como se me había permitido creer.

—En principio solo íbamos a hacer una visita —cedió Cati al cansancio tras varias horas de divagaciones—. Pero el viaje se fue complicando... Las razones no importan, lo único que debe constar aquí es que Lucho cambió. Dejó de ser él. Se volvió huraño e irascible. También empezó a beber...

Dijo esto y se contuvo, para no importunar al espíritu invocado. Luego satisfizo una última y breve reflexión:

—Era como si estuviera huyendo de algo o de alguien, tal vez de sí mismo, y sintiera unos pasos acechándolo.

Me habría gustado preguntarle si su repentino cambio de actitud guardaba alguna relación conmigo, pero no fue necesario. Aquella misma noche, mientras ordenaba las notas en el escritorio del hotel, fui identificando mis propias huellas en el apartado de desordenadas confesiones relativas al «viaje a Estados Unidos», que continuaron en un coche que alguien les prestó, o que simplemente robaron, en algún punto de las costas del Sur. Desde allí recorrieron una distancia considerable. Lo sé porque Cati incurrió en una recreación sentimental de sus peripecias como enfermera después de que Lucho le propinase un puñetazo al busto de cobre de Dumont que custodiaba la embajada de Brasil en Washington D. C. Por suerte, dijo, no se rompió ningún hueso, pero se dejó los nudillos de la mano derecha en carne viva. Aquel incidente daba cuenta del grado de turbación de Lucho, pero sobre todo ubicaba el suceso en el mapa. ¿Qué clase de visita requería semejante despliegue, primero en avioneta y luego por carretera? Hasta ese momento llevaban recorridos más de mil kilómetros como ilegales, pero ¿era esa su última parada? ¿Hacia dónde se dirigían y para qué?

De todas las posibilidades que se me ofrecían, Nueva York se imponía sobre las demás como destino ineludible. El hecho de que Cati se quedara embarazada poco después del viaje (así me lo confirmó durante la sesión del día siguiente) los situaba en ese escenario a principios de 2008. Por aquel entonces yo había empezado a dar clases en la universidad, lo que significaba que mi nombre figuraba en la web de la asignatura que impartía, donde, con un poco de destreza, se podía acceder a mis horarios. Tal vez Lucho hubiera expresado una última voluntad antes de comprometerse con Cati a crear una familia. Me pareció razonable, y hasta cierto punto comprensible, que quisiera conocerme. No de la manera en que se conoce normalmente a las personas, con un apretón de manos y un educado intercambio de impresiones, sino desde la más sigilosa y prudente de las distancias. Acercarse demasiado, entablar contacto directo conmigo, no solo contravenía las normas del mundo que Cati y él habían levantado, sino que implicaba un riesgo nada despreciable. A fin de cuentas, yo no era una escultura a la que pudiera atacar sin más. Lo que fuera que me dijera o hiciese tendría consecuencias irreversibles para los tres. Seguramente Lucho habría visto alguna de las fotos que se publicaron durante la promoción del libro. Pero eso no quería decir que existiera a efectos estrictamente sensoriales. Para seguir adelante con su vida, necesitaba comprobar que respiraba, hablaba, caminaba y me movía, aunque entre los dos mediaran los suficientes metros como para que no llegara jamás a percibir mi olor. Cati jamás lo reconocería, pero creo que ese era el verdadero objetivo de su secreta expedición. Esperarían en uno de los bancos de Washington Square Park a verme salir del Silver Center. Ni siquiera tomarían la precaución de embozarse los rostros con gorros o bufandas, pues no había forma de que yo los reconociera. Después me seguirían en mi habitual trayecto hacia la Sexta Avenida, y apresurarían el paso mientras yo descendía por las escalinatas de la estación de West Fourth Street. Imagino la excitación que debió de experimentar Lucho al ubicar en el andén al hombre que había saqueado su libro sin escrúpulos. En esa situación, le habría bastado con aproximarse un poco, esperar a que las vías empezaran a chirriar y simular un tropezón que le hiciera volcar todo su peso en mi espalda cuando el maquinista no dispusiera ya de tiempo para frenar el convoy. Pero no lo hizo. Como tampoco apretó el gatillo en todas las ocasiones de las que dispuso durante sus días de acecho en Manhattan. Lucho debió de entender que ninguna forma de ataque a un adversario resulta tan eficaz como el perdón.

—Volvimos a Ciudad Café por donde habíamos venido —me informó Cati al día siguiente—. A los cinco meses me enteré de que estaba embarazada. Yo tenía diecinueve años, y Lucho, treinta y ocho, pero eso no debía haber supuesto ningún obstáculo. No para nosotros. Los dos tuvimos claro que daría a luz en Bogotá. Luego él me propuso venir a Mitú. Alguien le había hablado de una pista fronteriza en Santa Lucía que le permitiría seguir transportando mercancía con la avioneta. La casa no era ninguna maravilla, me prometió, pero tenía un pequeño jardín y comparado con la vida que llevábamos en Ciudad Café ofrecía un vergel de comodidades. Además, yo cada vez estaba más ilusionada con la idea de montar una escuela, un lugar donde Valentina pudiera aprender lo que en ningún otro sitio se enseña. Pero no podía hacerlo sin la ayuda de Lucho, que pasaba cada vez más tiempo fuera, alejado de las dos. Crie a mi bebé sola. Él pensaba que Tibú podía reemplazarle, pero lo cierto es que mientras Valentina dormía abrazada a su peluche la imagen de su padre se le iba borrando poco a poco de la cabeza.

A partir de ese momento, la relación de Lucho y Cati empezó a deteriorarse. Aunque ella nunca lo llegó a admitir, algo me decía que estaba decidida a abandonarlo, a tomar su propio camino. Y así, cuando Cati parecía dispuesta a cambiar de vida, Lucho sufrió un accidente de avión que, en el inevitable paralelismo con la biografía de Dumont, bien podría ser interpretado como un suicidio.

—Entonces apareciste tú.

Mi presencia en el relato dibujaba la línea de meta del recorrido que habíamos emprendido juntos. Después de anotar el *tú* regresé tan agotado al Caramayú que apenas podía mantenerme en pie. Había tanta información que procesar, y tal cantidad de detalles cruciales omitidos deliberadamente por Cati para protegerse, que no fue hasta que me tumbé en la cama cuando reparé en un dato sumamente revelador. Ella misma me había confesado la edad que tenía al quedarse encinta, lo que, tras una sencilla operación matemática, venía a confirmar que cuando conoció a Lucho tenía trece o catorce años. No era más que una niña. En una libreta aparte, apunté esta observación, como si existiera la posibilidad de volver sobre ella más adelante. Y redondeé varias veces la palabra *niña* con un rotulador hasta casi borrarla.

Cati y yo no volvimos a hablar de esa etapa de su vida y yo me alegré de poder dar por concluida mi labor como albacea de sus dolorosos recuerdos. El texto resultante estaba atravesado de silencios y ángulos muertos, pero lo importante quedaba meridianamente claro. Los lectores tendrían una confesión y todo el mundo sabría que *Ciudad Café* había sido una estafa publicada con mi nombre. Alguien dijo que el mejor libro es el que su autor se resiste a ver publicado, pero ¿estaría Kratta Books dispuesta a reconocer que la obra ganadora de la primera edición del Global Quill había sido un vulgar plagio?

La pregunta no podía ser más oportuna, pues, de vuelta en el Caramayú, tras entregarle a Cati el último borrador, el recepcionista me informó de que el «señor Vallvey» había telefoneado insistentemente al no poder localizarme en mi móvil ni por correo.

—Parecía alterado —recalcó—. Por el tono me ha dado la impresión de que se trataba de algo urgente.

Con esa eran ya más de cincuenta llamadas sin contestar en las seis semanas desde que me había establecido en Mitú.

—Si vuelve a preguntar por mí dígale que me he marchado —le ordené—. O mejor: asegúrele que nunca he estado aquí.

39

Si algo había aprendido de mi editor es que toda publicación entraña un riesgo. Quizá sea porque todas las lecturas contienen una forma de sentencia. El veredicto depende en buena medida de que la historia resulte creíble a ojos de los lectores. Y eso era algo que ni siquiera yo podía garantizar. Todo lo que había escrito sobre Lucho procedía de una única fuente y, aunque jamás dudé de la veracidad del relato que Cati compartió conmigo, no había modo alguno de comprobar que lo que había dicho era cierto. Mi trabajo se limitaba a escuchar, a transcribir al dictado de una voz y a pasar a limpio una sucesión de recuerdos. Como un amanuense medieval encerrado en su celda, mi presencia en el texto quedaba reducida a la caligrafía, a la forma en que esos pensamientos eran expresados en la superficie del papel. Podía parecer un trabajo ingrato, pero no lo fue en absoluto. Mentiría si dijera que no disfruté de esa rara afición por la palabra dictada, por la retórica reducida a un espectáculo de sonidos liberados provisionalmente de significado. El hecho de que no tuviera que preocuparme del argumento ni pudiera emitir juicio alguno sobre las motivaciones de los personajes me permitió centrar toda mi atención en las palabras. No me refiero a la gramática o la sintaxis, sino a la manera en que estas se organizan para imponer su ley. Al mirarlas tan fijamente, liberado del compromiso de la autoría, fui testigo directo del poder que ejercen sobre quien escribe.

Todas las novelas tienen un principio y un final, lo que requiere necesariamente de un orden. Suele decirse que hasta un chimpancé podría hacerse pasar por un Nobel de Literatura siempre que dispusiera de una eternidad por delante para ir pulsando al azar las teclas de una máquina de escribir hasta dar con la combinación ganadora. El tiempo lo cambia todo por la sencilla razón de que la vida no se detiene, no nos espera. Aunque no conocí a Lucho, creo estar en condiciones de afirmar que lo que lo animó a escribir *Ciudad Café* no fue otra cosa que una incauta, aunque legítima, necesidad de trascendencia. Aquel desesperado aullido en busca de auxilio marcaría el pistoletazo de salida a un periodo de plenitud creadora tan inaudito como extraordinariamente fértil en su empeño por convertirse en otra persona, en alguien mejor, acaso en lo que su abuelo había esperado de él. Y así la crítica bendijo su libro, publicado en mi nombre, como una obra maestra cuya impecable factura narrativa desafiaba las nociones de lo real y lo posible.

El ejemplo de tenacidad de Lucho venía a demostrar que quien escribe lo hace con el único propósito de mejorar su suerte, que los libros pueden cambiar el mundo solo en la medida en que logran colmar los deseos de quien encuentra en la ficción las respuestas a lo que la vida simplemente le niega. El espejismo de *Ciudad Café*, el disparatado e improbable discurrir de un pueblo durante dos siglos, resultaba tan infalible en su ambición literaria como indisociable de la certeza de que las palabras nunca son fieles a los hechos. Sin embargo, que todas las novelas mientan en mayor o menor medida no quiere decir que no sean capaces de expresar una gran verdad o, como en el caso de Lucho, que puedan llegar a restaurar las verdades alteradas por nuestras propias fantasías.

Siempre me pareció muy extraño que Lucho fuera al mismo tiempo el autor y el protagonista del libro, lo que concedía mucha mayor relevancia a su desenlace, pues había imaginado y descrito su propia muerte. El posible triunfo de su novela, la que acaso le procuraría cierta fama, dependía en buena medida del paralelismo que él mismo había trazado en su perfecto artefacto literario. Para entender las razones que lo habían llevado a esa determinación releí *Ciudad Café* en un último intento por encontrar entre sus páginas alguna explicación. Fue una sensación extraña volver sobre el libro con toda la información de la que ahora disponía. Me conmovieron los esfuerzos de Lucho por sujetar los hilos de la historia, por percibir a la vez todos sus lugares y momentos y establecer una multitud de relaciones a través de la enmarañada red de recuerdos y vivencias que iban tejiendo el relato. A medida que iba dejando capítulos atrás, me fui dando cuenta de que ese estilo impetuoso y volcánico, tan característico de los escritores primerizos, no era del todo inofensivo ni casual. La urgencia narrativa con la que Lucho barajaba periodos y épocas en un juego de vertiginosas simetrías a través de los viajes en avioneta del protagonista tenía un propósito. Quería hacer levitar al lector en su permanente búsqueda y adoración del tiempo en estado puro, un tiempo secretamente alterado y hasta deformado, pero había algo más. Su manera de contar delataba una especie de angustia, acaso la necesidad de adelantarse a su propia vida a través de la escritura.

La noticia de la publicación de *Ciudad Café* le hizo encolerizar, pero también le condujo a los brazos de Cati. Puede que entonces algo dentro de él se sintiera liberado y que decidiera alejarse por su propio pie de aquel colchón de palabras dormidas donde estaba escrito su final. Lucho acabó renunciando a su libro para poder habitar la tierra comprendida entre sus páginas. Ya no quería ver su nombre impreso en una portada. No ansiaba gloria ni reconocimiento. Lo había apostado todo al papel, pero alguien había retirado por él las fichas de la mesa antes de que la ruleta dejara de girar. No puso objeciones, no reclamó lo que por derecho le pertenecía, pues se le había ofrecido la oportunidad con la que todos los autores sueñan: seguir escribiendo la historia con la tinta de sus días más dichosos. Todo lo que había creado en su mente había cobrado al fin vida, era real: podía pisar el suelo del paraíso imaginado y palpar con sus manos la cara de la mujer a la que amaba.

Diez años después de la publicación del libro, Lucho estrelló su avioneta en el mismo lugar que el personaje principal de su historia. La reivindicación postrera de la autoría a través del suicidio carecía de todo fundamento. A Lucho le habría bastado con mostrar su pasaporte, los papeles de su avioneta o cualquier otro documento que acreditara su identidad en la redacción de algún periódico o a las puertas de la propia editorial para aclarar el malentendido y reparar el agravio. Pero no lo hizo. Prefirió vivir entre las páginas de su libro todo el tiempo que le fuera permitido.

De alguna forma, su viaje con Cati a Estados Unidos marcó un punto de inflexión. De regreso en Mitú, comenzaron las discusiones, los problemas con el alcohol y las ausencias cada vez más prolongadas. Cualquier excusa era buena para mantenerse lejos de la familia que él mismo había creado. Es posible que Cati ya no lo amara como él se merecía o incluso que lo considerara una influencia negativa para Valentina. Sabe Dios el reguero de lealtades vendidas y patrones insatisfechos que Lucho fue dejando atrás en cada pueblo polvoriento de la peligrosa ruta de los corredores olvidados del Cauca, Nariño y Chocó. Puede que no fuera una decisión de Cati, dispuesta como yo había creído entender a abandonarlo, sino del propio Lucho. Una acertada intuición le decía que para seguir ascendiendo debía renunciar a algo. Tal vez le atormentara la idea de que, si no se quitaba de en medio, algo malo podría ocurrirles a las personas que más quería. Lucho no dejó pistas sobre sus planes ni llegó a redactar una carta de despedida, pero su estela protectora quedó impregnada para siempre del halo insuperable de coraje de quien está convencido de que la vida de las personas que más le importan comienza precisamente donde acaba la suya.

Puedo intuir su desesperación, pero me cuesta imaginar a Lucho borracho a los mandos de la avioneta. Aunque no dispongo de pruebas que lo demuestren, a mi modo de ver su muerte no obedeció tanto a una decisión voluntaria como a un abandono consciente en la inevitabilidad de los acontecimientos en que se vio inmerso. Se sentía perseguido, así lo había dicho Cati, acechado por unos pasos en la sombra. De quién y por qué jamás lo averiguaré. Lucho entendió que había llegado el momento de saldar una promesa pactada desde el principio. Para que todo siguiera su curso, para que el mundo que él mismo había creado recuperara el equilibrio, tenía que reencontrarse con el protagonista de libro. Llegados a este punto, *Ciudad Café* solo podía leerse como un instrumento del destino, una profecía que, tarde o temprano, acabaría cumpliéndose.

El doce de marzo de 2012, Lucho se subió por última vez a su Piper Dakota. El rumor seco de las hélices y el bramido del viento a su alrededor acallaron el estrepitoso estallido del interior de su cabeza. Al conquistar el techo de vuelo, empezó a perder la conciencia, la noción de sí mismo. Furia y júbilo. Miedo y placer. Caos y orden. Lucho estaba acostumbrado a este tipo de sensaciones contradictorias, pues, desde allí arriba, todo resultaba demasiado impreciso y abstracto. Nadie mejor que él sabía hasta qué punto volar ha permitido a los hombres alejarse del significado de las cosas para alcanzar una sabiduría superior, una sensación absoluta de poder y transformación plena, pues a una cierta altura los objetos se van asociando entre sí en el sentido contrario al que, desde el principio de los tiempos, la humanidad ha necesitado poner nombre a todo.

Esta vez, sin embargo, se dio cuenta de que había sido víctima de un engaño. Mientras dirigía la avioneta hacia un punto concreto de la selva del Vaupés, entendió que la posibilidad de que toda la sabiduría del mundo pudiera quedar comprendida en una misma visión no era más que una ingenua y cándida quimera, pues a medida que nos distanciamos de la Tierra los objetos se vuelven más y más pequeños hasta desaparecer. Los lugares van perdiendo sus contornos. Un mismo tiempo cobra vigencia en todas partes. El espacio desaparece y los segundos resultan indistinguibles de los siglos. Que, a vista de pájaro, los países dejen de ser contenido para convertirse, poco a poco, en continentes significa que el mundo ha permanecido siempre en la imperturbable forma de una esfera azul.

Muchos otros, antes que Lucho, sucumbieron a la misma ilusión. *Ciudad Café* no era más que una muestra del poderoso magisterio ejercido por el cielo en el lenguaje de las civilizaciones. En todas ellas las alas constituyen un medio de acceso a la divinidad. Las artes adivinatorias de la ornitomancia de los griegos encuentran su equivalente en los auspicios de los augures de la Antigua Roma. La tendencia generalizada de nuestros ancestros a dirigir la mirada hacia arriba nos ha servido para expresar deseos, aspiraciones y esperanzas. Desde el origen de los tiempos, el vuelo ha representado la última utopía, un don que no está al alcance de los hombres y que, precisamente por eso, produce una irresistible atracción. Antes de que las máquinas nos concedieran la facultad de elevarnos sobre nosotros mismos (más alto, más rápido, más lejos) solo la gran belleza y plasticidad de las metáforas aladas nos permitían asomarnos a los arcanos de nuestra propia existencia. La escritura fue, siempre lo sería, la más asequible forma de vuelo de la que dispuso nuestra imaginación, cuya ambición conduce inevitablemente a Ícaro como ejemplo supremo de trascendencia a través de la elevación y el descenso. En ese sentido, el vuelo místico de *Ciudad Café* no era una excepción. Exigía a su autor renuncia, desasimiento y muerte.

40

Me pareció un acto de justicia tomar prestado el título del libro del profesor Castro y, por alguna razón, Cati estuvo de acuerdo. Después de la última lectura, suspiró con los ojos humedecidos e introdujo las páginas de *El vuelo del hombre* en un sobre azul que dejó descansar sobre el pequeño escritorio del salón donde habíamos trabajado durante semanas. Al principio no supe cómo interpretar ese gesto, pero cuando, a la mañana siguiente, la vi vaciando las cajas de Lucho en varias bolsas de basura empecé a comprender lo que estaba sucediendo. Era hasta cierto punto lógico que, después de todo el esfuerzo que habíamos invertido, necesitáramos marcar distancia. Habíamos pasado demasiado tiempo en el mundo de los muertos y, por primera vez desde el día que nos conocimos, sentimos que había llegado el momento de explorar nuestras propias vidas. Enseguida los encuentros carnales fueron liberados del peso de la culpa. Nuestra historia de amor quedó reducida a su esencia más pura, a la mínima expresión de dos personas que se buscan en la oscuridad sabiéndose al fin a salvo. Los mecanismos mudos del deseo dieron paso a una nueva intimidad erótica que precipitó un cambio. Ya no nos bastaba con la certeza de las caricias. Ahora también estaban las miradas, los gestos, las risas y, sobre todo, las palabras. El deleite sensual no se agotaba en el propio acto, sino que se desbordaba más allá de la frontera que marcaban los cuerpos entrelazados, y desde el mismo instante en que Cati pegó sus labios a mi oído para colmarme con un eufórico e implacable te quiero ya nada volvió a ser igual.

El sobre permaneció un tiempo encima de la mesa. Cada cual esperaba que fuera el otro quien tomara la iniciativa, y esta falta de determinación permitió que el envoltorio azul siguiera acumulando polvo a la espera de que alguno de los dos se aviniera a hacer algo con él. Una cosa era cierta y es que Lucho había desaparecido de nuestras vidas. Habíamos asumido su pérdida o, de manera más precisa, habíamos analizado y reflexionado sobre todos los acontecimientos que habían conducido a su final en la forma de un libro que servía a la vez de homenaje y despedida. Dentro de mí, sin embargo, se abría paso un torrente de dubitaciones y flaquezas. Había sido muy valiente al ofrecerme a convertir en libro la verdad oculta tras las páginas de *Ciudad Café*, pero si el contenido del sobre llegaba a algún sitio mi confesión tendría graves consecuencias. Calibré el alcance de cada posible desenlace. Pensé que, ahora sí, tendría que vérmelas con Vallvey en los tribunales, devolverle una suma considerable de dinero y cargar con el cirio de una humillante penitencia literaria. En el mejor de los casos, los beneficios de *El vuelo del hombre* irían destinados a Valentina. Quizá su madre estuviera de acuerdo en garantizarle un futuro y utilizar parte de las ganancias en financiar su proyecto de crear una nueva escuela infantil en Mitú. Por otro lado, no había que descartar la posibilidad de que el libro me convirtiera en escritor y que, contra todo pronóstico, terminara reafirmando mis viejas ensoñaciones. No sería la primera vez que el escarnio público sirve de antesala al reconocimiento y la aclamación popular. Si cuando se publicó *Ciudad Café* las editoriales aún buscaban un sucedáneo moderno de realismo mágico, ahora todo parecía favorable a una historia real con los mejores ingredientes de las biografías que, redimidas de las habituales censuras interiores, sirven de ajuste de cuentas. Es posible que *El vuelo del hombre* fuera interpretado como un mezquino acto de contrición, pero no había que descartar un veredicto de los dioses favorable a mi absolución.

Como medida cautelar, decidí pedir trabajo en el Caramayú. En algún momento entendí que la mejor manera de arrinconar los angustiosos pensamientos sobre mi futuro inmediato pasaba por desempeñar un trabajo físico. Nada de encargado de habitaciones o recepcionista, en caso de que tal elección fuera posible. Empezaría por lo más bajo, como mozo, limpiador, friegasuelos, peón, sirviente. El propietario del hotel no puso objeciones y se limitó a corresponder mi ofrecimiento con un salario más digno del que habría cabido esperar. De ahí en adelante, Zhenji Shu haría siempre alarde de un estricto apego a los principios básicos del confucianismo: decencia, rectitud, lealtad y, lo que en mi caso revestía mayor interés, piedad por el prójimo. No hace falta aclarar que mi jefe era toda una celebridad en Mitú, el único chino en quinientos kilómetros a la redonda, y sin embargo un lugareño tan indisociable del paisanaje como cabía concluir de su perfecto español y de un acento de raíces locales que se manejaba con soltura en las más complejas acrobacias fonéticas. Si Zhenji me llamaba *Malín* no era porque se le atragantaran las erres, sino en señal de respeto. Según decía, el día en que me presenté ante él para solicitar un empleo identificó en mi mirada a un hombre que buscaba desesperadamente apartarse de sí mismo, un hombre enfermo que ansiaba una cura.

A pesar de sus ojos rasgados, su pequeña estatura y su cabello negro y lacio, el señor Shu estaba tan bien integrado en la comunidad de hispanohablantes que todo el mundo daba por hecho que se había escapado de alguna reserva indígena perdida en el corazón del Amazonas. Que Zhenji abandonara su China natal para acabar sus días en Colombia bien podía atribuirse a una suma tan descabellada como improbable de casualidades, pero cuales fueran las razones que impulsaron su largo periplo en soledad nunca me fueron reveladas, a pesar de que entre nosotros acabó forjándose algo que, sin llegar a serlo, se asemejaba mucho a la amistad. El hecho de que Zhenji se criara en alguna de las ocho provincias bañadas por el río Yangtsé donde, en cierta ocasión, le escuché recrear un recuerdo de infancia, venía a confirmar que había recorrido una distancia considerable. La explicación a su negativa a hablar de su vida anterior era tan sencilla como la máxima que, a modo de enseñanza moral, repetía con insobornable insistencia: «El presente es solo una copia del pasado, *Malín*». Dicho así, sin el oportuno contexto, mi capataz no merecía mayor consideración que la de un filósofo algo excéntrico, y puede que con el tiempo ejerciera en mí la influencia de un sabio redivivo, pero su afirmación tenía una base materialista y pragmática sobre la que, a diferencia de las alusiones a la familia o los amigos que dejó atrás, no tenía inconveniente en hablar.

Zhenji había trabajado en una línea de ensamblaje

de una fábrica de electrodomésticos. En su recreación de aquellos días solía abundar en los paralelismos musicales de una gran orquesta, donde él se desempeñaba como el percusionista más preciso, el que mejor marcaba el ritmo de una partitura ciertamente frenética. La primera vez que tuvo que acoplar un tambor al motor de una lavadora tardó cerca de una hora en encajar todas las piezas. Al cabo de un mes ya realizaba la misma operación en la mitad de tiempo. Medio año después, podía incluso cerrar los ojos mientras acoplaba la manguera al rotor, enroscaba las tuercas, ajustaba las almohadillas de plástico y empalmaba las nueces de ala en menos tiempo que el programa de lavado más corto. Mientras me describía la maniobra, no podía evitar imaginármelo como el tragicómico Charlot de *Tiempos modernos*, presa súbita de tics nerviosos que, en los momentos de mayor fatiga, lo llevan a desatornillar por error los botones de los monos de trabajo de sus compañeros o a accionar la palanca equivocada de una máquina endiablada que escupe toda clase de objetos. Nunca supe si la descripción de aquellos días era del todo precisa o una simple y simpática falsificación, una copia mala basada en recuerdos selectivos.

Zhenji se jactaba de haber llegado a perfeccionar tanto la técnica de los tambores que en un momento dado le sobraba tiempo, por lo que comenzó a practicar con nuevas partituras, en referencia a los manuales de montaje de otros aparatos de la misma marca. Sin embargo, sus incursiones en otros departamentos, lejos de ser recompensadas, despertaron el recelo de sus superiores, siempre alerta ante cualquier brote de individualismo. Pasaba tanto tiempo en la fábrica que las seis horas de descanso que debía permanecer en su domicilio se convirtieron en una tortura. Preguntarle por qué nadie lo esperaba en casa con un plato de cena caliente no habría servido de nada. «*Malín*, el pasado...», me habría reprendido con su salmo tautológico. Lo mejor para enterarse de la vida de Zhenji era dejarle hablar sin interrupciones.

Lo que siempre me resistí a creer fue el método empleado por Zhenji para emprender un viaje a coste cero desde China hasta Centroamérica. Una tarde, me dijo, sucumbió a un incontrolable brote de cansancio, fruto del aburrimiento. Y, puesto que la cadena de ensamblaje iba con retraso debido a un atasco en la zona de distribución de mercancías, decidió echarse una cabezadita sin llamar demasiado la atención. La imagen de Zhenji durmiendo cual contorsionista en el interior de una lavadora industrial se prestaba fácilmente a la carcajada. Sin embargo, él no consideraba que su historia mereciera semejante reacción. Al fin y al cabo, decía con fingida indignación, el centrifugado que experimentó durante su larga siesta le había transportado a una nueva dimensión. Para Zhenji los portales cósmicos existían en la medida en que una simple lavadora había obrado el milagro de llevarlo, como involuntario polizón, al puerto aduanero de Panamá y, desde allí, hasta la tercera planta de un edificio de Cali. Cuando los propietarios descubrieron a través de la portezuela de plástico transparente una cabeza y varias extremidades a juego esparcidas por el cilindro metálico se montó un gran alboroto. Por supuesto, nadie entendió ni una sola palabra de lo que Zhenji trató de explicarles, claro que tampoco lo habrían creído: allá, en el lejano Oriente, se había quedado dormido en el interior de un electrodoméstico que sus compañeros de fábrica, apurados por las prisas, precintaron y embalaron y elevaron sobre un palé hasta la bodega de un camión, y de ahí hasta un buque portacontenedores.

Según me contó Zhenji, durante la travesía por mar juró que si lograba sobrevivir a la experiencia dejaría atrás todas las copias defectuosas en las que había incurrido durante sus largos años como prisionero de un triste polígono industrial. Aquel enajenado testimonio equivalía, en la práctica, a no saber absolutamente nada de su vida anterior, salvo que fuera cual fuese la naturaleza del dolor que le impedía contar la verdad de su viaje desde China había sido en parte mitigada por un inquebrantable sentido del humor.

Por lo demás, el propietario del Caramayú era un hombre serio y cumplidor, incluso exigente en lo que respecta al acatamiento de su sistema de trabajo. No debemos olvidar que todo lo que sabía del mundo de los negocios lo había aprendido en una cadena de ensamblaje. La repetición era el motor de su existencia. La clonación de rutinas, la clave del éxito de un hotel perdido en mitad de la selva. Para Zhenji, todo tenía que estar cuidado hasta el más mínimo detalle. Y la mejor prueba de que los estándares de calidad que demandaba a sus empleados se llevaban a la práctica era que, al entrar en alguna de las habitaciones, no encontrara una sola diferencia respecto al día anterior. Que si probaba un plato al azar del menú del restaurante le supiera siempre igual. Que, sin importar la estación del año, bajo un sol de justicia o en medio de un violento temporal, el jardín luciera el mismo aspecto en todo momento. «La copia, *Malín*, la copia», me arengaba. Zhenji se comportaba en presencia de su equipo cual comandante de un ejército de guerreros enviados a una cruzada contra las hordas de diminutas variables que resultan de comparar una misma cosa en dos momentos distintos. A diferencia de la cultura occidental, rendida a la idea de la originalidad como expresión de ensalzamiento de las virtudes del alma, en el hotel Caramayú el aprendizaje se basaba en el arte del *shanzhai* como forma de imitación. «La copia es una canción de alabanza —repetía el mantra con su inconfundible murmullo gregoriano—. No hay nada más perfecto que una buena reproducción, ¿o hace falta que te recuerde que fuimos nosotros quienes inventamos la imprenta y los Rolex baratos?» Pero ¿qué tenían que ver la dinastía Song y los mercadillos ilegales de imitaciones con la intendencia de un hotel? Probablemente nada. No más en cualquier caso que «las copias defectuosas que definen la genética de nuestra evolución», le escuché decir una vez, o que «las obras maestras de Da Vinci y Miguel Ángel», a quienes consideraba los dos grandes falsificadores de la historia. Estaba claro que Zhenji tenía respuesta para todo y sabía aplicar sus teorías a cada situación.

—¿Ves esas grietas de la fachada? —me instruyó en cierta ocasión—. Cuanto más antiguo es un edificio, más alejado está de su estado primigenio. La copia siempre es más flexible y resistente, requiere un volver a empezar cargado de esperanza y energía.

Reconozco que, con la espátula en una mano y el cubo de cemento fresco en la otra, tardé en entender a qué se refería, pero al final no pude evitar caer rendido a su erudición.

—No pierdas el tiempo rellenando el hueco, *Malín*. Solo si te esfuerzas en dejarlo exactamente igual que estaba lograrás mejorarlo.

41

Cati no imaginaba hasta qué punto las inclementes sesiones de trabajo del Caramayú estaban dando de sí. Al principio se resignó a la idea de verme aparecer por casa a última hora de la tarde exhausto y embutido en un mono sucio y pestilente. Pero, con el transcurso de las semanas, también ella se percató de los efectos beneficiosos del trasiego, los madrugones, las agujetas y, por supuesto, las estimulantes y recreativas clases de filosofía oriental al contacto del misterioso y enigmático señor Shu. Llegó un momento en que me sentía capacitado para todo: reparar la pata de una cama, resembrar el césped, sellar la alberca del jardín o descargar del camión las mercancías del restaurante. A los seis meses de mi llegada a Mitú, la habitación 212 perdió su aura de misterio y su esplendor revocatorio. Pasó a ser una habitación más por la que desfilaban personajes de lo más variopintos.

Además de mi trabajo en el hotel, me encargaba de ayudar a Cati con los preparativos de la escuela, que iba tomando cuerpo, y a cubrir su ausencia en lo que a los cuidados de Valentina se refiere. Había sido muy ingenuo al considerar que Cati se quedaría de brazos cruzados esperando a que cayera el dinero del cielo para llevar a la práctica su plan. Cuando me enseñó el primer boceto del edificio, una serie de garabatos sobre una servilleta, jamás imaginé que acabaría adquiriendo la consistencia de un auténtico plano de arquitectura ecosostenible, ni mucho menos que en el apartado de materiales elegidos para su construcción figuraran neumáticos viejos, botellas de plástico y vidrio, barro e incluso latas de cerveza. Fue una auténtica revolución que requirió de la colaboración de las autoridades locales, que se prestaron a poner en marcha la primera campaña de reciclaje del departamento. También nos cedieron un pequeño terreno a orillas del río Vaupés y aprobaron una discreta aunque nada desdeñable partida presupuestaria que permitió contratar durante tres semanas los servicios de una organización internacional que se dedicaba a levantar hospitales por toda Sudamérica con restos de basura. Se reunió a un equipo de más de cincuenta obreros, carpinteros, jardineros, pintores o simples entusiastas del bricolaje sin formación que se aplicaron con denuedo y resistencia partisana a una tarea que redundaría en beneficio de todos. Las mujeres ayudaban a recolectar materiales y preparaban comidas en enormes pucheros que calentaban en fogatas al aire libre, mientras que los jornaleros de las chagras de la zona nos abastecían de tierra lama traída en carromatos desde los confines del bosque, con la que luego preparábamos el adobe.

Como miembro de la cuadrilla aprendí a dar forma de ladrillo a las masas de barro y paja que luego había que dejar secar al sol varios días, a compactar los moldes resultantes y distribuirlos por el terreno, a encofrar tapiales y a revocar fachadas. Si durante un tiempo me desentendí más de lo debido de mis responsabilidades en el hotel no fue algo que Zhenji castigara ni censurara. Todo aquello le parecía un espectáculo digno de elogio, por lo que no dudó en prestarnos herramientas y maquinaria, e incluso se ofreció a formar a algunos de los voluntarios. Entretanto, Cati se dedicaba a entrevistar a personal cualificado para la escuela, algunos de cuyos candidatos se desplazaron desde los centros urbanos para conocer de cerca lo que Cati les vendía por teléfono como una suerte de república independiente de la enseñanza en contacto directo con la naturaleza. El sueldo por impartir asignaturas de Matemáticas o Lengua no era ninguna maravilla, pero cuando presenciaban en directo lo que allí estaba sucediendo aceptaban sin rechistar o salían corriendo por donde habían venido.

Según Cati, aquello le daría otro aire a Mitú. Ya no sería un lugar apartado del mundo, sino un refugio exclusivo para mentes soñadoras. Con tal propósito, puso especial empeño en que se respetara una de las estructuras de los planos, sin duda la más arriesgada e irrealizable: una construcción de madera trenzada con cañabrava y recubierta de barro que daba forma a un domo de tres plantas con una escalera interior que llevaba a una especie de mirador con aberturas en la fachada, desde donde se podía avistar el bosque al otro lado del río. Aunque el resultado no tenía toda la forma de árbol que ella pretendía, se las ingenió para que la cúpula fuera adornada con penachos artificiales de ramas cortas y doseles ovalados de hojas que le daban el aspecto, al menos así lo celebró ella, de un auténtico e inconfundible baobab traído desde la sabana africana hasta el Amazonas. De lo más alto de la torre, que no alcanzaba más de cinco metros pero que nos parecía realmente imponente, colgaba un enorme cartel pintado a mano donde se anunciaba en grandes letras el nombre de la escuela: EL PRINCIPITO.

Estábamos tan atareados e inmersos en nuestras respectivas rutinas que el sobre con el manuscrito permaneció en el mismo sitio todo el tiempo. Supongo que no hacer nada era también una forma de tomar partido. Fue la vida la que acabó mediando entre nosotros para que nos olvidásemos del contenido, pero no me percaté de ello hasta la función de magia con la que Cati dio por inaugurado el colegio ante las autoridades locales.

No hubo tiempo para contratar a un profesional especializado en animación de fiestas infantiles, ni tampoco abundaban por esta parte del mundo este tipo de perfiles, de manera que el mago a duras penas logró disimular con su maquillaje de mimo y su nariz de payaso su naturaleza de vulgar mercachifle. Con su camiseta de mangas largas listada con franjas horizontales en blanco y negro, la persona que respondió al anuncio gastaba el aspecto desarrapado y andrajoso de un presidiario recién fugado. Más que un experto en hacer aparecer objetos en la chistera y sorprender al personal con pañuelos de colores repartidos por todos los confines de su cuerpo, era evidente que el tal Marcel, si es que ese era su verdadero nombre y no un intento desesperado por acreditar su solvencia en el arte del mutismo, se ganaba la vida, río abajo, como trilero en el muelle de descarga. Falló en el juego del conejo, que además era de plástico, no acertó con los nudos de la cuerda que debían desaparecer con un soplido y, por no atinar, ni siquiera consiguió dar una forma mínimamente reconocible a los globos que repartió entre los niños. Estaba claro que lo suyo era la desaparición de monedas y la bolita del paga-doble con que debía de vaciar los bolsillos de los pobres incautos del Chicó.

Cuando todo parecía perdido, Marcel sacó del fondo de una pringosa maleta unos cubiletes, pidió una banqueta sobre la que apoyarlos y nos invitó a cerrar el círculo sobre él para poner en marcha un improvisado *canovaccio* callejero. No tardó ni treinta segundos en conseguir que los niños se quedaran boquiabiertos contemplando su destreza prestidigitadora. Entonces, sí, empezó a interpretar el papel que tan bien sabía desempeñar, quizá el único que le había proporcionado cierto éxito en la vida, como maestro en el arte del birlibirloque.

—El dinero puede desaparecer, las ganancias aumentar, pero la pelota siempre permanece ahí —pregonó, y empezó a mezclar rápidamente los cubiletes sobre el tablero.

Todos suponíamos que la bolita estaba en el centro, pero entonces Marcel demostraba lo ingenuos que habíamos sido y levantaba de inmediato otro de los cubiletes donde se escondía el diminuto redondel. Luego repetía otra vez la operación y el resultado era igualmente asombroso, si bien extrañamente adictivo. Tal fue su alarde de destreza con las manos a la hora de trastocar lo que la gente estaba segura de haber visto que repitió la jugada cinco, diez y hasta veinte veces. Saltaba a la vista que Marcel no estaba acostumbrado a reincidir tantas veces en su perfeccionado atraco a los sentidos. Cuando hay dinero de por medio las incautas víctimas desisten a la segunda o tercera intentona. Pero esta vez no había billetes que llevarse a la cartera y su público eran niños. Y, comoquiera que ningún adulto estaba dispuesto a poner freno a su curiosidad, Marcel se levantó para informar al personal mientras se esforzaba por engolar infantilmente el bronco timbre de su voz:

—Debo advertirles del peligro de este número —dictaminó ante las expresiones de cautela de los adultos—. Seguramente sabrán que el truco de este juego consiste en un principio estadístico.

No hubo respuesta, así que siguió con su burlesca perorata.

—Todos los cubiletes tienen bolita —dijo y levantó los tres vasos a la vez, debajo de cada uno de los cuales había, en efecto, un perla de plástico—. Para que ustedes me entiendan: no hay cubilete sin bolita ni bolita sin cubilete. —Y luego sacó de su maleta una pequeña saca llena de bolitas, cientos de bolitas—. La diferencia estriba en que, dos de cada tres veces, la bolita consigue escapar de la realidad.

Los niños lo observaban encandilados desde el suelo como un rebaño de caracoles con los cuellos estirados. Marcel continuó:

—Cada vez que mezclo los cubiletes, dos bolitas se instalan en su cabeza y se quedan ahí para siempre. Lo que ocurre aquí no es más que una ilusión. Pero ustedes llevan demasiadas bolitas por hoy y no quisiera que se les indigestara la mollera.

Se produjo un silencio de decepción.

—¿Alguien quiere limonada? —salió Cati en auxilio del anticlimático final de función.

Los niños corrieron en estampida para reunirse alrededor de la rebosante jarra. Mientras el olor mentolado de la yerbabuena impregnaba el aire, me quedé pensando un rato en lo que Marcel nos había dicho. Y no sé por qué pensé que el sobre azul se atenía a las mismas reglas del truco que acababa de revelarnos. Tres cubiletes y tres bolitas que cambian de sitio dependiendo de quién las observe. Entonces Valentina se me acercó para compartir conmigo su bebida. Mientras apuraba el resto del vaso me di cuenta de que había llegado el momento de mover ficha.

42

La publicación de *El vuelo del hombre* podría haber proyectado una nueva luz sobre mi vida, haberme convertido en el escritor que alguien creyó ver en mí. Sin embargo, el libro contenía una advertencia disuasoria, un ultimátum que ponía en riesgo mis días junto a Cati y Valentina. Cuales fueran los destellos que me concedieran solo podrían proceder de la combustión de sus páginas. Me acordé de aquellos escritores que, en un rapto de debilidad o coraje desmedido, avivaron las llamas de una chimenea con algún manuscrito. La inseguridad, la insatisfacción o tal vez el convencimiento de que el silencio, y nada más que el silencio, podía hacerles justicia había reducido a cenizas cientos de horas de afanosa escritura. Traté de imaginar la intensa y cegadora luz que debieron de emitir aquellas hogueras antes de que el último fragmento de papel se desvaneciera en las oscuras profundidades del olvido y la renuncia.

Es posible que *El vuelo del hombre* mereciera ese mismo desenlace si no fuera porque, desde el primer momento en que me comprometí a elucidar los capítulos más sombríos sobre la gestación de *Ciudad Café*, tuve claro que el destinatario de la historia no era Vallvey ni tampoco Cati, sino Valentina. Su infantil candidez concedía un sentido y un propósito a lo escrito, y sobre ella se cerraba el círculo de lo que fuera que tratáramos de esclarecer su madre y yo. Así y todo, ese pacto tácito estaba urdido de sentimientos contradictorios. La bondad inextinguible que desprendía Valentina me había hecho fantasear con la idea de convertirme algún día en su padre. No era algo que hubiera llegado a verbalizar, ni siquiera en pensamientos, pero aquel íntimo deseo anulaba necesariamente cualquier tentativa de culto a la figura de Lucho. Si lograba incinerar el último vestigio que quedaba de su verdadero padre acaso podría mantener la esperanza de permanecer algún tiempo más a su lado, el suficiente como para que algún día llegara a perdonarme por lo que había hecho. Una vez más, me encontraba en un callejón sin salida. De la misma manera que las llamas que habrían de devorar el libro se oponían a la legítima preservación del pasado de Valentina, disfrutar de su compañía exigía aceptar que también el hielo puede producir quemaduras, que el implacable amor que ella me proporcionaba acabaría saldándose con más sufrimiento. Nadie, ni siquiera alguien de la categoría de Valentina, podía encontrar razones para seguir queriendo a Lucho sin odiarme a mí primero.

Tras muchas cavilaciones, llegué a la conclusión de que nunca había querido contar la verdad, incluso si esa verdad me proporcionaba alguna clase de reconocimiento, por la sencilla razón de que ninguna vida puede ser reducida a palabras. Podía pasarme años recopilando datos y hechos que respondieran a la pregunta de quién había sido Lucho y seguiría sin despejar los interrogantes fundamentales. La posibilidad de que Valentina llegara a conocer a su padre por medio de un libro no era más que una estilizada mitificación no exenta de superchería. Los libros y los cuentos llenan con sus fabulaciones los espacios en blanco de la memoria, nos hacen creer que somos los protagonistas de la narración con el único propósito de llegar a entendernos a nosotros mismos más adelante. Nos pasamos la vida caminando entre tinieblas que distorsionan todo lo que creemos saber. Si en algún momento las historias que nos cuentan o que leemos nos reconfortan es solo porque detienen el tiempo a nuestro alrededor. Mientras las escuchamos tenemos la sensación de que el mundo deja de girar, de que nuestras vidas se interrumpen para que podamos contemplarlas desde la distancia. Por un instante, dejamos de percibir el ruido de las páginas y nos reconocemos en el reflejo del agua que sujetamos con las manos antes de que se nos empiece a escurrir entre los dedos.

El camino que había emprendido con *El vuelo del hombre* estaba asfaltado de especulaciones, pero su propósito no era del todo estéril. Había dejado un poso, una huella, un rastro inmanente. Lo que fuera que había aprendido sobre mí escribiéndolo se desprendía del deseo de no seguir avanzando, de parar el relato y concentrar todos mis esfuerzos y energías en lo que tenía justo delante de mí. En ese sentido, el sobre azul con el manuscrito arrinconado en el escritorio acabó representando una señal de advertencia. Al principio pensé que al exponerlo tanto a la mirada, sometido al constante escrutinio de los sentidos, su poder aniquilador desaparecería con la obcecación con que se esfuman los objetos cotidianos. Vemos únicamente lo que se mueve, me repetía, lo que no cambia de lugar resulta imperceptible.

Sin embargo, una tarde, después de la cena, Cati sentó a Valentina en el escritorio para que dibujara. Era la primera vez que su madre le permitía tomar asiento en ese rincón privilegiado y restringido a los mayores. Observé la operación desde la distancia, mientras hacía varios viajes a la cocina cargado de platos, conteniéndome para no intervenir. Temía que alguno de los folios del manuscrito se convirtiera en una extensión del papel donde la pequeña había empezado a combinar toda suerte de colores entre los contornos de formas imperfectas: irregulares círculos, cuadrados en extraña perspectiva y líneas fugadas hacia los confines de una imaginación infantil en estado de trance creativo. Por suerte, Valentina apenas prestó atención al sobre, cuya superficie quedó intacta durante el trajín de lápices, ceras y rotuladores desperdigados por la mesa, pero la posibilidad de que la niña acabara husmeando en su interior me hizo mantenerme alerta, como si alguien se dispusiera a profanar el templo sagrado de mi propia alma. Por primera vez, experimenté un miedo visceral a perder lo que más quería.

A partir de ese momento, mi mente empezó a vagar por oscuros pasadizos. Una extraña perturbación del ánimo se apoderó de mí, impidiéndome realizar con normalidad las tareas más elementales. Durante varios días caminé con torpeza, tratando de esquivar los obstáculos a mi alrededor. Me propinaba golpes en el hombro contra los marcos de las puertas, me escurría al bajar escaleras y en casa todas las esquinas de los muebles parecían conjuradas contra la integridad de los dedos de mis pies. Por alguna razón no conseguía concentrarme en ninguna actividad y hasta me costaba conciliar el sueño después de una extenuante jornada. No estaba triste. Tampoco enfermo ni deprimido. Ausente sería la palabra más adecuada.

Aunque no llegué a hablar de esto con Cati, ese estado de constante aturdimiento fue la razón de que sufriera un accidente en el hotel a finales de septiembre. Si en mi evocación de aquellos días el incidente no merece mayor consideración que la de cualquier otro percance sin importancia de los que sufrí durante el tiempo que trabajé en el Caramayú fue solo porque tuve la suerte de caer sobre el césped y no un metro más atrás, donde comenzaba el adoquinado del porche.

Dos días antes, Zhenji me había mandado reparar algunas tejas de la cubierta como anticipo a las tormentas de la estación húmeda. Yo mismo me había ofrecido voluntario para la tarea temiendo que tuviera que volver a pintar los techos de las habitaciones de la segunda planta. Había terminado de grapar una de las láminas de caucho cuando, al girarme para coger los alicates, tropecé con el cubo de mortero asfáltico y me precipité de espaldas al vacío. Como un pelele ingrávido, mi cuerpo salió despedido, dibujando una gimnástica parábola en el aire que me salvó la vida. De haber caído desde el tejado con menos impulso, no habría llegado a amortiguar el peso de mi cuerpo con la copa de un arbusto cercano, cuyas ramas me escupieron hacia una zona mullida de vegetación. El parte de lesiones fue infinitamente más alentador de lo que cabría esperar de semejante pirueta: hematomas por toda la espalda, un hombro dislocado, dos costillas fracturadas y un fuerte golpe en la cabeza que, si bien no me hizo perder el conocimiento, me obligó a permanecer bocarriba e inmóvil hasta que llegó una ambulancia para trasladarme al único hospital de Mitú. Allí me realizaron toda clase de pruebas neurológicas y, a falta de un aparato de resonancia magnética, me envolvieron en plomo antes de someter mi tórax a una vieja máquina de rayos X.

De vuelta en la habitación, los médicos me suministraron tantos calmantes que caí en un placentero letargo antes de poder ver la cara de preocupación de Cati al encontrarme en ese estado. Alguien debió de informarla sobre la levedad de mis heridas y contusiones porque cuando desperté ella y Valentina jugaban tranquilamente a las cartas sobre los pies de mi cama. Nada más recobrar la conciencia, la niña se abalanzó sobre mí para colmarme la cara de besos mientras su madre me sujetaba el pie derecho con fuerza, presa como yo de la emoción. Después, Valentina, súbitamente agitada, sacó de una bolsa el dibujo que había pintado unos días antes y que, según me informó con radiante entusiasmo, su nueva profesora de El Principito le había ayudado a decorar con un marco de piedras que habían ido adhiriendo con cola sobre los bordes. Dentro de esos contornos, tres figuras, la del medio visiblemente más pequeña que las otras dos, se daban la mano en perfecta alineación y con la curva de sus sonrisas bien perfilada en el rostro. Parecían disfrutar de su condición de únicos y privilegiados pobladores de un paisaje exuberante y ciertamente cautivador, bañado por un intenso sol de rayos en las más cálidas y vívidas tonalidades que yo había visto nunca. Con una grafía quebradiza, casi temblorosa por la impericia de la autora en el arte de la escritura, siete grandes letras flotaban sobre una inmensa nube azul, donde se anunciaba la temática de lo que la pequeña había tratado de captar en el papel.

—Somos una fa-mi-lia —remarcó Valentina sin dejar de señalar la palabra que coronaba las cabezas de los protagonistas de su obra.

Al escucharla, Cati soltó mi pie para secarse las lágrimas, y luego añadió con comicidad:

—La pobre estaba preocupada y me pidió que trajera algunas pinturas en el bolso para dibujarte una escayola, en caso de que fuera necesario.

De alguna manera debí de reaccionar a aquella inesperada y espontánea demostración de amor, pero no lo recuerdo. Si dije algo, si reí o si lloré, no ha quedado registrado en mi memoria. Todo lo que aún permanece en mí de aquel momento queda reducido a la convicción de no haberme sentido tan vivo en toda mi vida. Mientras volvíamos en coche a casa, con Cati al volante y yo en el asiento del copiloto con el brazo izquierdo en cabestrillo, entendí que ningún libro debía interponerse nunca más entre nosotros y prometí para mis adentros deshacerme del manuscrito en cuanto tuviera ocasión. Sin embargo, no hizo falta. Cuando entré en el salón y dirigí la mirada hacia el escritorio vi que el sobre azul había desaparecido.

43

En cuanto me recuperé de mis lesiones, Zhenji me ofreció un ascenso en la recepción del hotel. No fue tanto un premio como una estrategia de gestión de personal encaminada a evitar futuras catástrofes. Lo curioso es que, desde mi paso por el hospital, dejó de llamarme *Malín* y comenzó a pronunciar la erre de mi apellido. No me ofreció ninguna explicación al respecto y si tampoco se la pedí fue porque, habida cuenta del cuidado que ponía en los más insignificantes detalles, estaba claro que mi caída del tejado me había permitido ascender algunos peldaños en su escalafón existencial. Quizá, después de todo, hubiera empezado a curarme.

Mi trabajo en la recepción consistía en confirmar las reservas por teléfono y recibir a los clientes, en depositar y entregar llaves, cobrar facturas, fotocopiar pasaportes, guardar maletas y custodiar en una caja fuerte los enseres más valiosos, proporcionar información de las instalaciones y ofrecer consejo turístico, resolver problemas inesperados (billetes de avión, medicamentos, denuncias por robo...), gestionar las incidencias y reclamaciones y, lo que acabó resultando más estimulante, organizar excursiones a través de las rutas de senderismo de los alrededores de la selva de Mitú. Para ello, debía inspeccionar antes los itinerarios en compañía de René, un experimentado guía local, para cerciorarme de que las rutas que ofertábamos eran lo suficientemente seguras. A menudo colocábamos señales de precaución en los miradores más empinados o clavábamos flechas rojas de madera en los troncos de los árboles en los terrenos donde los bosques se volvían más densos. Cada batida con René, el hombre de los mil dialectos capaz de encontrar la salida de cualquier laberinto sin necesidad de mapas, me obligaba a poner a prueba mis convicciones y a abrir los sentidos a lo desconocido. En mis escapadas a los cañones de aguas dulces del río Vaupés, a los territorios cercanos al Cerro Odocabeba o a través de la espesa selva amazónica, aprendí a distinguir el canto de una docena de aves entre las más de quinientas especies clasificadas en la zona, me familiaricé con algunos remedios naturales de los indígenas para curar heridas, escuché la historia de la «anaconda emplumada» que daba nombre a Mitú durante una ceremonia con una de las tribus tucano, me bañé en las aguas rojizas de Caño Sangre y ascendí a la roca más elevada del Cerro Guacamayas, que ofrecía una espectacular panorámica de la frontera con Brasil. Era un trabajo duro y hasta cierto punto arriesgado que Zhenji consentía a condición de que René me devolviera de una misma pieza. Algunas tardes quedaba con Cati y Valentina en el malecón a orillas del río. Desde ahí enfilábamos en dirección a la playa fluvial para disfrutar del atardecer y contemplar a los últimos bañistas desnudos de una civilización que, en una tierra humilde y furtiva, había logrado sobrevivir a su propia extinción.

Mientras yo me adaptaba a mis nuevas competencias

en el hotel, Cati se desempeñaba como infatigable emprendedora de su ambiciosa e inaudita campaña educativa. Además de directora del centro, se ofreció para dar clases de inglés a los alumnos. Me informó de que no tenía título oficial, pero que era una medida provisional hasta que consiguiera convencer a alguien de la ciudad para ocupar su puesto. No le di la suficiente importancia hasta que, una tarde, al volver a casa me sorprendió su perfecta pronunciación mientras repasaba en voz alta con Valentina una lista de vocabulario básico.

—*And here's to you, Mrs. Robinson* —interrumpí la clase con un inglés ostensiblemente más chapucero que el de la maestra.

—*Jesus loves me more than you will know* —me contestó Cati con una mirada seductora.

—¿Por qué nunca había reparado en las hipnóticas inflexiones de tus otras lenguas?

—¿Te refieres a esta? —Y sacó la lengua de manera provocadora sin que Valentina la viera—. Hay tantas cosas que no sabes de mí...

—¿Por dónde empezar?

—Tengo la agenda completa —me siguió la corriente—, pero te puedo hacer un hueco esta noche. Pásate por mi despacho.

—¿El del fondo del pasillo?

—A las nueve en punto.

En Mitú imperaba la cultura de la lentitud. Las largas temporadas de lluvia de la estación húmeda detenían el tiempo y nos obligaban a pasar más horas en casa. Una noche, después de que Cati y yo hiciéramos el amor, el tejado empezó a aullar bajo el efecto del viento como anticipo a un aguacero repentino y violento acompañado de rayos que proyectaron tenebrosas sombras en la habitación. Tras una de las estampidas, oímos los pasos acelerados de Valentina desde su habitación para buscar auxilio en nuestro dormitorio. No dijo nada. Simplemente se introdujo como una avezada espeleóloga por la abertura inferior del edredón y fue reptando por su interior hasta conseguir ahuecar su cuerpo entre los nuestros. Acto seguido se abrazó a su peluche y siguió durmiendo plácidamente mientras su madre le acariciaba el pelo y yo contaba los segundos entre los relámpagos y los truenos para tratar de calcular la distancia exacta que nos separaba del epicentro de la tormenta.

Durante la época de lluvias, el Caramayú recibía muchos menos huéspedes, lo que reducía considerablemente la carga de trabajo. Con la ocupación a la mitad, tuve tiempo de prestar más atención a los visitantes que recibíamos. No me refiero solo a saciar sus necesidades y a prestarles mejor trato, sino a fijarme con más detenimiento en la singularidad de sus personalidades e incluso a interesarme por las razones que los habían traído hasta estas tierras tan remotas. Mitú, que en el idioma tupí-guaraní significa «pavo de monte», estaba lejos de ser considerado un destino turístico, pero la fiebre del caucho de la región amazónica le había conferido cierto estatus histórico como punto estratégico en el intercambio de mercancías con Brasil. Ya apenas quedaban supervivientes de los antiguos exploradores que, en busca del oro blanco que manaba de la savia de las plantas, se exponían al ataque de jaguares, serpientes y escorpiones, cuando no a la picadura letal de un mosquito portador de malaria o fiebre amarilla. Pero el hotel seguía llenando sus habitaciones con otro tipo de aventureros que soñaban con hacer fortuna con los cultivos ilegales de hoja de coca o al acecho de las llamadas «bayas milagrosas» que pendían de algunos árboles sin nombre en el corazón de la selva.

Una tarde de guardia en que llovía con especial fiereza apareció por la recepción Fredi, el taimado guía que Montes me había proporcionado. Me costó reconocerlo cuando pidió, con los ojos extraviados y resollando con fatiga, una habitación donde poder pasar la noche. Tenía el rostro mugriento y todo su cuerpo desprendía un intenso olor a ropa mojada. No portaba maleta y todo parecía indicar que su alojamiento en el Caramayú no formaba parte de los planes de lo que fuera que le hubiera traído de nuevo hasta esta zona. Todo él era un rastrojo de cansancio y apenas levantó la mirada del suelo salvo para buscar una sola vez su imagen demacrada en el espejo ubicado detrás de mí. Quizá fuera el agotamiento lo que le impidió distinguir mis facciones camufladas en el uniforme de empleado del hotel, pero me dio la sensación de que no llegó a percatarse de que quien lo estaba atendiendo era la misma persona a la que, unos meses atrás, había asistido por mediación de un periodista a sueldo de un famoso editor español. Con gesto ceñudo, mientras se despegaba el abrigo empapado, no dejó de despotricar para sus adentros por algo que le había ocurrido. «Malparida, casi me mato —le escuché decir—. Ahora dónde encuentro yo un recambio para el coche. —Y añadió después—: Quién me manda a mí meterme en el bosque con la que está cayendo.» Cuando le di las gracias y le devolví su carné (Alfredo Sánchez, nacido el nueve de julio de 1965), ni siquiera me miró a la cara. Cogió las llaves del mostrador con ademán insolente y se alejó cojeando por el pasillo. «Santa Lucía, ruega por nosotros —le oí gruñir—. Perdónanos por lo que acabamos de hacer.» A la mañana siguiente llamé a la puerta de su habitación para interesarme por su estado, pero ya se había marchado. Ningún empleado del hotel supo decirme a qué hora se había ido. Sobre la mesa de la habitación, dejó varios billetes, más del doble de lo que costaba su breve, casi imperceptible, estancia en el Caramayú.

Dos semanas después, a principios de septiembre, Mitú volvió a resplandecer bajo un sol templado y transparente. La abundante vegetación, que emitía su latido floral a través de las arterias de los raudales abiertos en la montaña, colmaba el aire con sus fragancias. La plaza del mercado se llenó de puestos callejeros y algunas casas comenzaron a desprender el olor inconfundible del caldo de pescado de quiñapira, que según la tradición ha de compartirse en reuniones multitudinarias al aire libre donde los lugareños interpretan ancestrales cantos indígenas mientras las mujeres bailan al ritmo de la danza del carrizo.

En el hotel no dábamos abasto con las reservas y, aunque yo hacía todo lo posible para que mi jornada de trabajo no afectara a la rutina familiar, a veces no lograba escabullirme de mis obligaciones hasta bien entrada la noche. El veinte de septiembre era viernes y Cati llamó a la recepción para pedirme que llegara temprano a casa. Por el tono con el que lo dijo, estaba claro que tenía algo importante que contarme. Pensé que me escarmentaría por mi largo historial de ausencias, que sin duda habían empezado a hacer mella en Valentina, de quien ya no podía ocuparme por las tardes, por lo que tuvimos que recurrir ocasionalmente a una niñera. Luego era Cati quien se encargaba de bañarla y darle de cenar. Muchas veces, cuando yo llegaba, la pequeña ya estaba dormida. No sé qué excusa invoqué en presencia de Zhenji, pero sí recuerdo que no opuso demasiada resistencia a dejarme marchar y que, durante la caminata de vuelta a casa, asumí el firme propósito de reducir mis horas de trabajo, incluso si eso requería ajustarse el cinturón de los gastos.

Cuando introduje la llave en la cerradura, todavía era de día. Quizá por eso me llamó la atención que la mesa del salón estuviera decorada con velas encendidas y tres platos perfectamente dispuestos para lo que parecía ser una ocasión especial. En un acto reflejo, pensé que se me había olvidado alguna fecha importante. Sin embargo, el cumpleaños de Cati era en abril, y el de Valentina, en febrero. Cuando me oyeron entrar, la niña vino a recibirme con uno de sus espléndidos abrazos y su madre gritó desde la cocina, sin dejar de manipular una ruidosa bandeja de comida en la distancia, que me pusiera ropa decente para la cena. A los quince minutos ya estábamos todos sentados alrededor de la mesa y yo ya no podía contener más mi curiosidad. Cati había preparado el plato favorito de Valentina, un gratinado de vegetales a base de berenjenas, zanahorias y tomate untados en mantequilla y calentados al horno.

—Y bien, ¿a qué debo tanto honor? —dije intrigado mientras acercaba la silla a la mesa.

—Mamá tiene algo que decirte —se adelantó Valentina.

Ella le cogió la mano tratando de disimular su nerviosismo y luego le acarició el rostro con suavidad.

—Valentina va a tener un hermanito. O quizá sea una hermanita, aún no lo sabemos. Y he pensado que debería avisarte antes de que aparezcas una noche después del trabajo y nos encuentres a los tres viendo la tele —se burló.

La noticia me pilló completamente desprevenido, pero noté en mi pecho el estallido de unos fuegos artificiales.

—*Tes* —fue todo lo que alcancé a decir sin que se me quebrara la voz—. Se dice *tes* —añadí antes de abalanzarme sobre ellas para estrujarlas entre mis brazos—. Tenéis mi palabra de que no volveré a llegar tarde a casa.

Tras el breve interludio de besos y lloros, en el que aproveché para inspeccionar el vientre de Cati y palpar con suma delicadeza las paredes exteriores de la madriguera de su nuevo huésped, sentí la necesidad de compartir con el mundo el fuerte torbellino de sensaciones que también se abrían paso dentro de mí. Desde mi llegada a Mitú, mi vida anterior había adquirido unos contornos difusos. Fue una simple ráfaga de pensamiento, pero la expectativa de convertirme pronto en padre me hizo acordarme de mi madre. Me dejé embriagar por su exquisito recuerdo y, por primera vez en mucho tiempo, volví a sentir su presencia a mi lado.

—Hay una cosa más —añadió Cati—. Me gustaría que esta vida que llevo dentro marque el comienzo de algo nuevo, en todos los sentidos. Te has esforzado mucho por sacar adelante a esta familia y creo que ha llegado el momento de que vuelvas a ser tú, o lo que sea que eso signifique, tú ya me entiendes —dijo e hizo una pausa—. Quiero que vuelvas a escribir. —Y se levantó para hacerme entrega de un voluminoso paquete que había junto a la entrada.

—Y yo que pensaba que ibas a pedirme el divorcio por deserción conyugal.

—Recuerda que aún no estamos casados —precisó coqueta—. Venga, ábrelo.

El contenido de la caja me desconcertó por su peso.

Cati y yo habíamos acordado, si bien de una manera tácita y fácilmente revocable, que yo no volvería a escribir. El hecho de que me regalara una Olivetti, muy parecida a la que había utilizado en Valparaíso, me provocó una desagradable sensación de rechazo. Se trataba de un modelo algo más antiguo, de esos que se venden en los bazares de internet en el apartado de coleccionistas, pero parecía lista para ser usada.

—Si es niño —pregonó mientras se acariciaba la tripa— quiero que se llame Oliver.

—Pero ¿te has vuelto loca? —traté de disuadirla.

—Siempre dices que solo los escritores mediocres utilizan ordenador. Sé que no es una maravilla, pero he comprobado que le funcionan todas las teclas.

—Te quiero, Cati, os adoro a las dos —añadí mirando a Valentina—, pero quizá esto no sea una buena idea...

—La decisión es cosa tuya, y sea cual sea la respetaré. Pero necesitaba que supieras que, si en algún momento te apetece volver a intentarlo, yo estaré a tu lado, apoyándote. Cueste lo que cueste.

Seguí examinando la Olivetti unos segundos más, atrapado en una espiral de cavilaciones. Si por algo había decidido no volver a escribir era precisamente para poder experimentar lo que sentía en ese instante con Cati y Valentina a mi lado. Había tomado una determinación, y era firme. No pondría nunca más negro sobre blanco. Pero tampoco era el momento de disgustar a Cati con uno de mis insufribles sermones. Al fin y al cabo, se había tomado demasiadas molestias para verme contento.

—¿Y cuándo está previsto que nazca? —desvié la atención mientras posaba la máquina en el suelo.

—Si todo va bien, y no me fallan los cálculos, será en abril.

—Esto hay que celebrarlo como es debido —anuncié, poniéndome de pie, con la autoridad de un capitán frente a su regimiento.

—También he pensado en eso —agregó Cati con una serenidad ciertamente envidiable—. Hay una botella de champán en el congelador. Valentina y yo mojaremos los labios. Tú puedes beberte el resto.

Aún con los nervios a flor de piel por la buena nueva, me dirigí a la cocina a grandes zancadas. Necesitaba un golpe de alcohol en el pecho con que digerir todo lo que acababa de pasar. Al abrir la puerta superior del frigorífico vi la botella tumbada en una de las baldas y, arriba, en la parte superior, a salvo del contacto de cualquier otra forma acristalada o envuelta en papel de plata, el sobre azul con el manuscrito. La historia que me había propuesto quemar aparecía ante mí congelada, detenida, pausada, estática, con el único propósito de que Cati y yo pudiéramos seguir escribiendo la nuestra.

44

La primera vez que oí hablar de Kattie Godley fue por boca de Lucho, aunque cuando esto sucedió él llevaba dos años muerto. El veinte de febrero de 2014 celebramos en la piscina del hotel el quinto cumpleaños de Valentina. En los pueblos de pocos habitantes como Mitú no se estila el derecho de admisión, sea cual sea la naturaleza del festejo. En el jardín soleado del Caramayú, Valentina sopló las velas rodeada de más de cuarenta personas, niños en su mayor parte. Le preparamos una piñata, que atizó con los ojos vendados, y recibió un generoso despliegue de regalos: una pistola de agua, un hula-hoop, una casa de muñecas, ropa, un enorme balón fluorescente, unas gafas de sol... Y lo que deseaba con más ansia: una cachorra de mastín que su madre y yo le entregamos con un enorme lazo violeta anudado al cuello. Secundé desde el principio el deseo de Valentina de adoptar un animal, cuya incorporación a la familia no estaba exenta de ventajas. Me refiero a la responsabilidad de la que Valentina tendría que hacer acopio para sus cuidados, pero también al hecho de que Lindy, como la bautizamos en homenaje a la legendaria aviadora

Amelia Earhart, me concedía, a la espera de que Cati diera a luz, cierto estatus dentro del organigrama familiar. A fin de cuentas, lady Lindy era también hija mía.

Mientras los niños correteaban por la parcela, los mayores nos entreteníamos echando mano de un arsenal de latas de cerveza Póker alrededor de una barbacoa custodiada por Pepe, el más veterano de los camareros del hotel, el mismo que había presenciado mi bochornoso debut con Cati en ese mismo lugar hacía no tanto tiempo. Además de compartir toda suerte de confidencias en las que jamás habríamos incurrido en presencia de nuestras parejas, como compañeros de faena Pepe y yo habíamos forjado una alianza secreta de resistencia contra la fortaleza de la copia de Zhenji. Nos cubríamos las espaldas para que todo pareciera siempre igual, pero sin llegar a serlo del todo. El éxito de nuestra estrategia dependía de dónde se colocase el espejo para que el resultado diera el pego a ojos de nuestro jefe. Y comoquiera que Pepe y yo compartíamos una misma complexión y unos rasgos ciertamente parecidos nos las ingeniamos para hacernos pasar el uno por el otro cuando la situación lo requería. Yo le doblaba en la cocina y él hacía lo propio en la recepción durante alguna de mis ausencias. Este enredo, lejos de incomodar a Zhenji, parecía satisfacerlo, pues que llegara a confundirnos solo podía significar el triunfo de su filosofía de la repetición.

Al concluir la fiesta, la explanada quedó cubierta de decenas de envases y platos desperdigados. Había restos de papel de regalo por todas partes e incluso tuvimos que rescatar un zapato sumergido en el fondo de la piscina. La bisoña Lindy, que a sus seis meses gastaba la envergadura de un perro adulto, había hecho de las suyas y removido la arena de uno de los parterres. Allí encontró

Pepe a Tibú, primera víctima propiciatoria de su instinto protector ante la presencia de extraños. Fue precisamente esa certeza, la de que el peluche hubiera pasado a un segundo plano, la que me sobrecogió, primero, y tranquilizó después. Lo más seguro es que Valentina se apenara al comprobar el estado deplorable al que había quedado reducida la frágil anatomía del escualo. Pero cabía también la posibilidad de que no reparara en su ausencia o, aun haciéndolo, pasara página y diera por concluida su consoladora misión. A la espera del desenlace, le pedí a Pepe que guardara el peluche, recubierto de arena húmeda y con la aleta y los brazos a punto de separarse del tronco, y él se ofreció a repararlo en sus ratos libres. Accedí agradecido pues, fuese cual fuese la reacción de Valentina al verlo, no parecía conveniente que se lo entregásemos en esas condiciones.

Por la noche, mi padre insistió en que levantáramos a Valentina de la cama para felicitarla al teléfono. Al parecer, había intentado contactar varias veces con nosotros y, en un último intento por acatar su objetivo en la fecha marcada, había recurrido al despertador. Desde la noticia del embarazo de Cati, a quien conoció por videoconferencia, se esforzó por acortar las distancias con llamadas semanales y enviando paquetes con juguetes, ropa y libros para la pequeña. Su primera nieta, así la llamaba, había llenado un enorme vacío tan pronto hubo descartado la posibilidad de que Rebeca, que acababa de cruzar el ecuador de la cuarentena y se había divorciado hacía unos pocos meses de Bernardo, le concediera el ansiado privilegio de convertirse en abuelo. Según nos dijo, había convencido a mi hermana para que invirtiera las millas de vuelo que le correspondían como empleada del aeropuerto para hacernos una visita conjunta en cuanto Cati diera a luz. A todos nos pareció una excelente idea, especialmente a Valentina, que anhelaba conocerlos en persona. Antes de colgar, con la pequeña ya acostada, mi padre cambió repentinamente el tono para contarme que había recibido una visita inesperada.

—Vallvey se presentó el otro día en casa —me informó con la cadencia inconfundible de una disculpa—. Te puedo asegurar que, de haber sabido lo que se traía entre manos, no le habría abierto la puerta.

—¿Qué quería? —contesté procurando parecer despreocupado.

—Me dijo que se había cansado de esperar. Que daba por hecho que no escribirías nada sobre ese Lucho Ortega y que los abogados de la editorial se pondrían en contacto contigo para recuperar el adelanto que te hizo.

Permanecí callado, concentrándome en ordenar la información que acaba de compartir conmigo.

—¿Sigues ahí? —se impacientó mi padre.

—Sí, sí —carraspeé—. No le des importancia. Ahora, en un rato, o mañana como muy tarde, lo llamaré para aclarar las cosas. Le diré que no te vuelva a molestar. Ya sabes cómo se las gasta esta gente.

—¿De cuánto dinero estamos hablando, hijo?

—Nada que no podamos asumir. De eso no tienes que preocuparte.

—Me habló también de un tal *Guastaviano*, algo sobre lo que estabas escribiendo, no supo decirme, para saldar parte de la deuda. Creo que deberías enviarle ese texto y olvidarte de él. Ese hombre no me da buena espina.

—Descuida, estoy al tanto. ¿Algo más que deba saber?

—Sí. Verás, no sé cómo decirte esto... No querría aguarte la fiesta, y menos hoy.

—Seguro que no es para tanto, papá. Venga, suéltalo.

—Vallvey me habló también de un periodista chileno, no recuerdo ya el nombre, que asegura que conoció a Lucho en Valparaíso y que, al parecer, va diciendo por ahí que tú no escribiste ningún libro. Nadie le toma muy en serio, pero Vallvey comentó que ya no podría controlar las informaciones que fueran saliendo, no por mucho más tiempo. ¿Hay algo que debería saber?

—Papá, yo...

—¿Sí?

Tardé unos segundos en recomponerme.

—Tengo tantas cosas que contarte —suspiré— que, la verdad, no sabría por dónde empezar.

Dos semanas después de esta conversación, escuché por primera vez la voz de Lucho. Sucedió en la misma habitación que había ocupado en mi primera visita al hotel. Todo tenía sentido y, al mismo tiempo, resultaba imposible de asimilar. Lucho estaba muerto y yo había ocupado su lugar. Había purgado mis pecados y renunciado a los privilegios que, durante años, me habían conferido cierto estatus como escritor. Al día siguiente de la fiesta de cumpleaños, Pepe me había convocado para informarme de un extraño descubrimiento. Antes de arrojar el cuerpo magullado de Tibú a la lavadora, había tratado de unir las extremidades con ayuda de una aguja e hilo. Fue entonces cuando se percató de que el interior del peluche estaba lleno de «algas secas», esas fueron las palabras que utilizó. Su descripción no era del todo acertada, pero no iba tan desencaminada como pudiera parecer. Cuando por fin pude inspeccionar yo mismo el contenido del peluche, no tardé en reconocer el tacto inconfundible de una banda magnética en los filamentos negros adheridos al algodón de relleno. Me llevó cerca de dos horas embobinar los más de cien metros de tira plástica (el equivalente a noventa minutos de grabación esparcidos por el interior del peluche) e hilvanarla al carrete de una cinta virgen que salí a comprar sin la menor esperanza de que se siguieran vendiendo semejantes antiguallas. Una vez completado el proceso, cuando introduje el casete en un viejo reproductor que encontré en la trastienda del hotel y este empezó a girar, no aguanté más de treinta segundos escuchando la que, con toda probabilidad, era la voz de Lucho. Estaba seguro de que el susurro aniquilador del peluche tendría un efecto devastador en mí, que acabaría despojándome de mi herencia. Del libro, de Valentina, de Cati. Todo cuanto tuviera que decir Lucho desde su tumba pondría en peligro mi permanencia en Mitú.

De alguna forma conseguí contenerme y, a fin de no sucumbir a la última voluntad de Lucho, guardé la cinta al fondo de un cajón bajo una montaña de facturas. Yo mismo me ocupé de rellenar el peluche de algodón y entregárselo de nuevo a su propietaria. No informé de nada de esto a Cati y, con el paso de los días, mi vida volvió poco a poco a la normalidad. Durante tres semanas, me dediqué a trabajar y a leer, a cuidar de Cati y a escuchar música, a repasar el abecedario con Valentina y a preparar el nido de la criatura que venía en camino. Cati no quiso saber el sexo, lo cual resultó providencial si tenemos en cuenta que el hospital de San Antonio no disponía de ecógrafo. Entre unas cosas y otras conseguí mantenerme alejado de la cinta. Casi se podría decir que me había olvidado del asunto cuando, una noche de mediados de marzo, encontré a Tibú en la cuna de la habitación que habíamos preparado con antelación para el bebé. Valentina había superado su dependencia del peluche, pero en vez de desprenderse definitivamente de él y concederle su merecida jubilación en el baúl de la nostalgia, le renovó el cargo. La niña nos convocó a Cati y a mí a los pies del cambiador y, con total ceremonia, se comprometió ante nosotros a hacer todo lo posible para que el nuevo miembro de la familia se acostumbrara al tacto y el olor del peluche, y que así pudiera velar también sus sueños.

Aunque me contuve en presencia de Valentina, su generoso gesto me perturbó. Así que, a la mañana siguiente, en cuanto puse un pie en el hotel, llegué a un acuerdo con Zhenji para reducir provisionalmente mi jornada de trabajo e invertir parte de mi sueldo en el alquiler de la habitación 212 de la segunda planta. Marzo era un mes de baja ocupación, por lo que mi propuesta no suponía un gran sacrificio para las cuentas del negocio.

—¿Estás seguro de lo que haces, *Malín*? —recalcó la ele, por primera vez desde mi accidente, a modo de advertencia.

—No lo sé. Pero sí te puedo asegurar que solo será un mes, hasta que Cati dé a luz. Después volveré a ser el mismo de siempre.

—En ese caso, puedes quedarte en la habitación para hacer todas las copias que necesites —dispuso mi bienhumorado jefe.

Rubricamos nuestro pacto de caballeros con un apretón de manos no sin antes estipular que mi encierro ocuparía una franja limitada de horas por la mañana. Pepe se comprometió a guardar el secreto y a actuar de cómplice sin hacer preguntas.

A la mañana siguiente, cuando Cati se marchó de casa con su enorme tripa a cuestas para hacer unos recados, recuperé la Olivetti de uno de los armarios bajos de la estantería del salón donde ya había empezado a amontonar polvo y, para no levantar sospechas, llené la caja de cartón vacía con varias piedras del jardín ante la atenta mirada de Lindy, que presenció mi pequeña treta desde su caseta sin emitir gruñido alguno. De vuelta en la habitación del hotel, ubiqué sobre la mesa la máquina de escribir y, al lado, el reproductor de casetes. Abrí una pequeña libreta y llené las páginas de números. Luego la coloqué de pie, con las tapas en forma de tienda de campaña, abierta por el número treinta. Ese sería en adelante mi reloj, la cuenta atrás que marcaría el final de la historia que me disponía a escribir sin que Cati se enterara. Lo que fuera que quisiera contarme Lucho tendría que ajustarse a mis propias reglas. No le daría un día más de tregua. Acto seguido introduje la cinta en el aparato y la voz ronca y penetrante de Lucho me cortó la respiración.

45

La historia de Kattie Godley era la más triste que jamás hubiera escuchado. Porque fue real y, sin embargo, nada en ella parecía de este mundo. El cuatro de febrero de 2008 los telediarios de Estados Unidos amanecieron con la noticia del asesinato de un hombre a manos de su mujer en el quinto aniversario de la desaparición de su única hija. «Día triste para los vecinos de Princeton Ridge, en Nueva Jersey, que en la noche del martes oyeron tres disparos procedentes de la residencia de los Godley —pude leer en internet—. A la espera de que se confirmen los datos periciales, todo parece indicar que Adam Godley, de sesenta y un años, fue atacado por su esposa mientras dormía. Monica Godley habría utilizado una de las armas del empresario, aficionado a la caza, para asestarle dos disparos en el pecho y otro en la cabeza, produciéndole una muerte súbita [...]. Las primeras pesquisas de la policía apuntan a la desaparición de la hija, hace exactamente cinco años, como posible desencadenante. Unas horas antes del trágico suceso, familiares y amigos habían acompañado a la pareja en una misa solemne celebrada en la cercana iglesia de Saint John's [...]. El tres de febrero de 2003, el matrimonio Godley y su única hija disfrutaban de unas vacaciones en un resort de lujo de Barichara, en la región andina de Colombia, cuando, durante un trayecto en coche por el Cañón del Chicamocha, fueron sorprendidos por unos asaltantes y forzados a entregar a la niña, de trece años. Los secuestradores no reclamaron rescate, por lo que se barajó la posibilidad de un ajuste de cuentas como principal móvil. Desde 1982, el señor Godley se desempeñaba como director general de finanzas del Grupo Everon, fabricante de especialidades farmacéuticas que en su último ejercicio facturó ciento veinte millones de dólares.»

Cinco semanas después del asesinato de Adam, las diligencias de la fiscalía dieron un giro sorprendente cuando Monica consiguió eludir la vigilancia de sus cuidadores en un hospital para enfermos mentales de Delaware, donde logró ingerir un mortífero cóctel de pastillas. En un cuaderno que encontraron entre sus pertenencias, reconocía que ella y su marido habían planificado el falso secuestro y la muerte de Kattie.

Con la discreción que lo caracterizaba, Pepe me dio acceso ilimitado a la impresora de la recepción, que escupió decenas de hojas sobre el caso. Cuando me quise dar cuenta, la habitación 212 se había transformado en la base de operaciones de un detective privado, un habitáculo infranqueable con montañas de noticias en varios idiomas, incluida la transcripción íntegra de la carta de autoinculpación de Monica, que, a modo de morboso reclamo, había publicado un tabloide británico. Pasé más tiempo pegado al ordenador del que tenía previsto inicialmente, hasta tener claro de qué me estaba hablando Lucho en la primera cara de la cinta. Solo entonces recurrí a la máquina de escribir, que comenzó a desgarrar el silencio de mi escondite con su estridente letanía.

En su pavorosa epístola confesional, de veintitrés folios, Monica comenzaba relatando los comienzos de su relación con Adam, a quien había conocido a través de una comunidad de feligreses de la iglesia luterana de Saint John's durante una breve estancia en Princeton para visitar a una amiga. Monica quedó inmediatamente prendada de la «discreta bondad» que parecía emanar de Adam. La impresión que le causó entonces fue la de «un hombre profundamente religioso que, a pesar de sus esfuerzos por disimular algún tipo de tormento interior, luchaba para hacer de este mundo un lugar más habitable con generosas donaciones a causas benéficas». No sospechó entonces que el sujeto que tanta ternura le había despertado se desempeñara, en las latitudes de su despacho, como un auténtico genio de los negocios. No reparó en ello hasta su siguiente visita a Princeton, esta vez sin otra excusa que la de cenar juntos en un restaurante. Cuando aquella misma noche Adam le abrió las puertas del palacio en el que vivía, y que acabaría siendo su casa, Monica se dejó impresionar por toda aquella arquitectura empapada de soledad.

Adam y Monica se casaron el quince de septiembre de 1985. Los primeros meses de su matrimonio fueron todo lo felices que cabría esperar, salvo por un detalle que se revelaría concluyente a la luz de los hechos que habrían de analizarse después: a pesar de la frecuencia de sus encuentros, Monica no conseguía quedarse embarazada. Al cabo de tres años de frustrantes tentativas, apareció por fin una segunda línea en el test de embarazo. Siete meses y medio después, Monica dio a luz a una niña sana. «Por primera vez desde que lo conocí, Adam irradiaba felicidad», anotó en su diario.

Antes de que Kattie cumpliera trece años, a principios de 2002, el señor Godley llegó borracho a casa soltando gritos y volcando muebles a su paso. Maruja Hernández, la empleada interna que prestó declaración ante la policía, vio a Monica implorando perdón arrodillada a los pies de su marido. Aquella misma tarde, Adam había acudido a la consulta del médico para una revisión rutinaria después de leer un artículo sobre los factores de riesgo del cáncer de próstata derivados del tabaquismo. Durante la exploración le detectaron un pequeño quiste testicular. Tras los resultados de los análisis, se determinó con un noventa y nueve por ciento de fiabilidad que sufría un trastorno fértil incompatible con cualquier forma de reproducción. Adam no quiso saber nada del padre biológico de Kattie, sobre el que Monica no refiere más que los datos anatómicos de un desconocido, «alto, caucásico, corpulento», al que trató una sola noche con el único propósito de satisfacer el deseo de Adam de ser padre.

En tales condiciones, Monica, una mujer emocionalmente inestable que, de acuerdo a los informes psiquiátricos que se le practicaron tras su detención, habría llegado a manifestar una devoción enfermizamente sumisa hacia su marido, estaba dispuesta a aceptar cualquier cosa que Adam le propusiera con tal de recuperar los afectos perdidos. Y así fue como, de la noche a la mañana, Kattie se transformó en el chivo expiatorio de la crisis del matrimonio Godley. Tanto se alejaron del origen de su desdicha que, durante una larga temporada que se prolongó durante varios meses, Maruja tuvo que ocuparse de los cuidados de la niña. «Por la noche se metía en mi cama y veíamos películas hasta que se quedaba dormida —confesó en su atestado la migrante mexicana—. Tenía miedo de que algo malo pudiera pasarle a mi princesita.»

De entre todas las posibles formas de venganza, Adam escogió la más cruel. Según la hipótesis de la policía, Monica habría sucumbido al chantaje de su marido, decidido a deshacerse de Kattie, bajo la premisa de que no llegaría a producirse, de que se echaría para atrás en el último momento. En su recreación de los hechos podemos leer: «Entré en una espiral autodestructiva con tal de salvar a mi familia». Sin embargo, el inconmovible Adam había planificado su sacrificio con alto grado de escabrosidad y detalle. Y así se lo hizo saber a Monica cuando le informó del propósito del viaje que habrían de realizar juntos a Colombia. Los primeros días en un hotel de cinco estrellas transcurrieron con normalidad: comidas en familia, sesiones de *spa* y otras actividades que, por momentos, hacían que Monica recobrara la confianza en el buen juicio del que había dado muestras en el pasado su perturbado marido.

Durante una excursión por el Cañón del Chicamocha, el todoterreno en el que viajaban Adam, Monica y Kattie fue interceptado por una pareja de hombres armados, que arrastraron a la niña hasta el maletero de un viejo Chevette. Para hacer más creíble la coartada del secuestro, Adam les entregó las llaves del Toyota alquilado y pidió que le golpearan en la frente con una culata. Diez horas más tarde, el señor y la señora Godley aparecieron, exhaustos y con visibles síntomas de deshidratación, vagando por los alrededores del municipio de Aratoca. Su condición de ciudadanos con visado estadounidense permitió que se activara inmediatamente el operativo de rescate. Se peinó la zona con helicópteros, se activaron cables diplomáticos y los telediarios de todo el continente abrieron con la noticia del secuestro. Adam y Monica se ciñeron perfectamente al guion de apesadumbradas víctimas. «La mentira adquirió tales proporciones que la simple posibilidad de reconocer que yo misma había colaborado en la desaparición de mi hija me aniquilaba por dentro —anotó Monica en su cuaderno—. La única tabla de salvación a la que podía aferrarme era el milagro. Que no encontraran el cuerpo y yo pudiera albergar siempre la esperanza de que mi pequeña hubiera podido abandonar este mundo sin dolor.»

Coincidiendo con el quinto aniversario de la desaparición de Kattie, Monica se tomó la justicia por su mano. «Tuve una visión. Mi hija se nos aparecía para perdonarnos. Una luz radiante iluminaba su rostro celestial. Adam también la vio y se quedó atónito. Lo que hicimos no merecía compasión alguna. Habíamos matado un ángel. Y eso no hay Dios que lo perdone.» Aquella noche, aprovechando que Adam dormía, Monica bajó al sótano, tomó prestado de la vitrina uno de los rifles de su marido, lo cargó como le había visto hacer en sus batidas por los campos de Speedwell Forge durante la estación de caza de ciervos, subió las escaleras sin hacer ruido, abrió la puerta de la habitación, se subió a la cama y posó sigilosamente la boca de fuego sobre su pecho.

Toda esta información quedó recogida en un par de documentales y en las numerosas crónicas de sucesos que explotaron el caso. Sin embargo, el testimonio de Lucho comenzaba justo donde terminaba la versión oficial y la carta de Monica. A medida que escuchaba su inquietante recreación en forma de radiograma, más convencido estaba de que había presenciado todo aquello en calidad de testigo, pues manejaba demasiados datos que no habían sido publicados. No solo conocía el escondite en el que la niña pasó sus días más terroríficos, sino que describía en primera persona el calvario que padeció. Quizá me hubiera equivocado y Lucho no quisiera cumplir con la sentencia de su libro. Puede que, simplemente, no pudiera seguir viviendo con aquel recuerdo en su cabeza. Sumido en un torbellino de pensamientos dispersos y caóticos que se entrelazaban en mi cabeza, comencé a escribir la historia desde el principio. Fue entonces cuando las piezas del rompecabezas empezaron a ordenarse de una forma absolutamente inverosímil.

46

Durante el viaje en el maletero del coche, una certeza se impone a todas sus dudas y temores. Es el gesto sumiso y obediente, casi dócil, con que su padre ha acatado las órdenes de los captores. Por más que rebobina en su memoria, no detecta el más ligero atisbo de resistencia. A medida que recrea la escena, una y otra vez, las miradas que intercambian su padre y los secuestradores van ganando en complicidad. Incluso su madre ha permanecido quieta, en espantoso sigilo, dentro del vehículo. ¿Qué clase de padres entregan a su hija sin más? Un angustioso presentimiento se va acomodando en algún lugar de su cabeza y hace que la niñez se le desprenda poco a poco del cuerpo, como una segunda piel que anuncia una madurez precipitada. Y, aunque Kattie no sabe por qué, en medio de la agitación y el desconcierto, no puede evitar sentirse más limpia, más pura. En la iglesia había oído hablar de los mártires que se inmolan para dar ejemplo a los demás. ¿Será ese el objetivo último de sus padres, erradicar con este trueque alguna maligna transgresión, un vicio profundo que a ella se le hubiera pasado por alto? En tal caso, incluso si de alguna forma inconsciente ella hubiera participado de la simiente degradada del pecado, no concibe la represalia de semejante desenlace. El razonamiento perverso del sacrificio, la idea de su vida al servicio de una causa mayor, se desvanece como una estela demasiado fugaz. No es capaz de adivinar qué ha podido hacer para merecer tan poca clemencia, pero intuye, apenas sutilmente, que en este mismo instante su padre estará ensayando por última vez la versión que dará a la policía, y que su madre acatará sin rechistar.

Encerrada en el maletero, Kattie logra descifrar a través del relleno de gomaespuma de los asientos algunos fragmentos de la conversación que mantienen los dos hombres en la lengua que aprendió de los años de cuidados de Maruja. No está muy segura de lo que dicen, pero en un momento dado cree oírlos discutir sobre quién hará qué. No necesita escuchar el resto del diálogo para que la verdad le caiga encima como una losa. Qué ingenua ha sido, piensa. ¿A santo de qué sus padres se habrían dejado ver junto a los captores? ¿Qué sentido tendría un rescate que ella pudiera desmentir?

Ya es de noche cuando el maletero vuelve a abrirse y una figura se abalanza sobre ella para cubrirle la cabeza con una bolsa. Una mano áspera como la leña la conduce al interior de un habitáculo, que suena a pequeño, y luego cierra por fuera deslizando un pasador. Por alguna razón, no le han atado las muñecas, así que se descubre el rostro para comprobar que la penumbra es igual de intensa con la bolsa puesta que sin ella. Kattie reconoce la textura de la arena bajo sus zapatos y en un primer contacto a ciegas con los brazos en cruz identifica algunos estantes de plástico, un palo de una escoba, unas latas apiladas, una de las cuales despide un fuerte olor a pintura y, por fin, la pared. Pared, pared, pared por todas partes. La rigidez del cemento le arranca los primeros alaridos de terror. No hay rastro de ventanas ni agujeros por ninguna parte. Está encerrada en la más absoluta oscuridad.

A la mañana siguiente, la luz se cuela por debajo de la puerta y ahuyenta las sombras del interior del calabozo. Ya no huele a pintura, aunque Kattie sabe que es solo una impresión. Si ya no distingue las partículas en el aire es porque el olor forma parte de ella. Inmediatamente, su mente empieza a clasificar los objetos a su alrededor: el estante le parece ahora mucho más pequeño, la escoba sostiene al trasluz un cortinaje de telarañas llenas de insectos, como moluscos atrapados en las redes de un barco, y para su sorpresa algunos de los botes que había palpado la noche anterior contienen comida: guisantes, tomate, frijoles. Le rugen las tripas por el hambre, pero le disuaden el esfuerzo que conllevará abrirlos y la desagradable perspectiva del tacto frío de las conservas en la garganta. En la única esquina en la que no había reparado hay tres sacos apilados de mezcla para cemento, lo puede leer en la etiqueta, y un gran bidón rojo. También un barreño con restos de argamasa, algunos ladrillos sobrantes y una pequeña pala. En las baldas más bajas, identifica un par de brochas gruesas manchadas de verde, varias tablas de madera, algunos trapos sucios y una lona plegada. Ahora lo entiende: el escondite ha sido diseñado para la ocasión y lo que encierra en su interior son las herramientas y materiales empleados para su construcción. No sabe por qué este hallazgo le fascina, y durante unos segundos juega mentalmente con la simetría del acertijo. Kattie comprende entonces que también ella alberga dentro de sí su propia ideación. Por su sangre, del mismo rojo intenso que el bidón, circulan también los elementos empleados por sus padres para su creación. Llegado a ese punto, no puede evitar que la invada una ráfaga de pánico, la certeza de hallarse atrapada para siempre. No en un zulo inmundo, sino dentro de sí misma.

Lo que ocurre a continuación es obra del instinto. Kattie no puede evitar que los objetos se organicen ahora de acuerdo a una nueva lógica. Su cerebro empieza a maquinar combinaciones imposibles y a calibrar el potencial destructivo de todo lo que la rodea. Se le ocurre que podría colocar el extremo del palo de escoba sobre los sacos y partirlo en dos saltando encima. Con un poco de suerte, alguno de los trozos quedaría astillado y punzante. Especula también con la posibilidad de propinarse un golpe mortal con alguno de los ladrillos, pero teme que el acto reflejo de esquivarlo, como el ángel guardián de su propia supervivencia, se le aparezca en el último momento. Kattie es demasiado niña para haber fantaseado nunca con la idea del suicidio, pero sabe que los actores famosos se quitan la vida con pastillas. Quizá si ingiriera un bote entero de pintura conseguiría su propósito. Pero aquello le depararía una muerte lenta y dolorosa, y no se trata de sufrir sino de quitarse de en medio anticipándose a sus captores. Si consigue morir antes de que ellos le asesten un tiro certero en la sien, su vida, su breve e infructuosa existencia, tendrá sentido. Morirá por una buena causa: borrar para siempre la huella infausta de sus padres en el camino del mundo.

Kattie fracasa en su primera tentativa. Saltando sobre el palo no ha conseguido más que resquebrajar uno de los sacos y levantar una gran polvareda. Le pican los ojos y la saliva se le espesa con el sabor amargo de la tierra entre los dientes. Tiene ganas de llorar, pero disfraza de tos el impulso, manchando sus pulmones con el aire viciado de la desesperación. Al cabo de un rato, su orgullo claudica bajo los primeros síntomas de desfallecimiento. Entonces resuelve poner remedio a su malestar comprobando el contenido del pesado bidón. Lo agita primero y luego vierte un poco del misterioso líquido en la mano ahuecada antes de acercársela a la cara. No huele ni sabe a nada, lo que quiere decir que es agua. Sin pensárselo dos veces se enjuaga la boca y pega un par de sonoros tragos. Tendida en el suelo, asustada y exhausta tras el esfuerzo, Kattie recupera el apego a la vida. No será hoy, se dice, quizá mañana.

Pero pasan los días y las latas de comida, que abre golpeando la tapa con la pala, van desapareciendo del estante. Ahora prefiere la arcada repugnante de las conservas sin calentar a las punzadas del estómago y los calambres en las piernas. Al tercer día, Kattie se sorprende de su capacidad de adaptación: no solo ha desechado cualquier forma de autolesión, sino que ha sido capaz de convertir el lúgubre agujero en un espacio habitable. En el rincón de la puerta ha extendido la lona que, doblada por la mitad, atenúa las asperezas del suelo y le sirve también de manta. Duerme con la cabeza en uno de los sacos arenosos, que ha forrado con el menos mugriento de los trapos, y al lado ha reunido algunos clavos y tornillos que ha ido encontrando por el suelo. Cuando cae la noche se entretiene ensartando con los dedos cada pieza del rosario en un mismo deseo de salvación. El barreño le sirve de váter, y cada vez que lo usa esparce un puñado de polvo por encima. Si el olor es demasiado fuerte, abre uno de los botes de pintura, con cuidado de no malgastarlo, pues su única dedicación a lo largo del día consiste en pintar en las tablas de madera. Cuando todo esto haya pasado, se consuela, sus cuadros se exhibirán en las mejores galerías y con el tiempo algún crítico avezado hablará de su «etapa verde». Por recomendación de Maruja, Kattie había leído *Relato de un náufrago* de García Márquez, lo que explica que la visita puntual de los captores le recuerde a la cita vespertina de los tiburones alrededor de la balsa. Tampoco estos atacarán. Esperarán a que desfallezca.

En el atardecer de su quinto día de encierro, cuando la luz empieza a escabullirse por los intersticios de la puerta, Kattie intuye al otro lado una pelea entre los hombres. No está segura de que hayan llegado a las manos, pero no hay duda de que se han enzarzado en una acalorada discusión. Tal vez estén borrachos, pues cree distinguir el repique de una botella rodando por el suelo. Luego todo vuelve a la calma y, pasados unos segundos, oye por última vez las voces ahora tenues y el rugido ya familiar del motor. En su cabeza, el sonido lejano del coche se asemeja al de un enorme tábano, y hasta logra seguir mentalmente el rastro de su trayectoria. Con los ojos cerrados, visualiza el diminuto vehículo alado, pero esta vez el zumbido cesa de pronto (¡zas!) y con él la imagen del insecto mecanizado.

Kattie no lo sabe, pero sus captores acaban de sufrir un accidente en descenso por la pendiente. Tampoco lo puede ver, pero, tras la aparatosa colisión, el coche ha producido una llamarada enorme. Lo suficientemente grande como para que alguien pueda verla desde el cielo.

Lucho lleva ya una hora buscando consuelo en la distancia. Cuanto más se eleva su avioneta, tanto más se encoge el mundo bajo sus pies. Se distrae comprobando las ambivalentes proporciones del paisaje. La más ancha y larga de las carreteras no es más grande que su dedo, y una misma perspectiva puede abarcar tres pueblos enteros. Con un simple viraje hacia la izquierda el cristal de su ventana se vacía del azul del cielo para alojar vastas extensiones de tierra. Pronto será de noche, y pensando ya en el regreso, Lucho emprende un último ascenso vertical. Le gusta pensar que la avioneta es una bala y la nube a la que se dirige, el pecho al descubierto de Diego Marín. Cuando la aguja del altímetro marca dos mil pies se felicita por la hazaña: el tiro ha sido mortal. El descenso es igualmente violento, solo que mucho más acelerado. La mancha verde de la superficie terrestre va discerniendo sus formas a toda velocidad. Ahora Lucho se imagina a los mandos de un bombardero y durante su caída en picado cree distinguir a lo lejos su objetivo. Esperará la orden antes de apretar el botón de su mando. Tres, dos, uno... Entonces lo ve.

No es más grande que una estrella, ni más intenso, pero está seguro de haber divisado una centella de fuego. El deseo ha sido tan vivo que se ha impuesto a la lógica de los hechos e irrumpido directamente en el mundo de los sentidos. Para cerciorarse, Lucho hace alabear los alerones, pisa a fondo el pedal del timón y dibuja una parábola que lo lleva de vuelta al mismo punto. A cien pies y con los motores al mínimo de revoluciones, confirma el blanco. Sí, ahí está la diminuta llama.

No muy lejos, a unos dos kilómetros por tierra, se abre un pequeño claro en el flanco de una montaña. Aterrizar allí será como enhebrar una aguja al primer intento, pero Lucho ha sobrevivido a ciclones y tormentas, y nada le frena. Para cuando ha empezado a calibrar el peligro, la avioneta ya está enfilando la pista de hierba. En la escuela de aviación le habían enseñado que aterrizar un avión es una forma de arrepentimiento. Hay que dirigirse hacia el suelo y, en el último momento, volver a erguir el morro, tratar de despegar, pero ya sin fuerza.

Un socavón sacude la nave, pero sin llegar a tumbarla. Con el motor ya apagado, Lucho toma una linterna de la guantera y un extintor de debajo del asiento. La inercia del rotor sigue moviendo levemente las hélices cuando el piloto cierra la portezuela y se aleja. Alrededor del claro, la vegetación cierra sus filas como un ejército en el asedio. El sol ha empezado a rebañar el horizonte cuando Lucho penetra en una espesura apenas transitable. Bajo una plaga de ruidos engañosos, los tallos de los bejucos se le enredan en el cuerpo y su mirada zigzaguea atendiendo a mil estímulos. Ha cogido el extintor pensando en las llamas, pero ahora le parece más conveniente que cualquier otra arma de defensa. Si se le aparece un puma, por ejemplo, lo rociará de polvo blanco. Está seguro de que la contemplación de la nieve en el clima tropical disuadirá el ataque.

Lucho se abre paso entre la boscosa maraña hasta llegar a un camino de barro horadado por huellas de neumáticos. La noche húmeda ha debido de sofocar el incendio y ahora se orienta por el rastro en el aire de la goma quemada y el diminuto haz de su linterna. Sigue avanzando durante trescientos, cuatrocientos metros, tal vez más, hasta llegar al lugar donde todavía se extinguen las últimas llamas. Desde lo alto del risco distingue la silueta de un coche incrustada en un lecho de rocas. Tiene que dar un rodeo y arrastrarse por un terraplén para poder contemplar de cerca los dos cadáveres calcinados que han quedado atrapados entre el amasijo de hierros. Aturdido aún por la terrorífica visión, se da cuenta de que no debería estar allí abajo y, al mismo tiempo, entiende que ya es demasiado tarde para emprender el regreso. Mientras asciende de vuelta al sendero, nota cómo la oscuridad se va condensando a su alrededor. En esas condiciones, piensa, tardará horas en encontrar su avioneta.

No lleva ni diez minutos de marcha ascendente cuando el haz de la linterna se posa sobre una construcción verde apenas distinguible de la uniformidad de tonos y sombras que la rodean. La expectativa de poder pasar la noche a cubierto dura lo que tarda en descubrir un candado trabado en el pasador, pero antes de desistir y seguir adelante Lucho percibe una presencia revoloteando al otro lado.

—¿Hay alguien ahí? —pregunta sin saber muy bien por qué lo hace, qué lo empuja a interesarse por lo que bien podría ser un animal enjaulado, tal vez peligroso—. ¿Hola? —insiste.

Aunque él lo ignora, su voz suena diferente a la de los otros hombres, lo que desencadena una violenta ráfaga de gritos en el interior del refugio.

—¡Ayuda!, *help!*, ¡socorro!

Lucho no tarda en reaccionar. Coge una piedra y con tres golpes certeros revienta el candado. Nada más abrir la puerta, se libera un olor denso a excrementos y orines. Cegada por el resplandor de la linterna, una niña exhibe indefensa su cara tiznada de roña. Antes de decirse nada, los desconocidos se funden en un instintivo y reconfortante abrazo.

Luego es él quien habla primero.

—Me llamo Lucho —le informa con salvadora entonación—. Y voy a sacarte de aquí.

En sus brazos, la niña llora desconsoladamente hasta que se le agotan las fuerzas. Luego retrocede unos pasos y, sin dejar de mirar al suelo, hace un primer intento por articular palabra.

—Mi nombre es Cati —contesta Kattie en un español más que decente mientras se seca las lágrimas con el faldón de su mugrienta camiseta—. Por favor, no *haces* daño.

47

Cada noche, cuando Cati y Valentina dormían, recuperaba de mi mochila el último fardo de papel que había escrito en el hotel y lo introducía en el sobre azul del congelador. Al hacerlo me sentía liberado y en paz conmigo mismo. Pensaba que el frío detendría el curso de la historia y preservaría las constantes de sus protagonistas. Esa sensación duraba poco. Al acostarme, tenía que hacer un verdadero esfuerzo para conciliar el sueño y entregarme al ansiado consuelo de la inconsciencia. En cuanto cerraba los ojos, todo me daba vueltas. Repasaba mentalmente mis anotaciones, tratando de sacar algo en claro entre el cúmulo de datos. Kattie había dejado de existir cuando Cati y Lucho se conocieron. De eso no había duda. Luego estaba la huida a Ciudad Café, un lugar improbable, tal vez imaginado, pero que cumplió siempre su función evocadora. Cati y Lucho habitaron esa tierra y se sintieron a salvo de un mundo extraordinariamente hostil. Hasta ahí todo parecía encajar. Por asombrosos que pudieran resultar el dónde y el cómo, el porqué concedía cierta lógica a los acontecimientos. Sin embargo, la grabación de Lucho no daba respuesta a otras cuestiones importantes, empezando por la edad de Cati cuando se conocieron. Lo que fuera que experimentara al verla por primera vez tuvo que esperar. Durante ese tiempo, Cati debió de desprenderse de su identidad. Dejó de ser quien era. Renunció a su nacionalidad a cambio de una procedencia inventada. Aprendió un idioma y erradicó los últimos vestigios de su acento para evitar ser delatada. Ese sería su secreto mejor guardado, el que jamás me contaría. Mi querida y astuta Mrs. Robinson.

A principios de abril ya había recopilado toda la información que necesitaba. Solo quedaban por ordenar y transcribir los últimos minutos de la cinta. Una mañana me levanté más temprano de lo habitual. Ni siquiera besé a Cati antes de marcharme, temiendo despertarla. Llegué al hotel poco después del amanecer. Sobre la mesa de la habitación encontré la libreta abierta por el número dos. Esos eran los días de los que disponía para dar por concluida la misión. Así que rebobiné el casete y volví a escuchar el último tramo de la grabación, en el que Lucho se ocupaba de todo lo que Cati había omitido sobre el viaje a Estados Unidos. Ahora lo comprendía. Cati tenía buenos motivos para guardar silencio. Allí cometieron un crimen que habían preparado pacientemente. El tres de febrero de 2008, Cati y Lucho unieron sus fuerzas en una perfecta alianza contra el mal.

Aunque Cati no llegó a sospechar lo que me traía entre manos, mis retiros matutinos en el Caramayú hicieron que un velo invisible de desconfianza y resentimiento cayera entre los dos. Puede que fueran suposiciones mías, que me empeñara en ver cosas donde en realidad no pasaba nada. En las últimas semanas su carácter se había tornado irascible y ya apenas hacíamos el amor. Gestar una vida no es tarea fácil y muchas embarazadas se vuelven territoriales y reclaman sus espacios de soledad. También Valentina había notado un cambio de actitud en su madre. Desde que su abdomen había empezado a crecer y a redondearse, no la trataba igual. Es posible que todo siguiera su curso normal, que esos pequeños desajustes de la vida conyugal que yo creía percibir obedecieran a causas naturales. Vómitos, emocionalidad, ansiedad, síndrome del nido. Cada uno de esos achaques estaba tipificado en los manuales de preparación al parto. Y, sin embargo, cuanto más escribía sobre Kattie, más lejos me sentía de Cati. En mi cabeza, el ruido de las teclas adquiría la forma ritual de unos pasos que me acechaban desde la distancia. Y esa presencia me aterraba.

Hubo otro incidente que me hizo mantenerme alerta, preparado para lo peor. En mi tercer o cuarto viaje nocturno al congelador infringí una de las normas de nuestro tácito acuerdo. Comoquiera que el sobre había incrementado considerablemente de tamaño, no fui capaz de introducir los últimos folios, así que extraje el grueso de hojas de su interior. A pesar de que el fajo tenía la consistencia de un mazacote sólido, no me llevó más de unos minutos constatar que, salvo las últimas y clandestinas incorporaciones de capítulos, el resto, fragmentos que se iban descomponiendo en añicos a medida que los manipulaba, no era más que papel en blanco que alguien había sustituido por el texto original. ¿Qué habría hecho Cati con el libro? ¿Lo habría destruido? ¿Se lo habría enviado a alguien? Exigirle algún tipo de explicación al respecto equivalía a confesar que yo también había quebrantado nuestro pacto al husmear en el interior del sobre que debía contener intacto e íntegro *El vuelo del hombre*. O lo que era aún peor: cualquier pregunta planteada en esos términos podría haber acabado delatándome. Por encima de cualquier otra consideración, tenía claro que Cati no debía llegar a leer lo que yo había escrito sin su consentimiento. Así que no dije nada.

El cinco de abril di por concluida la escritura. Delante de mí, la última pila desordenada de papel exhibía la magnánima elegancia de una escalinata de mármol. Cada hoja representaba un peldaño hacia algún lugar del pasado de la mujer con la que quería pasar el resto de mi vida. Su secuestro, el acto de venganza y la muerte de sus padres se proyectaban en el presente como una lucha encarnizada de sombras pretéritas que concluían con la prodigiosa metamorfosis de Kattie y el mágico alumbramiento de Cati. Ella nunca debía enterarse de lo que había sucedido en la habitación 212. Una vez liberado de esta secreta ocupación, las palabras seguirían resonando dentro de mí, pero solo por un tiempo. Lo importante es que había logrado poner punto final a la historia. Después de eso, quién sabe.

48

El tres de febrero de 2008 fue un día particularmente triste para el matrimonio Godley. A falta de cinco minutos para el desenlace de la final de la Super Bowl, que enfrentaba en un partido épico a los Giants de Nueva York y a los Patriots de Nueva Inglaterra, Adam Godley aparcó su Mercedes blanco, modelo S550, en la rampa de acceso de su casa de Newlin Road, en Nueva Jersey. Cualquier otro día menos señalado su mujer, Monica Godley, se habría inquietado ante la presencia de un viejo sedán con matrícula de Nueva Orleans estacionado en la misma acera y con un ocupante dentro. Pero no un tres de febrero, día de los Four Chaplains que dieron su vida en la Segunda Guerra Mundial y jornada de doloroso recogimiento para los Godley. Como todos los primeros domingos de febrero de los últimos años, no había un alma en la calle y el cierre centralizado del coche pellizcó el aire frío y apacible del barrio residencial de Princeton. Sobre el felpudo de la entrada, Monica encontró una generosa fuente de cristal con una nota de la señora Coleman, la vecina de enfrente, que por cuidar de su marido no había podido acudir a la iglesia aquella tarde. Con el recipiente en una mano, Monica se giró hacia la casa en señal de agradecimiento, pero lo hizo con apresurado desdén, evitando el contacto visual con las siluetas en las ventanas iluminadas, pues no tenía ganas de saludar a nadie. Después introdujo la llave en la cerradura y, antes de desaparecer por el umbral, tuvo tiempo de dedicarle una mirada correctiva a su marido, que yacía recostado sobre una de las mecedoras del porche y había empezado a aflojarse el nudo de la corbata. A Adam le habría gustado descalzarse y poner las piernas en alto, beber una cerveza a morro y fumarse un par de cigarrillos. Pero se contuvo, pues se sabía observado.

Un segundo después, Monica profirió un alarido de terror. La fuente con el tiramisú, cuya receta había sobrevivido a varias generaciones a ambos lados del Atlántico antes de llegar a uno de los cuadernos de cocina de la señora Coleman, se hizo añicos en el suelo al mismo tiempo que el receptor de los Giants, Plaxico Burress, a pase del *quarterback* Eli Manning conseguía hacerse con el balón en la *end zone*, brindando una inesperada victoria a su equipo. A falta de treinta y cinco segundos para el final del partido, y con el marcador diecisiete a catorce, Nueva York se imponía a Nueva Inglaterra. En un prodigio de sincronicidad, el grito de Monica se acopló a la coral algarabía procedente de los salones de las casas colindantes. La derrota de Nueva Inglaterra tenía un significado especial para sus vecinos, que estallaron en armonioso júbilo. El dato, quizá insignificante, ocupaba sin embargo un lugar privilegiado en el imaginario colectivo. Nadie podía olvidar que más de dos siglos atrás, mucho antes de que Princeton se convirtiera en una refinada urbanización de casas de revista, el terreno sobre el que se asentaba el vecindario había servido de campo de batalla a una victoria memorable en la historia de Estados Unidos. Aquella gesta había enfrentado a las fuerzas revolucionarias de George Washington contra las tropas británicas del teniente general Charles Cornwallis. El tres de enero de 1777, el que llegaría a ser primer presidente de Estados Unidos disfrazó astutamente a quinientos de sus hombres con el sonido nocturno de dos cañones, una estrategia no muy diferente a la empleada por el entrenador Tom Coughlin para neutralizar a la defensa de Nueva Inglaterra. Generando ruido en las bandas, Coughlin había logrado abrir una brecha en el centro del campo por la que finalmente pudo escapar el intrépido Burress hasta la línea de *touchdown*.

Adam no entendía de fútbol, pero aquella final de la Super Bowl sería recordada como una de las más agónicas de todos los tiempos. Acostumbrado desde que tenía memoria a competir consigo mismo, el señor Godley siempre había preferido los deportes solitarios, como el golf o la caza, pero reconoció el miedo en la voz de su esposa. Al entrar en la casa vio el postre desparramado por el suelo y a Monica paralizada en un inconfundible gesto de pánico. Tenía las manos a punto de taparse los oídos, pero sin llegar a hacerlo, dudando tal vez que lo que oyera procediera en realidad de su cabeza. Adam sintió el impulso de abrazarla, pero cuando se disponía a hacerlo le interrumpió un ruido procedente de la planta superior. En un alarde de valentía del que hasta él mismo se sorprendió, se asomó a la escalera y preguntó tres veces si había alguien en la casa. No obtuvo respuesta, pero tampoco cesó el ruido, que era una mezcla confusa de pasos y movimientos tranquilos, como una presencia cotidiana. La asistenta pasaba los domingos fuera, la habían visto marcharse a primera hora de la mañana, y solo ellos conocían la maceta del jardín trasero donde escondían estratégicamente una llave. Adam esperó otro instante, que le pareció una eternidad, a que alguien contestara, y resolviendo el compromiso de su primer impulso se armó con un paraguas del perchero de la entrada, que era lo que tenía más a mano, y empezó a ascender como un mosquetero por la elegante escalinata, seguido de Monica. No llevaban ni cinco peldaños cuando oyeron una voz que les produjo un gran sobresalto. Adam estiró el brazo en posición de guardia alta, mientras que Monica se aferró con fuerza a la barandilla.

—¡Papá!, ¡mamá! —fueron las primeras palabras que oyeron—. ¡Ya estáis en casa!

De pronto, Kattie, la dulce y bella Kattie, salió de su habitación. Había entrado en casa sin avisar y llevaba unos auriculares al cuello, lo que bien podría explicar que no hubiera oído a su madre al abrir la puerta ni el recipiente cayendo con estrépito. Se acercó para tranquilizarlos por el susto, pero Adam y Monica permanecieron inmóviles sin decir nada, como si no terminaran de creer lo que estaban viendo. Kattie, más contrariada que asustada por la situación que había provocado, trató en vano de disimular su decepción.

—Me lo prometisteis —les sermoneó con dureza—, me prometisteis que no montaríais ningún numerito. ¿Verdad que ya hemos hablado de esto?

Luego, como para compensar el tono brusco de sus palabras, usó una mano para desarmar a su padre y la otra para acariciar con extrema delicadeza el rostro estupefacto de su madre. Ninguno de los dos reaccionó.

—Quedamos en que entenderíais que ya soy mayorcita —convino algo más cariñosa—. Acordamos que os visitaría con frecuencia, pero tengo que volver a la universidad. Las clases del segundo semestre ya han comenzado y no puedo ausentarme más. ¿O queréis que pierda el dinero de la matrícula?

Antes de que alguno de sus padres tuviera tiempo de contestar, un claxon anunció una presencia en la entrada de la casa.

—Madre mía, ya está aquí —resopló la joven tras comprobar la hora en su reloj de pulsera—, tengo que irme si no queremos coger atasco a la salida. —Y subió a su habitación en tres grandes brincos para regresar segundos después con una maleta en cada mano y el abrigo puesto.

A modo de despedida, Kattie besó tiernamente la mejilla de su padre, que seguía en estado catatónico, y cuando le susurró a su madre al oído que la quería esta se orinó encima.

La señora Coleman, la vecina de enfrente, tenía buenos motivos para no haber acudido a la iglesia aquella tarde. Hacía tres años que su marido, Ernest, llevaba pañales. Desde el día del accidente apenas podía hacer otra cosa que pestañear y contraer ligeramente la comisura derecha del labio. Pero que el señor Coleman viviera encerrado en su cuerpo no quería decir que no se percatara de las cosas que pasaban fuera de él. Aquella mañana, por ejemplo, cuando su mujer le puso como de costumbre de cara a la ventana mientras le arreglaba la cama, se extrañó de lo que vio. Reconoció al señor Godley desmontando un carrito de golf en el maletero de su todoterreno blanco, y recordó el día que era: tres de febrero. Hacía exactamente cinco años de la desaparición de Kattie.

Supongo que cuando uno pierde a una hija, pensó el señor Coleman, lo único que quiere es que los días se pasen lo más rápidamente posible.

49

Cati se puso de parto el trece de abril de 2014, víspera de su vigesimoquinto cumpleaños. Cuando el ritmo de las contracciones anunció la inminente llegada, la matrona del hospital nos pidió a Valentina y a mí que esperásemos fuera. Oímos gemir a Cati durante más de dos horas sin saber muy bien qué hacer, más que concentrarnos en dirigir nuestras plegarias al otro lado de la puerta. Podríamos haber hecho tiempo en la sala de espera o en la cafetería, tal y como nos recomendó uno de los internos del hospital, pero preferimos permanecer lo más cerca posible del asombroso espectáculo en el que una vida da comienzo. Cuando por fin identificamos lo que parecía un llanto de bebé a lo lejos, proferimos toda clase de vítores y ovaciones para que Cati pudiera oírnos y notar nuestra presencia. Enseguida una enfermera salió para informarnos de que todo había salido bien y de que «la niña» estaba sana. Abundante pelo oscuro, veinte dedos, dos kilos novecientos. Nació a las ocho en punto de la tarde, durante ese caprichoso emparejamiento con que el lenguaje asocia este número con el comienzo del crepúsculo: *ocho-noche*, *huit-nuit*, *oito-noite*, *acht-nacht*. Desde su primera bocanada de aire, mi hija parecía predestinada a causar asombro a su alrededor. Cuando la sujeté entre mis brazos todavía estaba cubierta de sangre y no tenía el más mínimo interés en abrir los ojos. Era comprensible. Después de nueve meses flotando en el mar calmo del útero de su madre ahora su cuerpo se precipitaba por un torrente de misteriosas fuerzas de atracción. El mundo tiraba de ella en todas direcciones. Y, sin embargo, nada parecía alterarla. A pesar de su apariencia frágil y extremadamente indefensa, cada centímetro de su cuerpo irradiaba una resistencia sobrehumana que obligaba a contemplarla con sumisa admiración.

Cati insistió en soplar las velas en casa y, aunque los médicos le recomendaron pasar otra noche en el hospital, se las ingenió para que le dieran el alta al día siguiente. Casi logró cumplir su objetivo durante una improvisada cena frugal a base de sobras dispuestas sobre la cama de matrimonio. No debí de ausentarme más de unos pocos minutos para salir a comprar una tarta, pero cuando regresé a la habitación las tres habían caído rendidas de cansancio y yacían en la silente quietud de una perfecta trinidad escultórica: el bebé acurrucado en el pecho, Valentina plácidamente recostada en el brazo de su madre y Cati con la cabeza echada hacia atrás sobre un almohadón. Me habría gustado haberles hecho una foto, pero simplemente me quedé allí parado, quieto, sin mover un músculo, mirándolas hasta que la cobertura de chocolate empezó a derretirse en mis manos.

A la mañana siguiente, durante el desayuno a base de restos de pastel, Cati emitió un veredicto que a Valentina y a mí nos pilló desprevenidos.

—Se llamará Lucía —anunció con un leve hilo de voz

para no alterar a la niña, que succionaba con fuerza de uno de sus pechos.

—Teniendo en cuenta que el trece de abril es el día de San Hermenegildo, debo reconocer que suena bastante bien —traté de impresionarla con mis averiguaciones de progenitor en la retaguardia de la lactancia—. Lucía es bonito. ¿Tú qué piensas, Valentina?

—¡Me encanta! —aplaudió—. Tengo una hermana que se llama Lucía, tengo una hermana que se llama Lucía... —coreó con desbordada alegría.

El entusiasmo inicial de Valentina se fue mitigando con el transcurso de los días en que Cati y Lucía vivieron en permanente simbiosis. Era como si hubieran creado a su alrededor una burbuja protectora de felicidad a la que Valentina no siempre tenía acceso. Tampoco yo pertenecía a la sociedad secreta que impone la biología ni se me permitía la entrada a ese territorio de suprema conexión entre madre e hija, pero era algo para lo que me había preparado mentalmente. Valentina, sin embargo, sentía que le habían usurpado su trono, que había sido cruelmente desplazada por una intrusa tan afable y dulce como tiránica y consentida, tan proclive a los cariñosos ronroneos como a los súbitos reclamos de atención por medio del inapelable método del llanto. No había nada que hacer, más que esperar y consolarnos mutuamente.

Traté por todos los medios de hacerle el trance de los celos más llevadero. La traía y recogía de la escuela, repasábamos la lección, la colmaba de regalos sin que su madre se enterase y, todas las noches sin excepción, le leía un cuento que improvisaba sobre la marcha a partir de variaciones sobre un mismo tema: dos oculistas, dos modistas o dos expertas informáticas que, por obra del azar, acaban descubriendo que son hermanas y este hallazgo las llena de regocijo porque aprenden a cuidarse y a compartir sus secretos más inconfesables. Las profesiones no estaban elegidas al azar pues se trataba, según tuve tiempo de documentarme, de los oficios auspiciados bajo el manto protector de la patrona santa Lucía, la virgen mártir de Siracusa a quien, en los tiempos de la Gran Persecución, sometieron al suplicio del aceite hirviendo y los golpes de espada sin que nada de esto le hiciera renunciar a los principios de la fe. Lo que yo había olvidado, y Valentina se encargó de recordarme, era que, muy cerca de Mitú, había un pequeño aeropuerto con ese mismo nombre, el aeródromo de Santa Lucía, cerca del cual, según había publicado la prensa local dos años atrás, había estrellado su avioneta un piloto que respondía al mismo nombre que el protagonista de *Ciudad Café*. Fue extraño porque, cuando la pequeña pronunció aquellas palabras, en vez de acordarme de Lucho, en mis pensamientos apareció la imagen de Fredi calado hasta los huesos y cojeando por el pasillo del hotel.

«Santa Lucía, ruega por nosotros.»

Nunca me he tomado muy en serio las premoniciones oníricas, incluso si estas evocaciones resultan especialmente vívidas o realistas, pero esa noche tuve un sueño asombrosamente revelador. En él, veía a Fredi y Cati hablando a la puerta de El Principito. Yo estaba demasiado lejos para llegar a entender una sola de las palabras que se intercambiaban, pero en mi recreación sus gestos eran elocuentemente expresivos. Ella le entregaba dinero y él tomaba el fajo de billetes y lo guardaba en el interior de su chaqueta sin contarlo. En un primer momento no supe de qué se trataba, pero luego Valentina aparecía en escena, recién salida de la última clase y con la mochila puesta. Fredi le extendía la mano para que lo acompañara. Lejos de sorprenderse, la niña lo agarraba con natural confianza y, solo después de haber avanzado unos metros a su lado, se giró para despedirse de su madre agitando en el aire el brazo libre. Al principio no me pareció nada raro que Fredi y Valentina caminaran por la orilla del río. No más, en todo caso, que cualquier otra caprichosa asociación del subconsciente tratando de dar sentido simbólico a un cúmulo de informaciones inconexas. Cuando enfilaron por uno de los puentes que conducía a las arboledas que rodeaban la selva, la conciencia omnipresente que yo representaba en el sueño empezó a agitarse y a acelerar el ritmo para no perderlos de vista. Al adentrarnos en la oscuridad del bosque, la maquinaria de la sospecha se puso en marcha. Pensé, si es que ese verbo tiene alguna validez para expresar acciones en el lecho líquido de la psique oculta, que Fredi y Cati se conocían de mucho antes y que no había sido Vallvey el que se había puesto en contacto con él para llevarme a Mitú, sino ella. En mi sueño esta certeza no se atenía a la veracidad de una teoría contrastada a través de hechos probados, sino que se desprendía de una sensación indescriptible que se adhería a mis pensamientos mientras seguía el rastro de dos figuras que se perdían entre la frondosa vegetación hacia algún lugar. Tampoco disponía de ninguna noción temporal, pero tras una larga peregrinación Fredi y Valentina interrumpieron la marcha. Se detuvieron frente al tronco de un enorme y majestuoso cedro blanco del Amazonas cuya copa quedaba oculta tras una espesa bóveda de ramas, lianas y hojas tropicales. Fredi tenía claro lo que habían ido a hacer allí y Valentina se mostró obediente. Él la aupó hasta una de las ramas más bajas y ella empezó a ascender por el tronco con asombrosa agilidad, como si fuera un mono adiestrado. La primera frase audible de Fredi, la que me hizo despertar entre sudores, parecía contener la respuesta a todos los enigmas:

—No te preocupes, trepa a lo más alto y no mires abajo —la animó desde la base del árbol—. No tengas miedo, confía en tus alas. Si te ocurre algo, recuerda que puedes volar.

50

De ningún modo Cati habría aprobado el plan que diseñé al recobrar el sentido, así que le mentí. Estaba tan volcada en las atenciones que Lucía demandaba que apenas me prestó atención cuando le informé de que Zhenji me requería para un trabajo urgente en uno de los senderos de la ruta del mirador del Cerro Guacamayas (una de las barreras de seguridad de los miradores se había desprendido, me excusé) y que tendría que ausentarme un par de días, durante los cuales habría de ocuparse ella sola del bebé, de Valentina y de Lindy. Es posible que notara algo raro en mi actitud, pero si lo hizo tampoco mostró curiosidad por averiguar lo que me ocurría. Fue un alivio, en todo caso, escucharla decir que me quería y que tuviera cuidado antes de salir de casa con el equipo de montaña al completo y la mochila lista para la aventura que me disponía a emprender. Por supuesto, Zhenji no estaba al corriente de nada de esto. De haberse enterado, habría impedido que René aceptara la generosa propina que le prometí a cambio de su compañía en mi camino a lo desconocido.

El primer tramo del viaje lo hicimos en el viejo todoterreno de mi guía, que se fue abriendo paso con destreza por sinuosos caminos de fango. René, un aguerrido venezolano de unos cincuenta años, parecía preparado para el más imprevisible desafío orográfico. Consideré conveniente decirle la verdad desde el principio, lo que me proponía con mi expedición, pero en lugar de acribillarme a preguntas y advertencias, tomó en serio mi cometido y, por primera vez desde que habíamos empezado a trabajar juntos, recurrió a varios pliegos de mapas para organizar la ruta.

Aquella noche, bajo la más nítida y perfecta cúpula celeste que jamás había presenciado, cenamos a base de latas de comida que calentamos en un camping gas, piezas de fruta y unas amargas barritas energéticas hechas de mambe y ají. Después nos tumbamos sobre los asientos reclinados para recuperar fuerzas. Al día siguiente me informó de que el resto del trayecto tendríamos que efectuarlo a pie. Antes de echar a andar con las primeras luces del amanecer, preparé la mochila con lo imprescindible y rellené varias cantimploras con agua del bidón que habíamos traído de Mitú. Solo cuando vi a René extraer de un falso suelo del maletero una carabina semiautomática fui plenamente consciente del peligro al que nos exponíamos.

Para poder cumplir con el objetivo de la misión, tuvimos que desviarnos un poco de la senda y ascender a un peñasco, desde donde se veía, muy a lo lejos, la pista del aeródromo de Santa Lucía, un rectángulo de asfalto tan breve que parecía inconcebible que algo pudiera aterrizar allí. Mientras yo me recuperaba del cansancio y me refrescaba la frente con agua, René dedicó un rato a escudriñar el paisaje. Al cabo de unos veinte minutos emitió un rugido victorioso («ahí está», expresó con imperturbable seriedad) y me ofreció sus prismáticos para que, siguiendo el punteo de su índice en el aire, yo mismo pudiera distinguir a lo lejos una silueta amarilla, semejante al pico de un gigantesco tucán asomando entre las copas de los árboles, pero que no podía ser sino el empenaje de cola de una Piper Dakota con varios números grabados en negro sobre el timón. Le felicité por su extraordinaria agudeza y, sin perder un minuto, retomamos la marcha.

Enseguida nos adentramos en un laberinto de niebla que parecía emanar directamente del interior de la tierra. Allí el aire preñado de humedad resultaba irrespirable. En algunas zonas, los pies se nos hundían en un espeso légamo, como si alguna fuerza subterránea quisiera atrapar nuestros pasos. A veces, René se movía en círculos hasta que por fin encontraba alguna abertura en la densidad del bosque, y luego se introducía en ella. Al cabo de tres horas llegamos por fin al lugar exacto donde se había estrellado la avioneta de Lucho. Lo supe porque, a los pies del inmenso árbol que aún custodiaba el amasijo de hierro donde se dejó la vida el piloto, encontramos un pequeño montículo de arena rectangular delimitado por una hilera de piedras. El bueno de Fredi se había tomado la molestia de rematar la faena clavando dos palos atados en forma de cruz en uno de los extremos de la fosa. Al mirar arriba comprendí que él solo no habría podido bajar el cuerpo, que debía de haber necesitado la ayuda de al menos otros dos hombres para llevar a cabo la tarea que Cati le había encomendado. Además de la altura y del peso como variables a tener en cuenta de la compleja maniobra, había que considerar el estado del cuerpo en descomposición, los últimos restos de carne adheridos a los huesos, las facciones llenas de gusanos y, sobre todo, el nauseabundo e insoportable olor del cadáver.

«Santa Lucía, ruega por nosotros. Perdónanos por lo que acabamos de hacer.»

René me ayudó a colocarme el arnés y me enseñó a asegurar los mosquetones, que debía ir accionando y liberando en cada etapa de la ascensión sobre las ramas más resistentes antes de lanzar la cuerda al siguiente nivel. El tiempo de escalada media para una persona con cierta experiencia era de una hora, me informó. El descenso sería más rápido. Disponía de dos horas, por tanto, para llevar a cabo lo que fuera que había venido a hacer. Eso nos daría el tiempo suficiente para regresar al coche antes de que anocheciera. Él me esperaría abajo y me iría dando instrucciones: dónde colocar el pie, cuándo dejar correr las cuerdas por las anillas, cómo balancear el cuerpo.

Aunque no fue sencillo, pude apañármelas mejor de lo que había supuesto. Al cabo de unos cuarenta minutos la voz grave de René era tan lejana y el punto de su cabeza tan diminuto que tuve que tomar mis propias decisiones. A veces algunas ramas que parecían robustas se curvaban al menor movimiento, por lo que debía bordear el tronco hasta encontrar otro puntal donde poder seguir ascendiendo. En los peores momentos, cuando parecía que no lograría mi propósito, hacía una pausa para cerrar los ojos y escuchar una voz en mi interior. «No tengas miedo, confía en tus alas —me decía—. Si te ocurre algo, recuerda que puedes volar.»

No sé cuánto tardé en alcanzar la cima, solo sé que lo hice y que, cuando por fin pude ver con mis propios ojos las hélices quebradas de la avioneta, mis latidos se descabalgaron y mis sentidos claudicaron a una suerte de alucinación provocada sin duda por la adrenalina que mi corazón bombeaba con fuerza a todos los rincones de mi cuerpo. A pesar de que el morro de la avioneta había quedado comprimido como un acordeón, la puerta conservaba su forma y, después de abrirla, pude acceder a la cabina y acomodarme en el asiento delantero no sin procurarme varios cortes en las manos con los cristales, sin que aquello me produjera el más mínimo dolor. Notaba las pulsaciones en la garganta y un sudor frío me recorría toda la espalda. En un absurdo alarde de prudencia, antes de tomar los mandos de la avioneta, me coloqué el cinturón. Luego cerré los ojos y escuché cómo se encendía el motor. Sentí en el estómago el brusco vuelco de ingravidez cuando las ruedas se separaron del suelo. Fue en ese estado alucinatorio, mientras sobrevolaba las texturas de un paisaje que colmaba con sus múltiples tapices las ventanas del diminuto habitáculo, que me pareció distinguir, entre los festones de montañas que rodeaban un valle, los cautivadores contornos de Ciudad Café, un territorio inconmensurable incluso en la distancia, un edén inasequible a las palabras. En algún momento, el rumor de las hélices se interrumpió bruscamente y la avioneta se precipitó al vacío hasta chocar contra la copa del árbol en el que ya me encontraba. No me había movido y, sin embargo, experimenté el súbito estremecimiento del impacto, seguido de una intensa presión en las extremidades y en el pecho que casi me impedía respirar.

Puede que permaneciera inmovilizado unos pocos minutos, o tal vez fuera una hora, antes de volver a abrir los ojos. Cuando lo hice distinguí una voz a lo lejos. Al principio pensé que se trataba de René, pero enseguida me di cuenta de que quien me hablaba lo hacía desde dentro de la cabina:

—Estoy detrás de ti.

—¿Quién me habla? —dije, y traté de girar la cabeza.

—No lo hagas —me previno la voz—. No debes ver mi rostro.

—¿Eres tú, Lucho?

—Soy yo. Soy tú. Eso ya da igual. Mira dónde estás.

—¿Cómo has conseguido...?

—Vivir es fácil. Morir también. Cuestión de perspectiva.

—¿Estoy muerto?

—Eso depende de ti.

Silencio.

—¿Por qué lo hiciste? —pregunté sin dejar de mirar al frente, a la nada.

—¿Te refieres a escribir? Empecé como todos, supongo. Las palabras pueden resultar muy adictivas.

—¿Eso te lo enseñaron tus amigos de los cárteles?

—Cuidado con lo que dices. Recuerda que acabas de profanar mi tumba. Si no te gusta lo que oyes, puedes marcharte por donde has venido. *Au revoir. Arrivederci. Bye.* Este será el final de tu libro.

—¿Por qué estás tan seguro?

—Lo robaste una vez. Nada te impedirá hacerlo de nuevo. Abre la guantera que hay bajo los mandos. Ahí introdujo Fredi el sobre azul, tal y como le indicó Cati. Cógelo y márchate.

—Yo solo..., solo quiero entender algunas cosas. Por qué te mataste, qué te llevó a recrear el final de tu libro.

—No estás preparado para eso. Hay fuerzas que operan más allá de nuestro control y comprensión. Siguiente pregunta.

—¿Tan poco te preocupaban Valentina y Cati? ¿De qué querías protegerlas?

—Cumplí con mi deber. Eso es todo. Tú cuidarás bien de ellas.

—¿Y qué me dices de la cinta? ¿La grabaste para que yo la escuchara?

—Jamás debiste poner tus sucias manos en el peluche. Nadie más que Valentina merece conocer toda la verdad.

—Te dejas lo más importante. La quiero como si fuera mi propia hija. No permitiré que le hagas daño.

—Muy noble por tu parte. Pero sigo siendo su padre. Lo siento, son normas de la casa.

—Pero de no ser por mí, Valentina...

—¡Le estás dando demasiadas vueltas! Que hayas escrito un libro sobre mí no significa que me conozcas en absoluto.

—¿Quién eres entonces?

—Digamos que no aspiro a ser más que un pálido destello que se abre paso entre un cielo extraño.

Silencio.

—¿Hay algo más que deba saber?

—¿Algo como qué?

—Cati.

—A estas alturas ya deberías tener eso claro. El problema no es Cati, sino Kattie. Jamás debes despertarla. Eso sería tu ruina.

—¿Por eso te mataste? ¿Por el crimen que cometisteis?

—Te esfuerzas inútilmente en simplificarlo todo. Lo que te ha traído hasta aquí fue un simple accidente. Alguien dicta y nosotros actuamos. Pero lo que escribimos no sirve de mucho. Mételo de una vez en la cabeza.

—Puede que no hayamos dado con la fórmula, que debamos seguir intentándolo.

—Escucha a tu alrededor. Aquí, en el corazón de la selva, los pájaros no cantan, sino que gritan de desesperación. El problema es que nadie entiende ese lenguaje.

—De acuerdo. Las palabras no sirven de nada. Para qué seguir hablando entonces. Guardemos silencio.

—Veo que vas captando el mensaje.

Silencio.

Abrí la guantera. Y miré a mi alrededor. Una luz tenue se colaba por las ventanas.

—No podrás conmigo, Lucho. Esta vez no.

—Estás demasiado convencido. Pero el tiempo corre a mi favor.

—Te lo voy a demostrar.

—¡Volverás a equivocarte!

—Esta vez no. Todas las historias merecen un final.

—Es posible. Pero el de esta lleva ya mucho tiempo escrito.

—No eres tú quien decide eso. Soy yo el que habla y el que escucha. Tú no eres más que un fantasma.

—Tienes razón. No soy más que un espectro que anuncia la muerte de los vivos.

—No voy a morir, Lucho. No mientras sepa a lo que me expongo.

—¿Te das cuenta de que ya hablas como un loco?

—Tal vez haya perdido el juicio. Pero empiezo a ver las cosas con claridad. Tú, sin embargo, no eres más que el eco siniestro que me devuelven mis propias palabras en la oscuridad.

—No tienes ni idea de lo que dices. Ahora cierra la boca y lárgate de aquí antes de que me arrepienta.

—Lo he conseguido, Lucho. Ya no volveré a escuchar tu voz. Se acabó.

EPÍLOGO: PO BOX 1249

Querida Elsa:

Tal vez te sorprenda recibir esta carta después de tanto tiempo. Si la memoria no me falla, han pasado más de cinco años desde nuestra conversación. A pesar de lo cual, tus palabras han seguido resonando en mi cabeza con una fuerza abrumadora.

Es posible que hayas leído o escuchado ciertas informaciones sobre mí en los últimos meses que te hayan desconcertado. No hay razón ya para negar lo que algunos sospechan acerca de la autoría de *Ciudad Café*, el libro que me dio un nombre como escritor y que me abrió las puertas más inaccesibles del corazón de Richard.

En mi defensa diré que, al igual que él, yo también temí que los cimientos de mi vida se vinieran abajo. Puede que me faltara entereza o valentía, o simplemente que no eligiera los materiales adecuados para mantener erguidos los pasadizos de mi propia fortaleza interior.

No me siento orgulloso de algunas de las cosas que cuento en el manuscrito que acompaña esta breve nota. Y, sin embargo, no puedo arrepentirme de lo que hice, ya no. He tomado plena conciencia de quién soy y del lugar que quiero ocupar en el mundo. Aquí y ahora, mientras te escribo, un pálido destello se abre paso entre un cielo extraño. Sé que este es mi sitio.

Muchas veces me he preguntado si lo que pasó la noche en que nos conocimos ocurrió tal y como lo recuerdo. Una y otra vez, mi memoria se empeña en recrear una escena que seguramente no sucedió, pero solo porque no tuve el coraje de obedecer el impulso de esa clase de deseo que jamás debe ser reprimido. Por entonces todavía confiaba en la literatura como sustituto de experiencias y emociones. Pensaba que lo que no llega a acontecer en el mundo real podría ser compensado y corregido, tarde o temprano, sobre el papel. Creía firmemente en la escritura como forma de escapatoria y evasión. Ahora sé lo ingenuo que fui.

Una cosa es cierta: para que la vida pueda ofrecernos finales alternativos, estos han de ser contados. La literatura, por sí sola, no sirve de mucho, pues parte de la premisa de que lo verdaderamente importante son los libros, y no quien los lee. A través del arte detenido y sosegado de la lectura puede rastrearse el camino de la verdad, cuya madre es la historia, émula del tiempo y depósito de las acciones, que acude al encuentro de quienes, al otro lado del papel, habrán de sostenerla y protegerla. Nadie más que ellos puede convertir el pasado en una advertencia de lo que está por venir. La escritura es solo un buen comienzo. Nada más.

He dudado mucho si escribirte, pero ahora estoy convencido de que al enviarte *El vuelo del hombre* estoy tomando la decisión más acertada. La gente a la que quiero depende de ello. Todo cuanto recoge en las páginas de este libro es verdad, pero jamás debe ser publicado.

Para que el mundo que contiene llegue a existir Richar debe leer esta historia hasta el final. Ha de recitar en silencio cada palabra de este manuscrito. Si no lo lee, no habrá valido la pena el intento. Y si lo hace, quizá logre dar otra oportunidad a sus protagonistas. Solo así toda la gente que me importa, y por la que decidí escribirlo, permanecerá por fin a salvo.

Hasta siempre.

Afectuosamente,

DIEGO MARÍN